Schottische Einwanderer und ihre indianischen Verfolger werden zu Beginn des 19. Jahrhunderts durch einen Erdrutsch in ein kleines Tal gesperrt und lernen, durch die Umstände dazu gezwungen, dort friedlich miteinander zu leben. Erst nach zweihundert Jahren wird das Tal durch eine Explosion wieder geöffnet und schleudert einen kleinen Jungen in die Gegenwart. Kleine Feder McAbony, der sommersprossige Knirps mit dem sonderbaren Akzent und den altmodischen Kleidern, ist für die einen nicht von dieser Welt, für die anderen sogar ein Bote Gottes. Denn er hat eine ganz besondere Gabe: Er öffnet die Herzen der Menschen und erweckt die Liebe in ihnen.

Eran Kroband wurde 1966 in Tel Aviv geboren. Mit 21 Jahren zog er nach Pennsylvania in den USA und studierte dort Philosophie und Marketing. Heute lebt er in Paris und ist mit einer Französin verheiratet. Tagsüber ist er Computeranalyst, nachts schreibt er.

Unsere Adresse im Internet: www.fischerverlage.de

Eran Kroband

Kleine Feder McAbony
oder
Wie man die Herzen der Menschen liest

Roman

Aus dem Englischen von
Irmela Erckenbrecht

Fischer Taschenbuch Verlag

Veröffentlicht im Fischer Taschenbuch Verlag,
einem Unternehmen der S. Fischer Verlag GmbH,
Frankfurt am Main, Juli 2008

Die Originalausgabe erschien 2003
unter dem Titel ‹Little Feather McAbony›
bei Editions Robert Laffont / SLA

Druck und Bindung: Nørhaven Paperback A/S, Viborg
Printed in Denmark
ISBN 978-3-596-17950-3

Irgendwann zwischen 1910 und 1920 sollte in einem kleinen Dorf in der Ukraine die Familie meines Großvaters mit vielen anderen Dorfbewohnern von einer Gruppe Kosaken hingerichtet werden. Meine Vorfahren kamen nur deshalb mit dem Leben davon, weil einer der Kosaken, der sich in meine Großtante verliebt hatte, die anderen überredete, sie über die Grenze nach Polen fliehen zu lassen.

Diesem Kosaken soll das Buch gewidmet sein.

Die Welt war weiß. Tiefer Schnee bedeckte den Boden, überzog ihn so schwer und unzertrennlich wie weißer Zuckerguss einen Geburtstagskuchen. Wie kristallene Schmetterlinge schwebten große Schneeflocken durch die bitterkalte Luft.

«Was für ein schrecklicher Tag! Gott bestraft uns für unsere Sünden», sagte Peter McAbony zu seiner Frau Diana. «Er hat diese Schneesintflut geschickt, um uns alle darin umkommen zu lassen.»

«Was für ein wundervoller Tag! Die Götter wollen, dass wir mit den Weißen kurzen Prozess machen und zurück zu unseren Frauen in die warmen Zelte kriechen», sagte Großer Wolf zu seinem Bruder, Weiße Feder. Gemeinsam mit zwei weiteren Brüdern beobachteten sie die vier armseligen, sich mühsam durch den Schneesturm kämpfenden Planwagen.

Die McAbonys sahen die Indianer nicht. Den McCrays, den McAbots und McRires ging es nicht anders.

Großer Wolf reckte sein altes Gewehr in die Luft. Aus der Ferne erinnerte er an ein auf einem Pferd sitzendes T. Als er den Arm fallen ließ, galoppierten die Indianer zum Angriff.

Irgendwo zwischen Laramie und dem Green River lag zu Beginn des 19. Jahrhunderts ein kleines, abgeschiedenes Tal, das die Indianer den «Pfad ins Jenseits» nannten. Der Eingang zu diesem Tal war so eng, dass nicht mehr als vier Reiter nebeneinander hindurchpassten. Zu beiden Seiten ragten hohe Klippen auf, und es war der einzige Zugang. Regen und Schnee hatten den Fels im Laufe der Jahrhunderte so glatt poliert, dass es unmöglich war, daran emporzuklettern. In seinen Ausmaßen war das Tal bescheiden, kaum mehr als fünf Quadratkilometer einnehmend. Weit verstreut wuchsen immergrüne Bäume, und nahe dem Eingang durchschnitt ein tiefer, rasch dahinfließender Bach die Grasfläche. Wenige hundert Schritt vor diesem Eingang griffen die Indianer an.

«Hhhaaaiiiiii», riefen die Indianer und trieben ihre Pferde auf die Planwagen zu.

«Großer Gott, Indianer!», schrien die vor Schreck erstarrten schottischen Pioniere. Voller Panik peitschten sie auf ihre Pferde ein. Aber sie kamen nur langsam voran, die armen Zugpferde stolperten und strauchelten im tiefen Schnee. Irgendwie schafften sie es bis zum Eingang des Tales, wo die Schneedecke nicht mehr ganz so dick war. Die Tiere fassten Tritt und konnten etwas schneller laufen, dennoch kamen die Indianer immer näher. Die Zügel in beiden Händen haltend, rief Peter McAbony seiner zitternden Frau zu: «Nimm mein Gewehr und schieß!» Sie hatte noch nie im Leben ein Gewehr abgefeuert, doch jetzt schien der richtige Moment dafür gekommen zu sein. Das lange Gewehr im Arm, kroch sie auf die andere Seite des schwankenden Wagens, spannte den Hahn, wie sie es bei ihrem Mann gesehen hatte, und zielte sorgfältig auf den schon zum Sprung auf den Wagen der McRires ansetzenden Indianer. Diana McAbony schoss genau in dem Augenblick, als das rechte Hinterrad ihres Planwagens auf einen spitzen Felsen stieß und der Wagen einen Sprung tat. Die Kugel verfehlte Großen Wolf und traf stattdessen eine große Kiefer, die friedlich auf den Klippen stand. Der Schuss scheuchte ein Eichhörnchen in seinem Kobel auf. Das verängstigte Tier begann sich wie wild durch den Schnee zu graben, der sich seit Beginn des Winters davor angehäuft hatte. Dabei löste sich ein großes Stück Eis und fiel einem vorüberstreifenden Puma auf den Kopf. Die Raubkatze brüllte wütend auf und verschreckte damit einen riesigen Wapiti-Hirsch, der am Rand der Klippe gestanden und den Tumult darunter gelassen beobachtet hatte. Der Hirsch machte einen Satz in die Luft. Mit einem dumpfen Lärm landete sein enormes Gewicht so schwer auf dem Boden, dass ein Felsbrocken ins Rutschen kam. Schwerfällig rumpelte der Stein in den engen Eingang hinein und prallte dabei an allen Seiten ab. Unter seinen heftigen Stößen lösten sich weitere Felsen, und bald prasselte eine donnernde Felsenlawine herab. Der ohrenbetäubende Lärm ließ sowohl die

Verfolger als auch die Verfolgten erstarren. Weiße und Indianer sahen mit blankem Erstaunen, wie der Berg in sich zusammenstürzte. Ihnen war noch nicht klar, dass sie nun für immer von der Außenwelt abgeschnitten waren.

Als der Staub sich gelegt hatte und unter den unerbittlich fallenden Schneeflocken verschwunden war, hatte das Tal keinen Zugang mehr. Die vier Indianer starrten auf die riesigen Felsbrocken und begriffen, dass sie in dem Tal gefangen waren. Die verschreckten Weißen, die noch wenige Augenblicke zuvor gefürchtet hatten, skalpiert zu werden, sahen ungläubig zu, wie ihre Verfolger von den Pferden stiegen, ihre Waffen niederlegten und sich vor dem blockierten Zugang in einem Kreis niedersetzten. Eine Weile lang war die Welt vollkommen still. Dann fingen die Indianer, zur Verblüffung der verängstigten Weißen, zu singen an. Und obgleich die Schotten die Worte und deren Bedeutung nicht verstehen konnten, spürten sie doch die Angst in den Stimmen der Eingeborenen …

«Nutzen wir die Zeit, um uns neu zu formieren», rief Fred McAbot den anderen zu.

Rasch bildeten sie mit ihren Wagen einen Kreis, verschanzten sich und warteten, was die Indianer als Nächstes unternehmen würden. Als die Indianer ihre Zeremonie beendet hatten, griffen sie nach ihren Waffen und sprangen wieder auf ihre Pferde.

«Sie kommen», rief Fred. Hastig richteten die Pioniere ihre Gewehre auf die näher kommenden Indianer. Doch zu ihrem Erstaunen wirkten diese gar nicht mehr feindselig. Mit lockeren Zügeln ritten sie in gemächlichem Tempo heran, und die wilden Grimassen der Verfolgungsjagd waren ruhigen, ja fast freundlichen Mienen gewichen.

«Was mögen sie vorhaben?», fragte John McRire. «So wären sie für uns eine leichte Beute.»

«Vielleicht haben sie keine Lust mehr zu kämpfen», erwiderte Belinda, seine Frau.

Die Schotten senkten ihre Gewehre und warteten. Wenige Schritt vor der Wagenburg hielten die Indianer ihre Pferde an. Reglos starrten sie eine ganze Weile geradeaus. Schließlich stieg Großer Wolf ab und suchte etwas auf dem Boden. Er hob einen dünnen Stock auf und begann, damit etwas in den Schnee zu malen.

«Was macht er da?», fragte Fred.

«Ich glaube, er will uns etwas zeigen», sagte John.

«Vorsicht, Leute», warnte Peter. «Es könnte eine Falle sein.»

«Gebt mir Deckung, ich gehe hin und schau es mir an», sagte John.

Die Indianer rührten sich nicht, als John näher kam. Einige Schritt vor Großem Wolf blieb er stehen. Der Indianer hatte zwei Formen in den Schnee gezeichnet, eine Ellipse und etwas, das an eine Flasche erinnerte. John sah Großen Wolf fragend an. Der Indianer zeigte auf die flaschenähnliche Form, drehte sich langsam um und deutete auf die Wände des Tales. Dann machte er ein lautes Geräusch, das John erschrocken zusammenfahren ließ. Die Indianer lachten. Großer Wolf hob die Hand in Richtung des blockierten Ausgangs. Dann drehte er langsam den Kopf zurück und richtete seinen Blick auf die Ellipse.

«Es gibt keinen Ausgang mehr?», fragte John ungläubig. Aber Großer Wolf verstand ihn nicht und lächelte nur.

John ging zu den anderen zurück. «Was hat er gesagt?», fragte Peter.

«Wenn ich ihn richtig verstanden habe, sind wir mit den Indianern in diesem Tal eingeschlossen. Der einzige Zugang ist blockiert.»

Die Schotten schrien erschrocken auf und bekreuzigten sich.

Im Laufe der Zeit lernten die schottischen Pioniere, ihre Angst zu überwinden und die Indianer zu achten. Sie lehrten sie ihre Sprache, damit sie alle zusammen beten konnten (wenn auch zu unterschiedlichen Göttern); sie lehrten sie lesen, damit die Worte der Bibel ihre Seelen durchdringen konnten; und sie lehrten sie, am Tag des Herrn zu ruhen. Warum die Weißen einen besonderen Ruhetag brauchten, blieb den Indianern allerdings ein Rätsel; hatten sie das Bedürfnis, sich auszuruhen, war ihnen ein Tag so recht wie der andere.

Die Indianer wiederum lehrten die Schotten jagen, fischen und Heilkräuter sammeln. Ihr Wissen und ihre Fähigkeiten sicherten das Überleben und machten die Gründung des Dörfchens Loneliville überhaupt erst möglich.

Wie das Glück, der Zufall, das Schicksal, die Vorsehung oder Gott es wollten (vielleicht sind ja alle ein und dasselbe), hatten die vier schottischen Familien jeweils eine einzige Tochter. Und um zu beweisen, dass es (das Glück, der Zufall, das Schicksal, die Vorsehung oder Gott – die Schotten glaubten natürlich, dass Gott dahinter steckte) alles im Griff hatte, gab es für jede dieser Töchter einen in etwa gleichaltrigen Mann unter den Indianern.

Und so konnte Peter McAbony, als Großer Wolf nach sechs Monaten friedlichen Miteinanders zu ihm kam und ihn bat, seine Tochter Lisa für immer in sein Tipi holen zu dürfen, keinen wirklichen Einwand vorbringen.

«Wenn du sie heiraten willst, bin ich einverstanden, aber wir müssen es richtig machen.» Dem wiederum konnte Großer Wolf nicht widersprechen.

«Du musst dich taufen lassen», sagte Peter.

«Gut», erwiderte Großer Wolf und hoffte nur, es würde nicht wehtun.

Als der große Tag gekommen war, führten die vier Schotten Großen Wolf an den Bach, tauchten ihn in das Wasser und reihten, da sie keinerlei theologische Ausbildung hatten, alle feierlichen Gebete aneinander, an die sie sich erinnern konnten. Es war sicherlich eine der ungewöhnlichsten religiösen Zeremonien in der Geschichte der Menschheit. (Was vielleicht auch erklärt, warum die Tätigkeiten «taufen», «waschen» und «sauber machen» von den Indianern und ihren Nachkommen von nun an als gleichbedeutend angesehen wurden und Sätze wie «du bist dran mit Geschirr taufen» oder «das Baby hat sich dreckig gemacht, ich muss es taufen» in Loneliville ganz alltäglich waren.)

Großer Wolf fügte sich willig in die seltsamen Rituale der Weißen. Doch als sie ihm einen christlichen Namen verpassen wollten, stellte er sich quer.

«Ich habe schon einen Namen.»

«Ich auch», erwiderte Peter, der nicht wusste, wie er seinen Schwiegersohn von der Notwendigkeit überzeugen sollte, sich einen Namen zuzulegen, mit dem er eines Tages an der Himmelspforte wohlwollend aufgenommen würde.

«Ja, Peter.»

«Nein, Peter ... McAbony.»

Der Indianer sah ihn fragend an.

«Ah, wie Großer Wolf ... Cheyenne.»

«Ja», sagte Peter und lächelte erleichtert.

«Und was bedeutet Peter?», fragte Großer Wolf.

«Nichts.»

«Und John?»

«Auch nichts.»

«Und Fred?»

Peter schüttelte nur den Kopf.

«Dann will ich euren Namen nicht», schloss Großer Wolf. «Ein Mann, dessen Name nichts bedeutet, wird von den Göttern nicht in die Ewigen Jagdgründe eingelassen.»

Peter ließ nichts unversucht, um ihn doch noch zu überzeugen, aber Großer Wolf wollte nichts davon hören. Sein einziges Zugeständnis bestand darin, Lisas Nachnamen neben seinem auf die Heiratsurkunde zu schreiben. Und so wurde in Loneliville eine neue Sitte ins Leben gerufen, nämlich dass der Mann den Nachnamen seiner Frau annahm. Später, als er und Lisa McAbony ihr erstes Kind bekamen, bestand Großer Wolf, sonst ein nachgiebiger und verständnisvoller Ehemann, darauf, dem Jungen einen «bedeutsamen» Namen zu geben. Lisa zögerte, doch als Großer Wolf schwor, den Kleinen nur Einsamen Bären zu nennen, ganz egal, welchen unsinnigen Namen die anderen sich für ihn ausdenken würden, lenkte Lisa ein. Und so kam es zu einer weiteren ungewöhnlichen Sitte, die den Kindern von Loneliville zu einem indianischen Vornamen und einem schottischen Nachnamen verhalf.

Während die alte Generation anfangs noch zögerte, die neuen Gewohnheiten anzunehmen, verblassten im Laufe der Zeit die Gegensätze. Als schließlich Kleine Feder das Licht der Welt erblickte, lebten die Bewohner von Loneliville trotz ihrer unterschiedlichen Herkunft in bester Eintracht.

Die indianisch-schottischen Einwohner von Loneliville bildeten eine so eigenwillige Mischung, dass ein Forschungsreisender, hätte er sie zu Gesicht bekommen, sicher von einem ganz neuen Volk gesprochen hätte. Im Widerstreit der Gene hatte sich das glatte schwarze Haar der Indianer gegen die roten Locken aus Europa durchgesetzt. Außerdem hatte die bronzefarbene Haut ebenso Oberhand gewonnen wie zum Glück auch der geschmeidige, muskulöse Körper der Eingeborenen.

Doch auch die Gene der Neuankömmlinge hatten ihre Spuren hinterlassen: Auf den Gesichtern der Neugeborenen fanden sich zahlreiche Sommersprossen (was die Indianer, die darin ein Zeichen für den Zorn der Götter sahen, erst ziemlich entsetzte), und ihre himmelwärts gewandten Nasen zeugten vom Stolz schottischer Hochlandbewohner. Überraschenderweise war die vorherrschende Augenfarbe grünlich-blau, ein echtes Wunder der Natur, da sich dunkle Augen meist eher durchsetzen. Die schottischen Gene sorgten auch dafür, dass die Bewohner von Loneliville Alkohol vertrugen.

Und so wäre unser Forschungsreisender zu dem Schluss gekommen, dass sie von beiden Welten das Beste abbekommen hatten.

Doch weder ein Forschungsreisender noch sonst irgendjemand auf der Welt hatte je die Chance, sie kennen zu lernen, denn noch vor seiner Entdeckung wurde Loneliville mit einem Schlag dem Erdboden gleichgemacht.

Von einer geheimen Mission kehrte Colonel James T. Brooks zu seiner Militärbasis in Nevada zurück. Unter dem Bauch trug sein Flugzeug die neueste und tödlichste Bombe, die die Menschheit je erfunden hatte. Das Wetter war fürchterlich. Heftiger Schneefall blendete den Colonel, ein starker Wind hob das Flugzeug mit erschreckender Leichtigkeit in die Höhe und warf es wie ein Plastikspielzeug hin und her. Die Kontrolle über das Flugzeug zu behalten war furchtbar anstrengend. Der Colonel war bald erschöpft. Im

Cockpit hin- und hergeschleudert, spürte der erfahrene Pilot Stück um Stück seine Kräfte schwinden. Er rief um Hilfe, aber es gab niemanden, der ihm hätte helfen können. Plötzlich sackte das Flugzeug mit der Nase voran in die Tiefe. In dem verzweifelten Versuch, sich und sein Flugzeug zu retten, warf der Colonel die Bombe ab. Danach war das Flugzeug sehr viel leichter und einfacher wieder unter Kontrolle zu bringen. Mit allerletzter Kraft schaffte es der Colonel zurück zu seinem Militärflughafen.

Der Schneesturm dauerte fünf volle Tage. Als er sich endlich gelegt hatte, schickte die Armee ihre besten Einheiten aus, um nach der Bombe zu suchen. Sie war nirgends zu finden.

Kleine Feder McAbony, einziges Kind des verstorbenen Paares Grauer Bär und Wilde Blume McAbony, suchte in einer Höhle nahe des blockierten Talzugangs verzweifelt nach Tiger, seinem kleinen schwarzen Kater. Gerade hatte er Tigers jadegrüne Augen entdeckt, als die Bombe explodierte und Loneliville in eine Staubwolke verwandelte, die bald darauf mit dem tiefen Schnee eins wurde. Kleine Feder, der zu der Zeit vielleicht zehn Jahre alt war, wurde ins Innere der Höhle geschleudert. Er landete auf dem weichen, sandigen Boden und war zum Glück nicht verletzt, wenn auch sehr erschrocken. Nie zuvor in seinem Leben hatte er einen so lauten Knall gehört. Als es wieder still wurde, hörte er neben sich ein ängstliches Miauen. Zärtlich nahm er das Kätzchen auf und streichelte es, bis das verängstigte Tier zufrieden schnurrte. Erst dann kroch er vorsichtig aus der Höhle, um zu sehen, woher der Knall gekommen war. Ein schlimmer Anblick erwartete ihn. In wenigen Minuten hatte sich sein Leben vollständig verändert. Die neueste Erfindung der Menschheit hatte sein Tal dem Erdboden gleichgemacht. Die Häuser, die Tipis, die Bäume, die Felder, selbst der Bach – alles war verschwunden. Nur eine große weiße Leere starrte ihm entgegen.

Was Kleine Feder am meisten erstaunte, war jedoch, dass der Knall auch die großen Felsbrocken weggefegt hatte, die seit fast zweihundert Jahren den Eingang zum Tal blockiert hatten. Vorsichtig näherte er sich der Öffnung. Auf halbem Wege blieb er stehen und schaute dorthin zurück, wo sich sein ganzes bisheriges Leben abgespielt hatte. Dann, als hätte er einen inneren Entschluss gefasst, steckte er Tiger in seine Jackentasche und wandte sein sommersprossiges Gesicht der neuen Welt zu, die sich vor ihm erstreckte. Sein Kätzchen fest an sich gedrückt, flüsterte er: «Tiger, mein Freund, wir werden für dich ein neues Zuhause und etwas zu fressen suchen müssen.»

Jeder andere Zehnjährige wäre unter ähnlichen Umständen mit Sicherheit umgekommen. Kleine Feder jedoch wusste sich sehr gut allein zu helfen. Trotz des schlimmen Wetters machte er Jagd auf kleine Tiere, die er über einem mit Feuersteinen geschlagenen Feuer briet. Er schlief in Höhlen und deckte sich und Tiger mit Laub zu, um sich warm zu halten. Wasser war im Überfluss vorhanden, und kein Raubtier konnte den scharfen, mit teuflischer Genauigkeit geschossenen

Pfeilen von Kleiner Feder widerstehen. Ein großer schwarzer Bär, der seinen Weg gekreuzt hatte, wurde Tage später von Wildhütern gefunden. Das riesige Tier war müde, hungrig und schwach. Aus seinen zitternden Flanken ragten noch die Pfeile von Kleiner Feder.

Seine altmodische Kleidung war das Erste, was den nach der Bombe suchenden Soldaten auffiel, als sie Kleine Feder fanden – oder besser: als *er* die Soldaten fand. Es war eine Truppe von fast zwanzig Männern, Teil einer Elite-Aufklärungseinheit der US-Armee. Die Soldaten hockten um ein gemütliches Lagerfeuer und warteten auf ihr Abendessen. Leise wie ein Puma schlich Kleine Feder sich an und stibitzte ein herrlich duftendes Stück Fleisch von ihrem Grill. Sprachlos vor Erstaunen über sein plötzliches Erscheinen, sahen die Soldaten ihm beim Essen zu. Erst als der Knochen vollständig abgenagt war, wandte er sich lächelnd zu ihnen um.

«Das mundet vortrefflich», lobte er ihr Essen mit rollendem «r» und unüberhörbar schottischem Ton.

«Wer bist du?», fragte der Captain, der die Truppe kommandierte.

«Kleine Feder, mein Herr», sagte der Junge.

«Und wo kommst du her, Kleine Feder?», fragte der Captain, der den anderen grinsend zu verstehen gab, dass er sich vorerst auf das Spiel des Jungen einlassen wollte.

«Aus Loneliville.» Aus seinem Mund klang es wie «L*ou*neliville». Seine Vokale waren so dunkel und rau wie das Echo in den schottischen Bergen.

«Einen Ort dieses Namens gibt es hier nicht», sagte der Captain.

«Fürwahr, es gibt ihn nicht mehr», nickte Kleine Feder traurig.

Die Soldaten sahen sich an. Sie wussten nicht, wie sie die Worte des Jungen deuten sollten.

«Könntest du uns hinführen?», fragte der Captain.

«Ich fürchte, nein, mein Herr», erwiderte Kleine Feder. «Ich bin selbst in die Irre gelaufen.»

Und das stimmte tatsächlich. Fünfzehn Tage waren seit dem großen Knall vergangen – fünfzehn Tage, in denen er kilometerweit durch eine ihm bis dahin völlig unbekannte Welt geirrt war. Er hätte die Männer beim besten Willen nicht nach Loneliville führen können.

«Was meinst du damit, wenn du sagst, es gebe diesen Ort ‹nicht mehr›?», fragte der Captain.

«Ich hatte gerade in einer Höhle nach meinem Kater gesucht, als ich einen lauten Knall vernahm. Als ich aus der Höhle trat, war ganz Loneliville verschwunden!»

«Verstehe», sagte der Captain, der in Wirklichkeit gar nichts verstand. «Und wo sind deine Mutter und dein Vater?»

«Tot.» Bei ihm klang es wie «t*ou*t». Sein schottischer Akzent war unüberhörbar.

«Durch den … Knall?»

«Nein, nein, sie sind schon vorher verstorben.»

«Und wo wohnst du jetzt?» Der Captain wurde allmählich ein wenig ungeduldig.

«Zuerst brachte man mich zu meinem Großvater, Listiger Fuchs, doch dann starb auch der und ich wurde von Dickem Pferd und seiner Frau, Roter Hirschkuh, aufgenommen. Obschon ich mich mit den beiden nicht alleweil gut verstanden habe. Sie wollten nicht zulassen, dass Tiger nachts mit in meine Bettstatt kam. Ich wollte ihn aber nicht alleine lassen. Er ist ein so ängstliches kleines Tier. Deshalb schlief ich zumeist bei den Tieren im Stall, und wenn es wärmer war, draußen unter den Bäumen. Nun gibt es in unserem Tal keine Bäume mehr und ich muss für Tiger ein neues Zuhause suchen. In den großen Wäldern ist ihm nicht gar so wohl.»

«Und woher weißt du das?», fragte der Captain spöttisch. «Hat er es dir erzählt?»

Kleine Feder war zu jung und unerfahren, um den Spott herauszuhören. Da Tiger ihm tatsächlich erzählt hatte, dass er die großen Wälder nicht mochte, sagte er einfach: «Ja.»

Die Soldaten lachten. Dann stellten sie ein kleines Zelt für Kleine Feder und Tiger auf (ihnen war es egal, ob der Junge seine Katze mit ins Bett nahm oder nicht) und sagten, am nächsten Morgen würden sie sich um alles Weitere kümmern. Kleine Feder hatte keine Ahnung, was sie unter «alles Weitere» verstanden, also nickte er bloß und sagte «Gute Nacht». Das Zelt war warm und bequem und wenige Minuten später waren der Junge und sein kleiner Kater eingeschlafen.

«Sergeant», sagte der Captain, als sie außer Hörweite des Zeltes waren, «benachrichtigen Sie den nächsten Sheriff, dass wir den Jungen gefunden haben. Seine

Eltern müssen schon ganz krank vor Sorge sein. Und morgen bringen Sie ihn dann zurück.»

«Ja, Sir.»

Den Captain faszinierte die Geschichte des seltsamen kleinen Jungen, auch wenn er sich keinen rechten Reim darauf machen konnte. Er hatte das Gefühl, dass der Junge etwas über die Bombe wusste, aber offenbar hatte er selbst die Orientierung verloren und würde sie womöglich tagelang nur im Kreis führen. «Bestimmt werden wir die Bombe auch ohne seine Hilfe finden», dachte der Captain und ging zu Bett.

Am nächsten Morgen wurde Kleine Feder neben den Sergeant in einen Jeep gesetzt.

«Wie heißt du noch mal?», fragte der Soldat, der dachte, bei hellem Tageslicht wären die Flausen vom Vorabend vergessen.

«Kleine Feder, mein Herr. Sagt an, welche Pferde sollen diese große Kutsche ziehen?»

«Also gut, *Kleine Feder*. Die Kutsche fährt ganz von selbst. Und wo hast du diese Kleider her?», fragte er und musterte den Jungen aufmerksam.

«Rote Hirschkuh hat sie für mich genäht. Aber wo habt Ihr Eure her? Und warum tragt Ihr alle die gleichen Gewänder?»

«Weil wir Soldaten sind.»

Kleine Feder starrte den Sergeant misstrauisch an. Im Wohnzimmer von Kluger Eule hatte er Bilder von Soldaten gesehen, und der Mann neben ihm sah ganz und gar nicht wie ein Soldat aus. Jedenfalls nicht wie ein britischer Soldat aus dem 19. Jahrhundert.

Der Sergeant holte einen Schokoriegel aus der Tasche und reichte ihn dem Jungen. «Mars», las Kleine Feder laut, «genau wie der Planet.»

«Mach schon. Das kann man essen», ermunterte ihn der Soldat.

Kleine Feder runzelte die Stirn. Er hatte keine große Lust, in Papier zu beißen. Der Sergeant nahm den Riegel, riss das Papier ab und drückte dem Jungen die Schokolade in die Hand. Kleine Feder roch daran, fand den Geruch offenbar angenehm und nahm einen kleinen Biss. «Köstlich», sagte er und stopfte sich den Rest mit einem Mal in den Mund. Er kaute lange, um den ungewohnt süßen Geschmack auszukosten, und schluckte die Schokolade in winzigen Stücken herunter.

«Du hast noch nie ein Mars gegessen, oder?»

«Nein. Aber es mundet vortrefflich.»

Der Soldat holte einen zweiten Riegel heraus. Als der Junge ihn aufgekaut hatte, waren sie in Pennsville angekommen.

«Hören Sie», sagte der Sheriff von Pennsville in scharfem Ton, «ich habe Ihnen gleich gesagt, dass hier in der Gegend kein Kind vermisst wird. Bei dem Wetter hätte da draußen ohnehin kein Kind allein überleben können. Was soll ich Ihrer Meinung nach mit dem Jungen machen? Ich kann es mir nur so erklären, dass seine Eltern irgendwo in der Nähe Ihres Lagers campen, Sie können ihn also genauso gut wieder mitnehmen.» Der Sheriff war ein großer, muskulöser Mann mittleren Alters. Die Pistole an seinem Gürtel war fast so groß wie Clint Eastwoods Waffe in «Fremder ohne Namen», nur dass der Sheriff seine – im Gegensatz zu Clint Eastwood – eher selten benutzte.

«Wer käme bei dem Wetter auf die Idee zu campen?», gab der Sergeant zurück.

«Woher zum Teufel soll ich das wissen? Ich weiß nur, dass ich ihn nicht hier behalten kann. Haben Sie den Jungen nicht gefragt, wo seine Eltern sind?»

«Doch, natürlich. Er sagte, sie wären tot.»

«Oh, Scheiße. Wie war noch mal sein Name?», fragte der Sheriff, nun in einem etwas sanfteren Ton.

«Kleine Feder.»

«Sein wirklicher Name, Sergeant. Wir müssen seinen wirklichen Namen wissen.» Die Stimme des Sheriffs klang schon wieder gereizt.

«Seinen richtigen Namen will er nicht nennen.»

Der Sheriff sah den Soldaten verächtlich an. Dann stand er von seinem alten, knarrenden Stuhl auf, hob den Jungen, der bis dahin schweigend neben dem Soldaten gestanden und dessen Hand gehalten hatte, hoch und setzte ihn auf den Tisch. Tiger, von der plötzlichen Bewegung unsanft geweckt, maunzte aus dem Innern der Jackentasche.

«Also, Junge, wie heißt du wirklich?» Sie starrten einander an, und ihre Nasen berührten sich fast.

«Kleine Feder, mein Herr.»

«Ich will wissen, wie du wirklich heißt!» Die Stimme des Sheriffs klang streng, aber nicht unfreundlich.

«Das ist mein wirklicher Name.» Als hätte er endlich verstanden, was man von ihm wollte, fügte er jedoch nach einer kurzen Pause hinzu: «Kleine Feder McAbony.»

«Aha, da kommen wir der Sache schon näher», sagte der Sheriff triumphierend. Er wandte sich zu dem Sergeant um: «Lassen Sie ihn hier. Sie können ruhig zu Ihrer Truppe zurückkehren, ich kümmere mich um den Rest.»

Zwar hatte der Sheriff noch nie von einer Familie namens McAbony gehört. Dennoch beschloss er, den Jungen für ein paar Tage mit zu sich nach Hause zu nehmen. Der sonderbare kleine Bursche interessierte ihn. Und er war sich ziemlich sicher, dass er die verantwortungslosen Eltern würde auftreiben können, ehe der Kleine anfing, ihm auf die Nerven zu gehen.

Nach sieben Tagen unablässiger Nachforschungen in einem Gebiet von fast 800 Quadratkilometern musste der Sheriff feststellen, dass es weit und breit keine McAbonys gab. Sein Gefühl sagte ihm, dass der Junge nicht log, was seinen Namen betraf. Hatte seine Frau diesen nicht auch am Saum seiner sonderbaren Jacke gefunden? «K. F. McAbony» war dort mit rotem Garn eingestickt. Allerdings glaubte der Sheriff nicht, dass er wirklich Kleine Feder hieß, sondern vermutete hinter den Initialen zwei ganz normale Vornamen wie Kenneth Frank, Karl Francis oder Kevin Frederick. Von Zeit zu Zeit sprach der Sheriff ihn deshalb probehalber mit einem dieser Namen an, rief: «Hallo, Kenny», oder: «Wo bist du, Kevin?», oder: «Das Essen ist fertig, Karl.» Aber der Einzige, der sich daraufhin zu ihm umdrehte, und das auch nicht gerade mit sehr freundlicher Miene, war Tiger, dessen Schlaf er mit seinem lauten Rufen mal wieder gestört hatte. Der Junge schaute nicht einmal auf. Schließlich musste der Sheriff zumindest sich selbst eingestehen, dass seine Nachforschungen absolut nichts erbrachten. Niemand schien einen K. F. McAbony zu vermissen. Und dem Jungen schien die Trennung von seinen Angehörigen auch nicht sonderlich viel auszumachen. Am faszinierendsten waren für den Sheriff jedoch der Akzent und die altertümliche Ausdrucksweise des Jungen. Zwar war er, was sprachliche Feinheiten betraf, nicht besonders bewandert, erst recht nicht, wenn es um alte schottische Dialekte ging. Er hörte nicht heraus, ob es sich um den schweren, gälisch eingefärbten Zungenschlag des alten schottischen Hochlands oder den klaren, Silbe für Silbe deutlich trennenden Akzent moderner schottischer Großstädter handelte – und das war ihm auch egal. Er wusste nur, dass der Junge nicht aus dieser Gegend stammte. Zwei Tage lang hegte er den Verdacht, der Junge könnte als Tourist ins Land gekommen sein. Doch als er ihn danach befragte, antwortete Kleine Feder, er habe keine Ahnung, was das Wort «Tourist» bedeutete. Bestärkt wurde die Antwort des Kindes durch die Einwanderungsbehörde, die wenige Tage später auf Anfrage bestätigte, in den letzten drei Jahren sei kein McAbony eingereist. Der Sheriff war verzweifelt. Als er angeboten hatte, sich um den Jungen zu kümmern, hatte er mit zwei oder drei Tagen gerechnet. Und er hatte sich nicht vorgestellt, dass das Leben mit einem kleinen Jungen so anstrengend sein könnte. Kleine Feder aß mit den Händen, trank direkt aus dem Wasserhahn und wusch sich nur äußerst sporadisch. Er weigerte sich, die neuen Kleider anzuziehen, die der Sheriff und seine Frau ihm gekauft hatten, und war nicht dazu zu bewegen, seine alten Sachen in die Waschmaschine zu stecken.

Erst nach einer sehr langen und ermüdenden Verfolgungsjagd, die Kleine Feder königlich amüsierte, gelang es dem Sheriff und seiner Frau, dem Jungen seine völlig verdreckte Jacke auszuziehen. Sie steckten ihn in die Badewanne, schrubbten ihn von Kopf bis Fuß, schnitten sein wildes langes Haar und zogen ihm moderne Kleidung an. Als sie fertig waren, pfiff die Frau des Sheriffs, eine kräftige Frau, der man im alten Westen ohne weiteres zugetraut hätte, ihr Haus mit dem Gewehr in der Hand zu verteidigen, vor Bewunderung durch die Zähne.

«Da hast du uns aber einen hübschen kleinen Lausebengel eingefangen, George.»

Der Sheriff nickte kurz. Er hatte keine Ahnung von Kindern, hätte nicht sagen können, ob eines hübsch oder hässlich war. Solange es sich ruhig und höflich verhielt und – für ihn am allerwichtigsten – nicht gegen das Gesetz verstieß, konnte es seinetwegen aussehen, wie es wollte.

Er wollte die alte Jacke verbrennen, aber der kleine Kerl sah ihn so durchdringend an, als wollte er sagen: «Wenn du das tust, ist es zwischen uns ein für allemal aus», dass er sie dem Jungen nach drei Waschgängen in der Maschine wiedergab.

«Hier bei uns kleidet man sich nicht so nachlässig», sagte der Sheriff und versuchte, es nach einer elterlichen

Ermahnung klingen zu lassen. Kleine Feder hatte keine Ahnung, was das Wort «nachlässig» bedeutete, und konnte sich auch nicht erklären, warum der Sheriff und seine Frau um seine Kleidung ein solches Aufhebens machten. Aber da er seine Jacke zurückbekommen hatte, versprach er, es nicht wieder zu tun, was immer der Sheriff damit gemeint haben könnte.

Kleiner Feder gefiel es bei dem Sheriff und seiner Frau. Nach und nach entdeckte er den Fernseher, das Radio und alle anderen elektrischen Geräte. Die Tatsache, dass er sie bis dahin offenbar nicht gekannt hatte, bestärkte den Sheriff in der Annahme, dass er der verlorene Sohn einer Touristenfamilie war. In Amerika hätte kein Kind zehn Jahre alt werden können, ohne mit all diesen Annehmlichkeiten in Berührung zu kommen. Und Kleine Feder, der anfangs auf die vielen neuen Dinge noch ängstlich reagiert hatte, war ein so neugieriger und intelligenter Junge, dass er innerhalb einer Woche mit der Fernbedienung und sämtlichen elektrischen Schaltern umgehen konnte – und damit etwa fünfzig Prozent aller Fertigkeiten erworben hatte, die man für das Überleben in unserer modernen Welt brauchte. Auch Tiger, der von seinem Wesen her eher misstrauisch war, hatte sich schnell an die neue Umgebung gewöhnt. Vor allem hatte er auf dem Schrank im Zimmer von Kleiner Feder einen Lieblingsplatz gefunden, von dem aus er alles beobachten konnte, ohne selbst gesehen zu werden. Und nachdem er sich erst einmal an die tiefe Stimme des Sheriffs gewöhnt hatte, fing auch er an, sich in seinem neuen Zuhause wohl zu fühlen.

Eines Sonntagnachmittags wollte der Sheriff sich ein wenig ausruhen und war gerade eingeschlafen, als ein schriller Schrei ihn weckte und nach unten eilen ließ. Er lief in die Küche, wo Georgia, wie er wusste, das Abendessen zubereitete. Georgia kroch auf allen vieren über den Küchenfußboden und versuchte zu retten, was von Georges Lieblingsessen, einem Brathähnchen, noch übrig geblieben war.

«Was zum Teufel …?», fragte er.

«Das war dieser kleine …», gab Georgia wütend zurück.

«Aber … warum?», fragte der überraschte Sheriff.

«Er sagte, es sei vergiftet. Wenn ich den zu fassen kriege …»

«Aber es ist vergiftet», sagte Kleine Feder vom offenen Küchenfenster her.

Georgia sprang auf und schrie: «Ich an deiner Stelle würde sehen, dass ich wegkomme, und zwar auf schnellstem Wege.»

«Ich habe keine Ursache zur Flucht», erwiderte Kleine Feder. «Ich habe kein Unrecht getan.»

«Ach, wirklich? Da, wo du herkommst, habt ihr wohl ständig gutes Essen weggeworfen», schrie Georgia.

«Aber das ist kein gutes Essen!», beharrte der Junge.

«Sagt wer?», fragte der Sheriff.

«Riecht daran, dann werdet Ihr es selber merken», antwortete Kleine Feder.

George roch an dem Fleisch, fand aber nichts daran auszusetzen. In ihrem Zorn bestätigt, trat Georgia näher ans Fenster. Zu ihrem Erstaunen wich Kleine Feder nicht zurück.

«Wenn dieses Hähnchen wirklich so schlecht ist, wie du behauptest, würde Tiger bestimmt nichts davon fressen, oder?», fragte sie.

«Selbstverständlich nicht», antwortete der Junge.

Trotz ihres beträchtlichen Leibesumfangs sprang Georgia in Windeseile die Treppe hinauf und kam wenig später mit Tiger auf dem Arm zurück in die Küche. Sie stellte ein schönes Stück Fleisch auf den Tisch und setzte den Kater sanft daneben. Tiger schnüffelte an dem Hähnchen, einem Leckerbissen, den er sonst nie verschmähte, wandte sich um, sprang vom Tisch und lief zurück zur Treppe. Georgia wusste nicht, was sie sagen sollte.

«Vielleicht hat er einfach keinen Hunger», meinte George.

«Nein, das Fleisch ist schlecht», beharrte der Junge. In dem Augenblick war von draußen Hundegebell zu hören.

«Das muss Dr. Hase mit seinem Charlie sein. Bieten wir doch Charlie etwas von unserem Hähnchen an. Wenn er es auch nicht fressen will ...», sagte der Sheriff, aber Georgia war schon mit einem großen Stück Hähnchenfleisch auf dem Weg nach draußen. Auch Charlie schnüffelte nur kurz an dem angebotenen Braten, winselte enttäuscht und lief rasch weiter.

«Ich an Ihrer Stelle würde nichts davon essen», rief Dr. Hase und joggte weiter.

Als sie zurück in die Küche kam, war Georgias Tonfall schon wesentlich ruhiger.

«Woher wusstest du das, Kleine Feder? Du hast doch nichts hineingetan, oder?»

«Nein, ich habe nur an dem Fleisch gerochen.»

«Aber das haben wir auch, und uns ist nichts aufgefallen», bemerkte der Sheriff.

«Mich dünkt, das liegt daran, dass Ihr so viel Zeit im Haus verbringt und ständig vorm Fernseher sitzt. Vielleicht solltet Ihr öfter in den Wald hinausgehen.»

Auf dem Rückweg nahm Dr. Hase ein Stück von dem Hähnchenfleisch mit, um es untersuchen zu lassen. Drei Tage später rief er an und erklärte dem Sheriff, dass der Junge ihn und seine Frau vor einer schweren Lebensmittelvergiftung bewahrt hatte.

Georgia wurde blass.

«In dem Jungen steckt mehr, als man ihm auf den ersten Blick zutraut», dachte sie.

Ein Monat verstrich. Der Sheriff gelangte zu der Überzeugung, dass Kleine Feder – er hatte keine andere Wahl, als ihn Kleine Feder zu nennen – das Kind australischer Touristen war. Wahrscheinlich hätte der Sheriff Australien nicht auf der Landkarte gefunden, und im Grunde wusste er über dieses ferne Land ebenso viel wie über die klassische griechische Philosophie, nämlich so gut wie gar nichts. Aber sein Unwissen bestärkte ihn nur in seiner Vermutung. Ein so außergewöhnlicher Junge konnte nur aus einer abgelegenen Gegend stammen, über die der Sheriff nicht Bescheid wusste. Und das einzige englischsprachige Land, das der Sheriff von Pennsville, Colorado, mit sonderbarer

Kleidung und einem noch sonderbareren Akzent verband, war nun einmal Australien.

Nicht bereit zuzugeben, dass er den kleinen Teufel, wie er ihn liebevoll nannte, längst ins Herz geschlossen hatte, setzte er offiziell die Suche nach seinen Eltern fort. In Wirklichkeit jedoch unternahm er immer weniger, um die Familie des Jungen ausfindig zu machen. Georgia, seine Frau, sah ungläubig, wie ihr Ehemann, dem sie menschliche Gefühle kaum noch zugetraut hätte, durch ihren kleinen Gast immer weicher, ja fast väterlich wurde. Und als der Sheriff beschloss, den Jungen mit zur Jagd zu nehmen, wusste sie, dass George alles in seiner Macht – und natürlich im Rahmen des Gesetzes – Stehende tun würde, um den Jungen bei sich zu behalten. Die Jagd war, wie sie nur allzu gut wusste, Georges liebstes Hobby, das er nur mit seinen allerbesten Freunden teilte. Dass er Kleine Feder mitnehmen wollte, hieß, dass ihm der Kleine wirklich am Herzen lag.

«Bist du schon mal auf Bärenjagd gewesen?», fragte der Sheriff eines Abends beiläufig am Esstisch.

«In diesem Jahr noch nicht», erwiderte der Junge. Der Sheriff lachte. Einen so schlagfertigen Zehnjährigen hatte er noch nie erlebt.

Die Augen des Sheriffs wurden feucht, als er Kleine Feder mit Pfeil und Bogen die Treppe herunterkommen sah.

Es war mitten im Winter, außerhalb jeder Jagdsaison, von der Bärenjagd ganz zu schweigen. Eigentlich hatte der Sheriff nur etwas Zeit allein mit dem

Jungen verbringen wollen, um so vielleicht doch noch ein paar Antworten auf seine vielen Fragen zu finden. Kleine Feder seinerseits wusste natürlich, dass die Bären um diese Zeit Winterschlaf hielten, aber die Vorstellung, mit George einen Ausflug in den Wald zu unternehmen, gefiel ihm sehr. Der Bär, der ihn erst vor wenigen Wochen angegriffen hatte, war sicherlich von dem lauten Knall aufgeweckt worden.

Der Sheriff nahm sein Gewehr – man weiß schließlich nie, was draußen in der Wildnis passieren kann –, drückte Kleine Feder den Proviant in die Hand und kletterte in sein Auto. Erst jetzt bemerkte er, dass der Junge wieder seine alte Jacke und seine Ledermokassins trug.

«Warum ziehst du nicht die neuen Sachen an, die wir dir gekauft haben?»

«Sie riechen nach Stadt», erwiderte Kleine Feder.

Der Sheriff dachte, der Junge wollte sich zünftig kleiden, um richtig Jäger spielen zu können, und ließ es gut sein. Den Rest der Fahrt verbrachten sie schweigend. Als sie die Lieblingsstelle des Sheriffs erreicht hatten, hielten sie an und stellten das Auto ab. Der Sheriff ging voran in den tiefen, dunklen, kalten Wald. Der Junge folgte. Nach einer Weile bemerkte der Sheriff, dass er nur seine eigenen Schritte hörte. Der Junge machte überhaupt keine Geräusche, schlich so lautlos wie ein Panther. Plötzlich blieb er stehen und lauschte. Der Sheriff hörte nichts. Aber der Junge mahnte ihn mit einem Finger auf dem Mund zur Stille. Mit der anderen Hand wies er George an, stehen zu bleiben. Mit einem verschmitzten Lächeln flüsterte er: «Abendessen.» Dann spannte er einen Pfeil in seinen Bogen und verschwand lautlos im Unterholz. Der Sheriff wagte sich nicht zu bewegen. Nach kurzer Stille hörte er, wie ein Tier aufsprang und hart zu Boden fiel.

Wenige Minuten später war zu hören, wie etwas über den Boden geschleift wurde. Bald darauf hörte er den schweren Atem des Jungen. «Allmächtiger!», staunte der Sheriff, als er den Jungen ein totes Reh hinter sich herziehen sah. Die Kehle des Tieres durchbohrte einer der scharfen Pfeile von Kleiner Feder. «Allmächtiger!», wiederholte er.

«Wo um alles in der Welt hast du das gelernt?», fragte der Sheriff, als der Junge, das Gesicht noch ganz rot von der Anstrengung, ihm das tote Reh zu Füßen legte.

«In der Schule», antwortete der kleine Jäger. Den Sheriff erfasste grenzenlose Bewunderung für das australische Schulsystem.

Die Schulbildung in Loneliville war eine Mischung aus mündlicher indianischer Überlieferung und strengen europäischen Lehrmethoden gewesen. Alle Kinder der von der Außenwelt abgeschnittenen kleinen Gemeinde hatten die von Lisa McAbony gegründete Schule besucht. In Loneliville gab es keine Analphabeten, alle Kinder lernten lesen, schreiben und rechnen. Unterstützt von ihrem Vater gab Lisa außerdem regelmäßig Bibelstunden, wobei sie allerdings nur das Alte Testament verwenden konnte, weil das einzige gerettete Exemplar des Neuen Testaments von einer hungrigen Ziege aufgefressen worden war. «Macht nichts», sagte

Peter McAbony. «Wichtig ist nur, dass die Kinder Gottesfurcht lernen, und dafür ist das Alte Testament genauso gut wie das Neue.»

Einige Jahre später wurde in einer alten vergessenen Truhe eine Ausgabe von Platons *Der Staat* gefunden und sofort ins Lehrprogramm aufgenommen. Als Loneliville sich in Luft auflöste, konnte Kleine Feder beide Bücher auswendig.

Die kleine Schulhütte, von Lisa liebevoll «Haus des Wissens» genannt, war jedoch nicht der einzige Ort, an dem die Kinder von Loneliville unterrichtet wurden. Es gab noch den Wald, wo Großer Wolf und seine Nachfolger den Kleinen beibrachten, wie man sich leise an Tiere heranpirscht, wie man Pfeil und Bogen einsetzt, welche Pflanzen giftig sind, wie die Heilpflanzen aussehen und wie sie sich nutzen lassen. Vor allem aber lernten die Kinder, wie man mit der Natur in Frieden lebt, wie man ihre Schätze nutzt und ihre Bedürfnisse respektiert. Dazu kamen natürlich die alten Legenden, die während des Sonntagspicknicks nach der Kirche rund ums Lagerfeuer erzählt wurden. Die Lieblingsgeschichte von Kleiner Feder war die von dem gefrorenen Luchs und dem Puma:

In den alten Zeiten, noch ehe die Götter einen einzigen Menschen in die Prärie geschickt hatten, trafen sich alljährlich die Luchse zu einer großen Versammlung.

Auf einem dieser Treffen nahe bei einem Gletscher erzählten ängstliche Stimmen von dem Erscheinen einer schnelleren und stärkeren Raubkatze, dem Puma. Jeder Luchs, der ihm begegnete, würde von dem Puma verletzt oder getötet, berichteten sie. «Wir können nicht vor ihm fliehen», jammerten die Luchse. «Er ist schneller und stärker als wir.»

Als sie noch so beieinander saßen und ihr Unglück beklagten, fiel plötzlich ein großer Eisbrocken in ihre Mitte. Die Sommersonne brachte ihn rasch zum Schmelzen. Zu ihrem Erstaunen sahen die Luchse einen älteren, durchnässten Luchs aus der riesigen Pfütze steigen. «Wer bist du?», fragte der Anführer der Luchse.

«Ich bin ein Luchs, genau wie ihr», sagte der alte Luchs. «Ich bin vor Jahren in ein Loch im Eis gefallen und dort festgefroren. – Aber was ist mit euch? Ihr seht nicht gerade glücklich aus.»

«Ein großes Unglück hat uns befallen», sagte der Anführer der Luchse und erzählte ihm von den Übergriffen des schrecklichen Pumas.

«Ich habe zwar noch nie einen Puma gesehen, aber die Luchse aus meiner Zeit hatten ein ähnliches Problem mit dem Jaguar, der ebenfalls viel größer und stärker war als wir. Nachdem wir schon viele Freunde verloren hatten, lernten wir endlich, uns gegen ihn zur Wehr zu setzen, indem wir uns auf unsere besondere Stärke besannen», erzählte der unerwartete Gast.

«Aber wir sind viel schwächer», erwiderten die Luchse wie aus einem Munde.

«Ja, aber wir sind auch schlauer. Wir sind einfach in die Luft gesprungen», berichtete der alte Luchs.

Die anderen Luchse starrten ihn verständnislos an.

«Schaut her, ich zeige es euch.» Und er sprang senkrecht in die Luft. «Seht ihr», sagte er, als er wieder auf dem Boden gelandet war, «wenn ihr eure kräftigen Beine zum plötzlichen Hochspringen benutzt, kann der schwerfälligere Puma euch nichts mehr antun.»

In dem Augenblick hörten sie in der Nähe einen Puma brüllen. Die verängstigten Luchse flohen und ließen den alten müden Luchs allein zurück. Der hungrige Puma sah den einsamen Luchs und witterte leichte Beute. Er lief auf ihn zu und wollte sich schon mit seinen schrecklichen Klauen auf ihn stürzen, als der alte Luchs plötzlich in die Luft sprang. Der überraschte Puma blieb wie angewurzelt stehen und fragte sich verdutzt, wo seine Beute geblieben war. Im nächsten Augenblick landete der alte Luchs auch schon auf dem Rücken des Pumas, und wenn seine Klauen auch nicht so schrecklich waren wie die des Pumas, waren seine Krallen doch lang, scharf und gefährlich. Der Puma brüllte vor Schmerz. Als der alte Luchs endlich von ihm abließ, blutete er und humpelte so stark, dass er schwor, nie wieder einen Luchs anzugreifen.

«Warum hast du ihn nicht getötet?», fragten die anderen, als sie sich wieder aus ihren Verstecken trauten.

«Damit er nach Hause gehen und seinen Freunden erzählen kann, wie gefährlich wir Luchse sind. Dann werden sie uns ein für allemal in Ruhe lassen. So haben wir es mit dem Jaguar auch gemacht», erwiderte der alte Luchs, «und die Jaguare haben sich weiter nach Süden verzogen.»

Die versammelten Luchse sahen den Alten bewundernd an. Sie beschlossen, ihn zu ihrem Anführer zu wählen. Und tatsächlich führte er sie viele friedvolle Jahre lang. Die Luchse wurden von den Pumas in Ruhe gelassen und verbreiteten sich rasch über die gesamte Prärie.

Kleine Feder träumte davon, selbst ein Luchs zu sein und senkrecht in die Luft springen zu können. Aber nicht irgendein Luchs – wenn schon, dann wollte er der alte, weise Luchs sein, der den mächtigen Puma besiegte und seine Freunde in eine friedliche Zukunft führte.

«Ich möchte den Jungen adoptieren, Georgia», sagte der Sheriff an dem Abend nach dem Jagdausflug. Georgia ließ ihr Strickzeug in den Schoß sinken und sah ihn an.

«Ich habe schon immer vermutet, dass du verrückt bist, George», sagte sie mit dem Anflug eines Lächelns, «jetzt bin ich mir absolut sicher!»

«Ich will ihn adoptieren!», beharrte der Sheriff.

«Wie alt bist du, George?»

«Was hat das schon zu bedeuten?»

«Wie alt bist du?»

«Dreiundfünfzig.»

«Zu alt», entschied sie kategorisch.

«Gar nicht.»

«Doch, du bist zu alt. Und für mich gilt das Gleiche. In unserem Alter sollten wir Großeltern werden, George, keine Eltern.» Dann fügte sie hinzu: «Und in Wirklichkeit willst du ja auch gar kein Vater sein. Du träumst von der Großvaterrolle. Du möchtest mit dem Jungen zum Angeln und zum Jagen gehen. Du möchtest dir mit ihm die Sportsendungen im Fernsehen anschauen. Du möchtest dir alles rauspicken, was Spaß macht. Aber mit seiner Lehrerin sprechen, weil er in Mary Pinchers Schultasche gepinkelt, seine Hausaufgaben nicht gemacht oder auf dem Schulhof Billy Bob Turner verprügelt hat, weil der ihn einen dreckigen Indianer genannt hat, das willst du nicht. Und schau mich nicht so an, als wolltest du sagen, so etwas würde dein Junge nie tun, denn früher oder später tut das jeder Junge. Es ist zu spät, George, siehst du das nicht? Wir können nicht einfach so eine Generation überspringen. Und die Zeit zurückdrehen können wir ebenso wenig. Ich weiß nicht, wie dieser kleine Teufel es geschafft hat, in dein Herz aus Stahl vorzudringen, aber früher oder später musst du es wieder dicht machen.»

«Ich dachte, du hättest dir immer ein Kind gewünscht?», sagte er mit unmerklich zitternder Stimme.

«Ja, das habe ich, George», erwiderte sie leise, «aber der richtige Zeitpunkt ist längst verstrichen.»

Der Sheriff sah sie nicht an. Seine Augen wanderten ziellos durchs Zimmer. Eine graue Wolke legte sich auf seine Seele, die zu seinem stolzen Äußeren so wenig passte. Ein kurzer Blick auf ihren Mann reichte Georgia, um zu verstehen, wie sehr sein Herz in Aufruhr war. Sie wusste, er würde nichts sagen, deshalb übernahm sie es, das Wort zu ergreifen.

«Hast du es dir ernsthaft überlegt oder ist das nur so eine Laune?»

Als er sich endlich zu ihr umdrehte, war sein flehentlicher Blick nicht zu übersehen.

«Ich habe in den letzten drei Wochen über nichts anderes nachgedacht.»

«Großer Gott!», seufzte sie.

Darauf folgte ein langes, bedeutsames Schweigen. Georgias Gedanken rasten auf der Suche nach einer Lösung. Georges Herz klopfte so heftig wie damals an dem Tag, als er seiner Frau einen Heiratsantrag gemacht hatte. Als George genug Mut beisammen hatte, um seinen Wunsch notfalls mit dem Leben zu verteidigen, trat er langsam in die Mitte des Zimmers und klopfte nervös mit dem rechten Fuß auf den dicken Teppich. Georgia ließ sich Zeit. Sie wollte sicher sein, dass sie die richtige Entscheidung traf, und sich von Georges Ungeduld nicht beeinflussen lassen.

«Also gut, George», sagte sie nach einer Weile, die dem Sheriff wie eine Ewigkeit vorkam. «Wenn du versprichst, auf meinen Rat zu hören, bin ich einverstanden. Aber für verrückt halte ich dich trotzdem.»

Auf Georges Gesicht stahl sich ein schüchternes, strahlendes Lächeln. Während er langsam aus dem Zimmer ging, murmelte er: «Ich verspreche dir, du wirst es nie bereuen.» Dann schloss er die Tür hinter sich. Und obgleich in den nächsten Stunden kein weiteres Wort gesprochen wurde, wusste Georgia, dass das Herz ihres Mannes vor Freude jubelte. Sie hörte es laut und deutlich. Nicht mit den Ohren, sondern mit ihrem Herzen.

George und Georgia Douglas wohnten in einem Haus im Wald, acht Kilometer vom nächsten Nachbarn und sechzehn Kilometer von Pennsville entfernt. Für Kleine Feder, der am liebsten durch die Natur stromerte, war das genau das Richtige. Wenn er nicht allein oder mit Tiger draußen war, las er. Der Sheriff hatte gedacht, der Fernseher würde ihn bald in seinen Bann ziehen, aber Kleine Feder zeigte wenig Interesse daran. Die Kiste mit den bunten, bewegten Bildern blieb ihm fremd, obwohl sie ihn andererseits auch nicht einzuschüchtern schien. Es interessierte ihn einfach nicht, wo die Farben und Geräusche herkamen. Und er konnte mit ihnen wenig anfangen. Die Seifenopern, die Georgia mit wahrer Inbrunst verfolgte, langweilten ihn so, dass er dabei einschlief. Sendungen, die witzig sein sollten, fand er schlichtweg lächerlich. Kindersendungen erschienen ihm kindisch. Und da er die Regeln der verschiedenen Sportarten nicht kannte, machte es ihm auch keinen Spaß, mit George Sportsendungen zu verfolgen.

«Lass ihn in Ruhe, George, er mag nun mal keinen Baseball», sagte Georgia, wenn George zum x-ten Mal versuchte, den Jungen doch noch zu begeistern.

«Aber Baseball ist der amerikanische Nationalsport.»

«Kleine Feder ist aber kein Amerikaner.»

Darauf wusste George nichts mehr zu sagen. Aber er gab nicht auf. Mit der Zeit würde er dem Jungen schon noch die wichtigsten Regeln beibringen. Dann würden sie an lauen Sommerabenden gemeinsam die spannendsten Spiele verfolgen und dabei Popcorn futtern. Gehörte das nicht zu den schönsten Vergnügungen, die dieses großartige Land zu bieten hatte?

Ein Kind zu adoptieren ist niemals einfach, auch wenn man der allmächtige Sheriff einer Kleinstadt im amerikanischen Westen ist. Zuerst wird das «soziale Umfeld» der zukünftigen Adoptiveltern durchleuchtet. Dann werden die Motive für die Adoption untersucht. Darauf folgen unweigerlich die Fragen nach der Herkunft und der Geschichte des Kindes. Und in diesem Fall würde es keine einfachen Antworten geben.

Je länger er darüber nachdachte, desto klarer wurde George, dass ein offizieller Antrag sie auf rechtliches Glatteis locken würde. Und das Ergebnis würde wahrscheinlich darin bestehen, dass man ihnen den Jungen wegnahm. Deshalb beschloss er, den offiziellen Weg zu meiden und den Jungen einfach als eines der Kinder seiner Schwester auszugeben (sie hatte elf Kinder und wohnte weit weg in Ohio; die Wahrscheinlichkeit, dass jemand die Lüge aufdeckte, erschien ihm deshalb gering). Zum Glück hatte er noch keinem von dem Jungen erzählt, und es hatte ihn auch niemand mit dem Soldaten in die Stadt kommen sehen. Für eine erfundene Geschichte war es also noch nicht zu spät.

«Aber George, das ist gegen das Gesetz!», rief Georgia, als er ihr von seinem Plan erzählte.

«Ich bin hier das Gesetz», polterte George und hieb mit der Faust auf den Tisch.

«Natürlich, Liebling, wie konnte ich das vergessen.»

Und so wurde Kleine Feder zu einem illegalen Einwanderer in seinem eigenen Land. Ohne Geburtsurkunde, ohne Sozialversicherungsnummer, ohne amtlich beglaubigten Namen. Er war einfach Kleine Feder McAbony.

Kleine Feder kam mit einem kleinen Eichhörnchenbaby in die Küche gelaufen.

«Wo ist George? Ich habe einen neuen Freund, den ich ihm zeigen will», rief er fröhlich.

«Geh lieber wieder draußen spielen, Kleine Feder. George ist beschäftigt», antwortete Georgia.

«An einem Sonntagnachmittag?»

«Na ja, er ist im Schlafzimmer und sieht ein Football-Spiel.»

«Warum nicht im Wohnzimmer?»

«Weil er nicht gestört werden will.»

«Ich werde ihn nicht stören», erwiderte Kleine Feder und lief nach oben, ehe Georgia ihn aufhalten konnte.

«Sei vorsichtig, Kleine Feder», rief Georgia ihm nach. «Sieht ganz so aus, als würden die Browns das Spiel verlieren.»

Die Cleveland Browns, Georges Lieblingsmannschaft, lagen tatsächlich zurück. Und was noch schlimmer war, sie spielten gegen die Raiders, die Lieblingsmannschaft von Dr. Hase. George war schon maßlos enttäuscht, wenn die Browns überhaupt verloren. Unterlagen sie dann auch noch den Raiders, war das für ihn besonders hart. Schließlich hatte er mit dem Arzt gewettet: Wenn die eigene Mannschaft gegen die des anderen verlor, durfte man einen Monat lang sein Käppi nicht mehr tragen. Und George liebte sein altes, abgewetztes Browns-Käppi nun einmal über alles.

Kleine Feder machte die Tür auf und sprang neben dem Sheriff aufs Bett.

«Kleine Feder ...», murmelte der Sheriff ungeduldig.

«Mich dünkt, Ihr seht nicht fröhlich aus, George», sagte der Junge.

«Bin ich auch nicht.»

«Was ist geschehen?»

«Kein Angriff, schlechte Verteidigung und nur noch drei Minuten zu spielen. Scheint so, als müsste ich eine Weile ohne mein Käppi auskommen. Die Browns liegen zwölf Punkte zurück», erklärte der Sheriff ungehalten.

Der Junge dachte nach, dann sagte er: «Habt Ihr vor dem Spiel den Siegestanz aufgeführt? In Loneliville haben wir das vor jedem Hashakawa-Spiel gemacht. Und die Mannschaft, die besser getanzt hat, hat immer gewonnen.»

«Nein. Was soll denn das?», antwortete George gereizt. Er wollte Kleine Feder aus dem Zimmer schicken, aber es war zu spät. Der Junge hatte bereits mit dem Tanzen begonnen. Er hatte die Hände auf den Rücken gelegt. Die Finger zeigten nach oben. Zuerst machte er leise, langsame Schritte, dann wurden sie immer schneller. George war verärgert. Er hatte keine Ahnung, was Hashakawa war, und es war ihm auch egal. Er wollte sich einfach in Ruhe das Ende des trostlosen Spiels ansehen. Er wollte gerade mit Kleiner Feder schimpfen, als die Browns den Ball abfingen. George starrte den Jungen an, sagte aber kein Wort. Dann wandte er sich wieder dem Bildschirm zu. Er ahnte, was kam. Kleine Feder flog durch den Raum, stampfte fest mit den Füßen auf, sang Worte, die George nicht verstand. «Den Onside-Kick, den Onside-Kick!», rief der Sheriff aufgeregt. Und die Browns gehorchten.

Sie probierten es mit dem Onside-Kick, bekamen den Ball auch tatsächlich zurück, nutzten die Chance zu einem herrlichen Pass und erzielten einen Touchdown. George war sprachlos. Langsam drehte er sich zu Kleiner Feder um, der seinen Tanz gerade beendet hatte.

«Sie … sie … haben gewonnen», stammelte er schließlich.

«Selbstverständlich haben sie gewonnen», sagte der Junge und zeigte mit verächtlicher Miene auf die Cheerleaders der Raiders. «Diese Mädchen sind lausige Siegestänzerinnen.»

Reverend William O'Grady, Pennsvilles Verbindung zum lieben Gott, war vom Erscheinungsbild eines durchschnittlichen Geistlichen weit entfernt. Der Sohn eines fleißigen katholischen Bäckers hatte miterlebt, wie sein Vater tagein, tagaus am Backofen schwitzte, nur um jeden mühsam ersparten Penny entweder der amerikanischen Steuerbehörde oder den irischen Bossen in den Rachen zu schmeißen (wobei einzuräumen ist, dass Uncle Sam sich bei der Geldeintreibung wesentlich zivilerer Methoden bediente).

Der Reverend glaubte an Gott und seine unendliche Weisheit. Er glaubte an dessen Gerechtigkeit und Barmherzigkeit. Er sprach oft mit Gott und war sich sicher, dass Er ihm zuhörte. Was die Menschen anging, hegte er dagegen ganz enorme Zweifel. Dem Reverend galten die Heiligen Schriften nicht als Wort Gottes, sondern als Menschenwerk. Das reichte ihm als Grund, sie nicht wörtlich zu nehmen. «Was kümmert es Gott, ob ich trinke, rauche oder Sex habe? Er war es, der Mann und Frau geschaffen hat, der Tabak und Weintrauben wachsen ließ. Und was kümmert es mich, wenn irgendein selbst ernannter Heiliger Alkohol, Tabak und Sex verbietet und seine eigene Verklemmtheit als Wort des Herrn ausgibt? Wenn dieser heilige Sankt Soundso euch sagt, das sei verboten, sagt Sankt O'Grady euch, es ist erlaubt!», predigte er an einem kalten Januarabend in der Bar von Pennsville, nachdem er eine halbe Flasche Whiskey geleert hatte.

Die meisten Gemeinden hätten ihn wohl längst seines Amtes enthoben. Doch in Pennsville, einer alten Bergarbeiterstadt mit bewegter Vergangenheit hoch oben in den Rocky Mountains, nahm kaum jemand Anstoß an seinem Betragen. Leben und leben lassen war das Motto der Leute in dieser Gegend. Und wenn der Reverend auch ein ausschweifendes Leben führte (er hatte mindestens fünf Kinder gezeugt), waren seine Sonntagsgottesdienste ein Erlebnis, denn in seiner Kirche wurde so viel musiziert und gesungen, dass sie eher an einen Tanzschuppen als einen Ort des frommen Gebets erinnerte.

Der Reverend wählte für seine Lesungen stets die angenehmen Teile der Bibel und übersprang all die Verbote, Strafen und Drohungen, von denen es ebenfalls darin wimmelt. Sein Lieblingstext fand sich im Alten Testament, ein ziemlich unverblümtes erotisches Liebeslied, das König David seiner Geliebten gesungen hatte. An jedem ersten Sonntag des Monats pflegte der Reverend ausgiebig daraus vorzulesen.

Im Sonntagsgottesdienst wirkte er stets äußerst würdevoll. Er war stocknüchtern (den letzten Schluck Alkohol trank er am Samstag zum Mittagessen), makellos gekleidet und glatt rasiert. Unter den Gläubigen schuf er eine solche Begeisterung, dass ein Außenstehender hätte meinen können, es handelte sich um die Mitglieder einer orientalischen Sekte, die in Trance verfallen waren.

In letzter Zeit allerdings wirkte er seltsam niedergeschlagen. Zum ersten Mal in seinem Leben nagten Zweifel an seinem Herzen. Er sehnte sich nach einem Zeichen Gottes, nach einer Versicherung, dass Er wirklich dort oben – oder sonst irgendwo – war. Und wenn jemand zweifelt, redet er. Seitdem wurde an den Sonntagvormittagen in der Kirche mehr gepredigt und weniger gesungen. Der Kirchgang machte längst nicht mehr so viel Spaß wie früher.

An dem Samstagabend, an dem der Sheriff mit Kleiner Feder zu ihm kam, war Reverend O'Grady allein zu Haus. George wusste, dass er den Jungen im Ort einführen musste, und der Reverend bot sich als erste Anlaufstelle an. Der Sheriff war in Pennsville geboren und aufgewachsen. Er kannte den Reverend seit dem Tag, als er frisch vom Priesterseminar in die Stadt gekommen war.

Er mochte den freimütigen Mann, der für das, was er sagen wollte, meist genau die richtigen Worte fand, selbst wenn er betrunken war. Der Reverend war ein großer, schlanker Mann mit einem schmalen Gesicht und einem grauen Teint. Als starker Raucher hatte er ständig Husten. Um bei der Sonntagsmesse ein respektables Bild abzugeben, trank er Samstags literweise heißen Tee mit Blütenhonig und badete in heißem Wasser mit Kiefernöl.

All dies hatte er gerade hinter sich, als er dem Sheriff öffnete und ihn und Kleine Feder in sein Empfangszimmer bat.

«Das ist also der Junge, von dem Sie am Telefon gesprochen haben», sagte der Reverend, als sie Platz genommen hatten, und sah Kleine Feder neugierig an.

«Hallo, wie heißt du denn?»

«Kleine Feder McAbony, mein Herr.»

Der Reverend kratzte sich am Hinterkopf und sah den Sheriff an. «Was meinten Sie, wo er herkommt, George?»

«Aus Ohio», antwortete der Sheriff.

«Mit *dem* Akzent?»

«Meine Schwester weiß auch nicht, wann er angefangen hat, so seltsam daherzureden, aber sie hat elf Kinder und wenig Zeit. Weiß der Kuckuck, wo er sich herumgetrieben hat. Aber er kommt aus Ohio», beharrte der Sheriff.

«Und bist du getauft worden, kleiner Mann?», fragte der Reverend.

Kleine Feder nickte. «Dreimal die Woche.»

Der Reverend sah fragend den Sheriff an.

«Na ja … Er verwechselt manchmal taufen und waschen. Noch so eine Sache, die meine Schwester sich nicht erklären kann», murmelte der Sheriff verlegen.

«Wie alt bist du?», fragte der Reverend.

«Zehn», sagte Kleine Feder.

«Nun, wenigstens in dem Punkt gibt es Klarheit», freute sich der Reverend.

Kleine Feder sagte, er müsse auf die Toilette, und als sie allein waren, fragte der Reverend: «Also, George, warum wollten Sie, dass ich den Jungen kennen lerne?»

«Nun ja», begann George vorsichtig, «wie Sie bemerkt haben dürften, ist der Kleine ein wenig seltsam. Jedesmal wenn ich versuche, Einzelheiten aus ihm herauszubekommen, erzählt er mir irgendwelche Fantasiegeschichten. Da dachte ich, ein intelligenter und gebildeter Mann wie Sie käme der Wahrheit vielleicht eher auf die Spur. Er ist zu klug für mich und Georgia.»

Der Reverend war tatsächlich ein gebildeter Mann. Und intelligent war er ebenfalls. Ihm war sofort klar, dass der Junge mit dem Sheriff nicht blutsverwandt war. Er wusste, dass sich ein zehnjähriger Junge in Ohio unmöglich einen so starken schottischen Akzent zulegen konnte (auch wenn er nicht ahnte, dass es sich um einen Hochlandakzent aus dem 19. Jahrhundert handelte). Und natürlich war ihm die indianische Abstammung des Jungen aufgefallen. Aber von alldem sagte er George nichts. Leben und leben lassen, so lautete nun mal das Motto in dieser Gegend.

«Möchten Sie, dass ich jetzt mit ihm spreche?», fragte der Reverend.

«Nein, ich dachte, Sie könnten vielleicht morgen zu uns zum Essen kommen. Das wäre für ihn sicherlich leichter, ein Heimspiel sozusagen. Er hat bisher noch keine Besuche in der Stadt gemacht.»

Als Kleine Feder zurückkam, lächelte ihn der Reverend so freundlich an, dass der Sheriff dachte, er hätte ihm seine Geschichte geglaubt.

«Wie ist denn das Leben hier so im Vergleich zu Ohio?», fragte er.

Kleine Feder sah erst den Sheriff, dann den Reverend an und sagte: «Die Luft ist sauberer und es ist viel ruhiger.»

George war so stolz auf den Jungen, dass er fast applaudiert hätte. Er spielte seine Rolle perfekt.

«Freut mich, dass es dir hier so gut gefällt.» Der Reverend musste seine ganze Willenskraft aufbringen, um nicht laut loszulachen, aber er wollte den Jungen – und natürlich George, den er noch viel komischer fand – keinesfalls kränken.

«Der Reverend kommt morgen zum Abendessen zu uns», sagte der Sheriff. Der Junge nickte.

«Vielleicht zeigst du ihm dann, wie du mit Pfeil und Bogen schießen kannst», fuhr George fort.

«Von Herzen gerne.»

«Du könntest ihm auch Tiger vorstellen.»

«Ja. Obschon Tiger keine Fremden mag.»

«Woher weißt du das?», fragte George.

«Er hat es mir gesagt.»

Der Reverend war bezaubert von dem Akzent des Jungen. Er erinnerte ihn an seinen Großvater.

«Besitzt Ihr Platons *Staat*?», fragte der Junge und deutete auf das Bücherregal des Reverend. «Bei George und Georgia habe ich vergeblich danach gesucht. Ich habe seit Wochen schon nicht mehr darin gelesen.»

«Ja», antwortete der Geistliche überrascht. «Ich muss

erst danach suchen, aber ich bringe dir das Buch morgen mit.»

Der Reverend war fasziniert. Es war das erste Mal, dass ihn in Pennsville jemand nach einem solchen Buch gefragt hatte. Und als er sah, wie der Sheriff beim Überqueren der Straße nach der Hand des Jungen griff, dachte er: «Wenn er es geschafft hat, George das Herz zu öffnen, muss der Kleine tatsächlich etwas ganz Besonderes sein.»

Nach dem Tod seiner Eltern und Großeltern war Kleine Feder zu dem Bruder seiner Mutter, Dickes Pferd, und dessen Frau, Rote Hirschkuh, gezogen. Er war damals etwa sieben Jahre alt gewesen. Dickes Pferd, ein rundlicher, kleiner Mann mit wieherndem Lachen, war Polizist in Loneliville. Zwar hatte es in dem kleinen, abgeschiedenen Örtchen noch nie irgendein Verbrechen gegeben, aber Dickes Pferd sonnte sich in der Vorstellung, dass dies auch mit seinem Diensteifer und seiner Wachsamkeit zusammenhing. Hätte er sich die Mühe gemacht, hätte er herausgefunden, dass das Polizistenamt in Loneliville traditionell dem langsamsten Mitglied der Gemeinschaft übertragen wurde, also keine Auszeichnung war, auf die man besonders stolz hätte sein können. Aber über solche Zusammenhänge zerbrach er sich nicht den Kopf. Rote Hirschkuh besaß ein ähnlich einfaches Gemüt. Außerdem war sie genauso klein und rundlich wie er, und wenn sie nebeneinander die einzige Straße von Loneliville hinunterspazierten, schienen sie eher zu rollen als zu gehen.

Dickes Pferd und Rote Hirschkuh waren nett zu

Kleine Feder, hatten dem gewitzten, wissbegierigen Jungen letztlich aber wenig zu bieten. Allerdings hatte der Polizist in Loneliville eine wichtige Aufgabe – er war es, der Abend für Abend die Türen der beiden einzigen öffentlichen Gebäude abschloss: die der Bibliothek und die des Rathauses (auch wenn es eine ziemliche Übertreibung war, im Fall der beiden brüchigen Holzschuppen von öffentlichen «Gebäuden» zu sprechen). Nicht dass man sich in Loneliville vor Dieben fürchtete, die gab es dort nicht, zumindest keine zweibeinigen. Die Gebäude mussten abgeschlossen werden, damit keine wilden Tiere in die Schränke eindrangen und alles durcheinander brachten. Schließlich gab es immer irgendwelche Waschbären, Füchse und Dachse, die in kalten Winternächten auf der Suche nach einem warmen Plätzchen waren und es sich in einem trockenen Schrank mit Stapeln von Papieren besonders gern gemütlich machten.

Oft auf sich allein gestellt, verbrachte Kleine Feder den größten Teil seiner freien Zeit draußen im Wald. Doch wenn der strenge Winter kam, war auch er auf der Suche nach einem warmen Unterschlupf. Es gelang ihm, unbemerkt an die Schlüssel von Dickem Pferd zu gelangen und sich damit Zutritt zu der winzigen Bibliothek zu verschaffen. Anfangs fiel ihm das Lesen schwer, denn er war erst sieben, doch bald kam er immer besser damit zurecht. Er war kein schneller Leser und musste oft im Wörterbuch nachschauen, aber er nahm alles, was er las, sehr ernst und ging erst zum nächsten Satz über, wenn er sicher war, dass er den letzten verstanden hatte. Auf diese Weise brauchte er fast ein Jahr für den

Staat. Zwei weitere Jahre benötigte er für das Alte Testament. Er entdeckte einen alten Atlas und versuchte herauszufinden, wo sich Griechenland und das Land der Israeliten befanden. Erst als er den Namen Isère fand (und so das Land der Verheißung nach Südfrankreich verlegte), gab er sich zufrieden.

Der Reverend sog vergnügt den aus der Küche dringenden Duft nach Erbsensuppe ein. Georgia war eine der besten Köchinnen der Stadt.

«Kann ich Ihnen etwas zu trinken bringen?», fragte der Sheriff.

«Nein, danke, die Straßen sind glatt.»

Der Reverend sah zu, wie der Sheriff sich ein großes Glas Whiskey eingoss. Seine durstige Kehle schrie nach einem Drink, aber sein Verstand behielt die Oberhand.

Der Sheriff ließ sich in einen schweren Ledersessel fallen.

«Wo ist der Junge? Ich habe etwas für ihn.» Der Reverend zog ein dickes Buch aus der Tasche.

«Er ist bestimmt noch draußen. Sie sind ein bisschen früh gekommen. Selbst Georgia ist noch nicht fertig.»

Der Reverend räusperte sich und sagte, so freundlich er konnte: «Es ist mir ganz recht, George, dass wir noch ein wenig alleine sind. Wollen Sie mir nicht die Wahrheit sagen? Wir beide wissen doch, dass der Junge keine Ahnung hat, wo Ohio liegt, und dass Ihre

Schwester den Kleinen noch nie im Leben gesehen hat.»

Der Reverend sah, wie der Sheriff sich in seinem Sessel versteifte. Ein Anflug von Angst verdüsterte sein Gesicht.

«Ich bin nicht dumm, George. Wenn Sie wollen, dass ich Ihnen helfe, müssen Sie mir die Wahrheit sagen.»

Der Sheriff stellte vorsichtig sein Glas auf den Tisch. Seine kräftigen Hände zitterten.

«Kleine Feder», rief er. Seine Stimme klang rau.

Der Junge erschien an der Wohnzimmertür. Er hielt Tiger im Arm.

«Komm her, kleiner Freund, und setz dich neben mich.» Der Reverend klopfte mit der Hand auf den Platz neben sich. Der Junge setzte den Kater ab, der sofort die Treppe ins obere Stockwerk hinaufsprang, dann setzte er sich auf den angebotenen Platz.

«Der Reverend möchte dir ein paar Fragen stellen», sagte der Sheriff und strich mit der Hand über das glatte schwarze Haar des Jungen.

Kleine Feder sah das Buch auf dem Tisch.

«Ihr habt mir den *Staat* mitgebracht. Danke!»

«Bitte sehr», sagte der Reverend. «Und du erzählst mir jetzt am besten gleich einmal, wo du herkommst.»

«Aus Ohio, mein Herr.»

«Nein, ich meine, wo du wirklich herkommst.»

Der Junge sah den Sheriff an, der schmerzlich nickte. Erst auf dieses Zeichen hin wagte Kleine Feder, dem Reverend wahrheitsgemäß zu antworten. «Ich komme aus einem kleinen Ort namens Loneliville», erklärte er.

«Von einem Ort dieses Namens habe ich noch nie gehört.»

«Er lag sehr weit oben in den Bergen.»

«Lag?»

«Ja. Eines Tages gab es einen großen Knall und der ganze Ort war mit einem Mal verschwunden. Freilich war auch die Felswand, die bis dahin den Eingang zum Tal versperrt hatte, wie weggeblasen, sodass ich einfach hinausspazieren konnte.»

«Und wo genau liegt – oder lag – dieses Loneliville?»

«Ich weiß es nicht, mein Herr.»

«War es eine große Stadt?» Im Tonfall des Reverend schwang echtes Interesse mit. Etwas an der Art, wie der Junge seine Geschichte erzählte, ließ sie glaubhaft erscheinen.

«Nein, es war viel kleiner als Pennsville. Es gab nur dreißig Häuser. Obschon dies sicherlich von Vorteil war. Das Tal war ziemlich klein.»

«Und abgeschlossen?»

«Ja. Es konnte niemand herein oder hinaus.»

«Aber euch war klar, dass es auch außerhalb eures Tales Städte und Menschen gibt?»

«Selbstverständlich. Vier weiße Familien und vier Indianer waren unsere Ahnen. Als sie in das Tal kamen, war der Zugang noch offen. Dann ist der Berg zusammengestürzt, sie waren eingeschlossen und haben Loneliville gegründet.»

Der Reverend und der Sheriff wechselten ungläubige Blicke.

«Und wo kamen die vier Familien her?»

«Aus einem Land namens Schottland, mein Herr.

Das liegt sehr weit von hier. Sie sind mit dem Schiff über das Meer gesegelt.»

«Und wie war das Leben in Loneliville?»

«Vortrefflich. Friedlich und ruhig. Obschon wir keine Fernseher, keine Autos, kein fließend Wasser und keinen Strom hatten. Wir haben gejagt und unser eigenes Getreide und Gemüse angebaut. Es gab keinen Einkaufsladen. Unser Sheriff hatte keinen Stern. Und ein Gefängnis schon gar nicht. Seine Aufgabe erschöpfte sich darin, abends Rathaus und Bibliothek abzuschließen, damit keine wilden Tiere dort Unordnung machten.»

«Und wie bist du hierher gekommen?»

«Nach dem großen Knall war der ganze Ort dem Erdboden gleichgemacht, aber der Zugang zum Tal war offen. Da bin ich in den Wald gegangen und so lange umhergeirrt, bis mich die Soldaten fanden und zum Sheriff brachten. Allerdings bin ich mir nicht sicher, ob es richtige Soldaten waren.»

«Spezialkräfte», flüsterte der Sheriff. Der Reverend nickte viel sagend.

«Und hier gefällt es dir?»

«Ja, es ist mir wohl bei George und Georgia. Sie sind gut zu mir. Und Tiger fühlt sich wie zu Hause.»

Der Sheriff lachte. «Darauf können Sie wetten. Er tut den ganzen Tag nichts anderes als futtern und schlafen. Wem würde das nicht gefallen? Außerdem ... das müssen Sie sich unbedingt anhören, Reverend ... der Kater hat sich mit einer kleinen grauen Maus angefreundet. Können Sie das glauben? Ich dachte, ich würde träumen, als ich die beiden das erste Mal zusammen sah. Statt sie zu fressen, sitzt er da und leckt das kleine Mäuschen.»

Der Reverend rutschte unruhig auf seinem Platz hin und her. Sein Blick fiel auf das Buch. Er fragte:

«Und wann hast du den *Staat* gelesen?»

«Das erste Mal vor zwei Jahren. Damals war ich in der zweiten Klasse.»

«Und das Buch hat dir gefallen?»

«Im Großen und Ganzen schon. Sokrates ist ein vortrefflicher Mann. Mich dünkt, die anderen können es nicht mit ihm aufnehmen. Wie gern hätte ich auch mal an einem Bankett teilgenommen. In Loneliville hat es nie eins gegeben.»

Georgia steckte den Kopf durch die offene Tür. «He, lasst endlich mal das Kind in Ruhe und kommt in die Küche, das Bankett ist angerichtet.»

«Wollen wir im Liegen essen?», fragte Kleine Feder aufgeregt.

«Nur über meine Leiche. Und jetzt ab mit dir zum Händewaschen.»

Während des Essens wurde kein Wort mehr über die Herkunft von Kleiner Feder gesprochen, und zur Enttäuschung des Sheriffs entschuldigte sich der Reverend gleich nach dem dritten Stück von Georgias herrlichem Apfelkuchen.

«Keine Sorge, Sheriff, ich komme wieder, um mit dem Kleinen zu sprechen», sagte er zum Abschied.

Der Reverend fuhr auf dem schnellsten Wege nach Hause, goss sich ein großes Glas Whiskey ein und leerte es in einem Zug. Der Alkohol rann heiß durch seinen

Körper und er schüttelte sich. Dann füllte er das Glas aufs Neue. So machte er weiter, bis er das Glas nicht mehr halten konnte. Unsicheren Schrittes stolperte er die Treppe hinauf, schob die Tür zu seinem Schlafzimmer auf und ließ sich bäuchlings auf sein Bett fallen. Mit einer Hand tastete er auf dem Nachttisch nach seiner Bibel. Er fand sie und drückte sie fest an sein Herz. Dann wälzte er sich auf den Rücken. Er versuchte, die Augen zu öffnen, aber es drehte sich alles, und er musste sie rasch wieder schließen. Trotzdem war sein Geist vollkommen klar. Und als er schließlich genug Mut beisammen hatte, murmelte er:

«Danke, Herr, dass du uns diesen Boten schicktest. Denn dieser Junge ist dein Bote, ich weiß es genau. So sicher, wie du wusstest, dass ich ihn erkennen würde. Loneliville ist der Himmel. Friedlich und ruhig, so hat er ihn beschrieben. Hoch in den Bergen. Deinen Bergen. Er hat die Bibel und den *Staat* gelesen, er weiß alles, was man wissen muss, um eine bessere Welt zu schaffen. Du hast die Pforten des Himmels geöffnet, hast den Eingang zum Tal freigemacht, damit dein Bote heruntersteigen und uns den rechten Weg weisen kann. Und seine Katze, die mit der Maus befreundet ist, Wolf und Lamm, die in Frieden miteinander leben. Das ist der Himmel! Vergib mir, Herr, dass ich gezweifelt habe. Ich hätte wissen müssen, dass du uns einen Boten schickst. Ich hätte in meinem Glauben nicht wanken dürfen.»

Betrunken und erschöpft schlief er kurz darauf ein.

Als der Reverend zwei Tage später endlich an die Tür ging, wirkte er ziemlich mitgenommen. Seine Augen waren noch tiefer eingesunken als sonst, er war müde und zerfahren. Mit zitternder Stimme bat er den Sheriff einzutreten.

«Was um alles in der Welt ist mit Ihnen los?», fragte der Sheriff.

Der Reverend überhörte die Frage. «Haben Sie's mitgebracht?», wollte er wissen.

Der Sheriff zog eine kleine Plastiktüte aus der Tasche – eine von den Tüten, in die er angetrunkene Autofahrer pusten ließ, um zu sehen, wie viel Alkohol sie getrunken hatten – und reichte sie dem Reverend, der sofort hineinblies. Als er sie dem Sheriff zurückgab, fragte er: «Bin ich betrunken?»

Der Sheriff warf einen kurzen Blick auf das Ergebnis.

«Nüchterner denn je, wenn ich das so sagen darf», erwiderte der Sheriff.

«Gut. Dann kommen Sie mal.»

Er führte den Sheriff ins Empfangszimmer und bat ihn, Platz zu nehmen. Der Sheriff wählte das Sofa und der Reverend zog sich einen Sessel heran. Er starrte dem Sheriff so durchdringend in die Augen, dass George sich genötigt fand, beiseite zu schauen.

«Sie sind zwar nüchtern», grummelte der Sheriff, «aber doch irgendwie merkwürdig.»

«Dabei habe ich noch kein einziges Wort gesagt», erwiderte der Reverend.

«Dann erzählen Sie endlich, was los ist. Sie machen mir allmählich Angst!»

«Gleich. Aber erst müssen Sie mir versprechen, mich ausreden zu lassen, egal, was Sie von der Sache halten. Hören Sie mir bitte bis zum Ende zu.»

«Reverend, wie könnte ich –»

«Versprechen Sie es.»

«Ich verspreche es!», sagte der Sheriff.

Der Reverend schluckte. Dann schüttelte er den Kopf, als wollte er eine unangenehme Erinnerung vertreiben.

«War ich an dem Abend, als Sie mich zum Essen eingeladen haben, betrunken, George?»

«Nein.»

«Dann nehme ich an, wir haben beide gehört, was der Junge gesagt hat.»

«Ja.» Der Sheriff hatte keine Ahnung, worauf der Reverend hinauswollte.

«Hören Sie, George, ich weiß nicht, wie ich es Ihnen erklären soll, also sage ich es ganz direkt: Ich glaube, der Junge ist ein Bote Gottes!»

Zum Erstaunen des Reverend reagierte George auf diese Eröffnung ganz gelassen. Jedenfalls sah er ihn nicht an wie einen alten Säufer, der irgendwelche Fantasiegeschichten faselte. Sein Blick schien eher sagen zu wollen: «Ich habe das selbst auch schon gedacht, war mir aber nicht sicher.» Er wiegte den Kopf hin und her und fragte schließlich: «Sind Sie sicher?»

«Kann man sich in solchen Dingen jemals sicher sein?»

«Fast sicher?» Georges Tonfall hörte sich fast flehend an.

«Ja!»

«Großer Gott! Aber wie? Ich meine, wie sind Sie zu diesem Schluss gekommen?»

Auf diese Frage war der Reverend vorbereitet.

«Er taucht aus dem Nichts auf. Hoch aus den Bergen. So etwas dürfen Sie nicht wörtlich nehmen, George. Sie müssen das immer bildlich sehen. Die Berge berühren den Himmel, George, den Himmel. Dann die Stadt, aus der er kommt. Kein Verbrechen, keine Streitigkeiten, harmonische Verbindungen zwischen Indianern und weißen Mädchen. Es ist ein Gleichnis, George, das uns bedeutet, wo er herkommt – vom Himmel, wo das Leben harmonisch und friedlich ist. Und dann noch die Katze, die sich mit einer Maus anfreundet. Haben Sie so etwas je zuvor gesehen, George?»

«Nein.»

«Ich auch nicht», erklärte der Reverend triumphierend und fügte hinzu: «Und er hat die Bibel gelesen.»

Er hielt inne, um Georges Reaktion abzuwarten. Der Sheriff saß auf dem Sofa, sein Mund stand offen, seine Augen starrten ins Nichts. Er wusste nicht, was er sagen sollte. Also schwieg er, und der Reverend fuhr fort:

«Ich behaupte ja nicht, dass der Kleine Wunder vollbringen kann. Ich meine, wenn wir ihn in den See werfen, wird er nicht plötzlich anfangen, auf dem Wasser zu wandeln. Aber wenn wir seinen Worten lauschen, werden wir unendliche Weisheit finden. Können Sie mir folgen?»

«Ich versuche es.» George wollte dem Reverend von dem verdorbenen Hähnchenfleisch, von dem fast schon verlorenen Spiel der Browns und von seinen Gefühlen für den Jungen erzählen, ließ es aber lieber bleiben. Er hatte Angst vor großen Worten wie «Wunder» oder «Liebe», deshalb blieb er stumm.

«Wir brauchen ihn nur mit anderen Menschen zusammenzubringen, George. Wenn wir Recht haben, wird sich die Wahrheit auch ohne unsere Hilfe offenbaren. Wir sollten –»

Er wurde vom Telefon unterbrochen.

«Hallo? Ja, Georgia, er ist hier. Einen Augenblick bitte.»

Er reichte das Telefon weiter.

«Was ist los?», fragte der Sheriff ungeduldig. Während er zuhörte, wurde sein Gesicht immer blasser.

«Verstehe … Verstehe … Komme sofort.» Er legte auf. «Und Sie kommen am besten gleich mit», winkte er den verblüfften Reverend zur Tür.

Betsy Ross saß im Wohnzimmer. Betsy war die Tochter von Frank Ross, der die Bank leitete und gleichzeitig Bürgermeister von Pennsville war. Betsy war zwölf, sah aber noch sehr viel jünger aus. Um ihr rechtes Bein war ein dicker Verband gewickelt. Darunter war Blut zu sehen. Betsy war blass und wäre mit Sicherheit vom Sofa gefallen, hätte Georgia sie nicht mit ihrer breiten Schulter gestützt. Betsys Kopf schwankte, als würde sie jeden Augenblick das Bewusstsein verlieren. Aber ihre Augen waren weit offen und sie schien zu verstehen, was um sie herum vorging.

«Wie geht es dir?», fragte der Reverend.

«Besser.» Betsys Stimme klang schwach.

«Kannst du uns sagen, was passiert ist?»

«Sie hat mir schon alles erzählt. Lassen wir sie lieber ausruhen. Wir können ja in die Küche gehen. Ich erzähle euch die Einzelheiten.» Georgia bettete Betsy auf das Sofa, dann ging sie in die Küche. George und der Reverend folgten ihr.

«Wenn ich alles richtig verstanden habe, ist Betsy hier in der Nähe mit ihrem Fahrrad ausgerutscht und hingefallen. Es war kein schwerer Sturz, sie konnte alleine aufstehen, bemerkte aber, dass sie ihre Proviantdose verloren hatte und ein Apfel herausgekullert war. Sie lief hin, um ihn aufzuheben, als plötzlich aus heiterem Himmel eine Schlange auf sie zugezischt kam. Sie hatte schon Betsys Füße erreicht und wollte gerade zubeißen, als ein scharfer Pfeil den Kopf der Schlange durchschlug. Leider ist der Pfeil auch noch ein Stück in Betsys Bein eingedrungen.»

«Kleine Feder?», fragte George.

«Ja. Er hat den Pfeil herausgezogen, irgendwelche Pflanzen aufgelegt, um die Wunde zu desinfizieren, und hat sie ins Haus getragen.»

Betsy stöhnte im Wohnzimmer. Georgia eilte zu ihr.

«Um Gottes willen, George», sagte der leichenblass gewordene Reverend. «Haben Sie das gehört?»

«Was gehört?»

«Ein Junge, ein Mädchen, ein Apfel und eine Schlange. Fällt Ihnen denn dazu gar nichts ein?»

Georges Augen weiteten sich. Er öffnete den Mund und schloss ihn wieder.

«Adam und Eva, George. Der Garten Eden.»

«Was für ein Garten?», fragte Georgia, die zurück in die Küche kam.

«Ich sagte, das Wetter ist so schön, dass der Wald aussieht wie der Garten Erden», murmelte der Reverend verlegen.

Es lag Mitleid in Georgias Stimme, als sie sagte: «Es regnet, Reverend. Ehrlich gesagt, ich glaube, Sie sollten mit dem Alkohol etwas vorsichtiger sein.»

«Wo ist Kleine Feder?», fragte der Sheriff.

«Oben. Er spielt mit Tiger.»

«Die Wölfe werden bei den Lämmern wohnen … Und ein Knabe wird sie führen, George, ein Knabe wird sie führen», murmelte der Reverend, als Georgia die Küche verließ, um mit der Familie Ross zu telefonieren.

«Komm schon, Baby, nur hereinspaziert. Ich habe dich erwartet.»

Sheryl Inglewood, einer der beliebtesten Seifenoper-Stars von Hollywood, sah ihren Boss nicht einmal an, als sie ihm wütend entgegnete: «Hör auf, mich Baby zu nennen.»

«Okay, Baby, ganz wie du möchtest.»

Don, erfolgreicher Produzent diverser Seifenopern, Talkshows und anderer einträglicher Unterhaltungssendungen, stieß eine Rauchwolke aus und schob mit dem Fuß einen Stuhl in Sheryls Richtung. Nicht einen Augenblick hob er dabei den Blick von den Akten, die sich auf seinem Schreibtisch stapelten.

«Deine Manieren haben mich schon immer beeindruckt, Donald», sagte Sheryl. Leute, die für ihn arbeiteten, empfing Don grundsätzlich in diesem kleinen, stickigen Büro. Für förmlichere Anlässe stand ein größeres, eleganteres Empfangszimmer bereit.

«Du wolltest mich sprechen?», fragte er und schlug die nächste Akte auf.

«Ja. Ich wollte dir sagen, dass ich die ersten beiden Wochen der kommenden Saison verpassen werde.»

«Tatsächlich?», fragte Don, ohne aufzusehen.

«Ja, ich werde in Balzacs *Vater Goriot* spielen», sagte sie und gab sich große Mühe, den Namen betont französisch auszusprechen.

«Wessen Show?»

«Balzac.»

«Von dem Typen hab ich ja noch nie gehört. Worum geht's denn da?»

«Es würde dir gefallen. Es geht um einen alten Mann. Seine beiden Töchter besuchen ihn nur, wenn sie Geld brauchen. Sie sind viel zu sehr mit ihren Ehemännern und Liebhabern beschäftigt, um sich um ihren kranken Vater zu kümmern.»

«Keine besonders tolle Idee. Irgendwann stirbt der Alte und dann kann es keine Fortsetzung mehr geben. Außerdem wollen die Leute keine Shows über alte kranke Männer sehen.»

«Es ist ja auch keine Show, sondern ein Stück», gab Sheryl stolz zurück.

Don hob endlich den Blick von seiner Akte.

«Ein Stück?», fragte er. Auf seinem Gesicht erschien ein spöttisches Lächeln. «Wie in ‹Theaterstück›?»

«Ja.»

«Aber Sheryl … Du müsstest schauspielern –»

«Na und? Ich bin Schauspielerin», schrie sie empört.

«Natürlich bist du das», räumte er ein und fügte, als er sah, wie gekränkt sie war, schnell hinzu: «Und eine ziemlich gute obendrein. Du bist Barbara Davis, die beliebteste Frau im amerikanischen Nachmittagsprogramm. Zwei Drittel aller Frauen in diesem Land wollen so sein wie du, zwei Drittel aller Männer wünschen sich eine Partnerin wie dich. Natürlich bist du Schauspielerin, die Seifenoper-Königin, der Star von ‹Changing Seasons›.»

«Aber nicht gut genug fürs Theater, willst du damit sagen, oder?»

«Habe ich das gesagt?» Don gab sich empört. «Wie käme ich dazu? Nein, ich sagte nur, dass wir dich hier brauchen. Ohne dich können wir die Show vergessen.»

«Gib dir keine Mühe, mir zu schmeicheln. Die Show wird die paar Wochen auch ohne mich überleben. Ich bin sicher, du findest irgendeine andere halbwegs gut aussehende Frau, die für mich halb nackt durch die Kulissen stakst und schwachsinnige Dialoge herunterleiert. Ich will etwas anderes machen, etwas, das mich mehr ausfüllt. Ich möchte eine richtige Schauspielerin werden.»

Aus Dons Gesicht war das Lächeln verschwunden.

«Hör zu, Baby, als ich dich vor Jahren entdeckt habe, warst du drauf und dran, dich für einen Film zu verpflichten, in dem du gar keine Klamotten getragen hättest. Und dein einziger Text hätte aus ‹Oh, ooh, oooh!› bestanden», erwiderte er in kaltem Ton.

Sheryl errötete.

«Du bist so gemein», klagte sie und blinzelte gekränkt, während eine Träne an ihrer rechten Wange herunterrann.

«Sie ist tatsächlich eine richtige Schauspielerin geworden», dachte Don in Erinnerung an die Zeiten, als seine Leute ihr falsche Tränen aufsprühen mussten, wenn es laut Drehbuch etwas zu beweinen gab.

«Tut mir Leid», sagte er und beschloss, sich sowohl zerknirscht als auch großzügig zu zeigen. «Pass auf, ich mach dir einen Vorschlag. Die Saison ist vorbei. Fahr zu deiner Mutter in die Berge. Die frische Luft wird dir gut tun. Komm in einem Monat wieder, und dann reden wir noch mal über das Stück, okay?»

«Okay», erwiderte Sheryl, die wusste, dass er sie niemals freiwillig in *Vater Goriot* spielen lassen würde, sich aber fest vornahm, wenigstens dieses eine Mal nicht wieder nachzugeben.

Judith Inglewood, Besitzerin des Schönheitssalons in Pennsville, war mehr als überrascht, als ihre Tochter Sheryl anrief und ihren Besuch ankündigte.

«Ich komme für ein paar Wochen nach Hause», erklärte sie schlicht.

«Wie schön, Schätzchen», antwortete Judith. Sie fragte nicht nach dem Grund, doch ihr mütterlicher Instinkt sagte ihr, dass etwas nicht stimmte. Schließlich war Sheryl seit über zehn Jahren nicht mehr nach Hause gekommen. Und trotz der Trennung, die sie manchmal sehr schmerzte, war Judith auf ihr kleines Mädchen, das es im Fernsehen so weit gebracht hatte, mächtig stolz.

Wenn Sheryl auf Sendung war, lief der Fernseher in dem geräumigen, mit reichlich rosa Plüsch ausstaffierten Schönheitssalon stets auf Hochtouren. «Seht euch meine Kleine an», sagte Judith dann und starrte strahlend auf die Mattscheibe, während ihre flinken, kräftigen Finger nach einem widerspenstigen Pickel, einer zu langen Haarsträhne oder einer ersten Falte tasteten. Sie wollte keine Sekunde von Sheryls Auftritt verpassen, und ihre Kundschaft, zu denen praktisch alle Frauen (und einige Männer) von Pennsville gehörten, versuchte ihre Termine in die Zeit zu legen, in der Sheryl nicht in der Flimmerkiste zu sehen war. Schließlich wollte niemand versehentlich ins Ohr oder in die Nase geschnitten werden. Der große Kundenstamm war die Quelle ihres schier unerschöpflichen Wissens. Obgleich sie Pennsville noch nie im Leben verlassen hatte, kannte Judith Paris wie ihre Westentasche, weil Mrs. Ross, eine begeisterte Parisreisende, ihr alle ihre Erlebnisse haarklein erzählt hatte. Sie kannte auch die jeweilige Aufstellung und besten Spielzüge der New York Yankees, ohne sich jemals ein Spiel angesehen zu haben, weil Jimmy Malone ein ebenso pickliger wie redseliger Baseballfan war. Sie kannte sämtliche Preise bei Bloomingdale's, obwohl sie nur zu Woolworth's ging. Sie hatte sogar gewusst, dass Mrs. Ross mit Betsy schwanger war (und dass das Baby Betsy heißen würde), ehe Mrs. Ross selbst sich ganz sicher gewesen war. Judiths Nachrichtendienst war weltumspannend, auch wenn sich sein Hauptquartier im Schönheitssalon des ziemlich abgelegenen Städtchens Pennsville, Colorado, befand.

In diesem Salon war Sheryl aber auch klar geworden,

dass diese Welt für sie zu eng war und sie mehr vom Leben wollte, als Pennsville ihr zu bieten hatte.

«Ich habe nicht die Absicht, mein Leben im Kreise dieser Einfaltspinsel zu beenden, Mutter», hatte sie eines Abends kurz nach ihrem zwanzigsten Geburtstag verkündet. «Ich fahre morgen nach L.A.»

«Schätzchen», hatte Judith zu bedenken gegeben, «du hast ein schlaues Köpfchen, du solltest eine Ausbildung machen, einen Beruf erlernen, mit dem du deine eigene bescheidene Existenz absichern kannst.»

«Mutter, ich will keine bescheidene Existenz, ich will alles!», gab Sheryl zurück.

Sie war am nächsten Morgen abgereist und seitdem nie wieder nach Pennsville zurückgekehrt. Zwar hatte sie ihre Mutter regelmäßig angerufen und gefragt, ob sie nicht nach L.A. nachkommen wolle, doch Judith hatte beharrlich abgelehnt.

«Ich bin glücklich in meinem kleinen Pennsville», hatte sie gesagt. «Ich fühle mich hier wie ein Fisch im Wasser.»

«Wasser?», hatte Sheryl verächtlich zurückgegeben. «Du meinst wohl eher miefigen Sumpf.»

Als Sheryl anrief und sagte, sie wolle für ein paar Wochen frische Bergluft schnuppern, wusste Judith daher sofort, dass es für diese Reise noch andere Gründe gab. Sie wusste auch, dass sie diese am ehesten erfahren würde, wenn sie nicht danach fragte. Geduldiges Schweigen, wusste Judith, löste die Zunge manchmal schneller als drängendes Fragen.

«Soll ich irgendetwas vorbereiten, Schätzchen?», fragte sie am Telefon.

Sheryl lachte. «Nein, danke, Mutter. Ich sehne mich einfach nach einem ruhigen Ort, an dem nie irgendetwas passiert.» Und damit legte sie auf.

«Ein Ort, an dem nie irgendetwas passiert?», dachte Judith lächelnd. «Pennsville mag nicht L.A. sein, aber so ereignislos ist es hier nun auch wieder nicht. Warte nur, Sheryl, bis ich dir von Mr. Ross' Vorliebe erzähle, in Frauenkleider zu schlüpfen, sobald er in dem großen Haus alleine ist. Von dem Marihuana-Beet, das der Reverend im Wald angelegt hat und von dem nicht einmal der Sheriff etwas weiß. Und von der neuesten Verrücktheit, die Georgia mir gerade über den Sheriff und den Reverend erzählt hat. Die beiden glauben doch tatsächlich, der kleine Junge, der George zugelaufen ist, sei der neue Messias. Aus der Nähe betrachtet ist Pennsville längst nicht so langweilig, wie du denkst.»

«Du bist ein sehr mutiger Junge.» Mr. Ross tätschelte Kleiner Feder den Kopf, als wäre er eine Puppe. Man sah deutlich, dass Betsys Vater überglücklich war, aber wenig Übung darin hatte, seine Gefühle zu zeigen.

«Aber ich bin nicht mutig, mein Herr. Mich wollte die Schlange nicht beißen. Ich habe nur einen Pfeil abgeschossen.» Die Stimme von Kleiner Feder klang ernst.

«Doch, du bist sehr mutig. Und bescheiden», beharrte Mr. Ross. Dann wandte er sich wieder an den Sheriff. «Der Junge hat meiner Tochter das Leben gerettet, dafür soll er eine Belohnung bekommen. Kaufen Sie ihm einen netten Anzug und sorgen Sie dafür, dass er am Sonntag mit zur Kirche kommt. Ich möchte, dass die ganze Stadt erfährt, wie heldenhaft er sich verhalten hat.»

«Einen Anzug?», fragte der Sheriff. Mr. Ross zog zweihundert Dollar aus der Tasche und drückte sie dem Sheriff in die Hand.

«Ja, und zwar einen teuren.»

Als der Sheriff später dem Reverend davon erzählte, meinte der Geistliche nur: «Der Stein ist ins Rollen gekommen, George. Wir brauchen nichts weiter zu tun, als zuzuschauen.»

«Die beiden glauben *was*?» Sheryl sah ihre Mutter mit großen Augen an. Kaum war sie zu Hause angekommen, überschüttete ihre Mutter sie auch schon mit den neuesten Pennsviller Tratschgeschichten. Sheryl, die wusste, dass jede Gegenwehr sinnlos war, hatte stumm und gelangweilt zugehört. Bis Judith zu der Geschichte von dem kleinen Jungen aus dem Wald gekommen war.

«Dass der Junge der Messias ist», wiederholte Judith triumphierend, als sie sah, dass es ihr gelungen war, Sheryls Interesse zu wecken. «Und jetzt lass uns einkaufen gehen.»

Strahlend trug Judith zwei große Lebensmitteltüten in die Küche. Sie stellte sie auf dem Tisch ab und drehte sich zu Sheryl um, die ihr schweigend in die Küche gefolgt war.

«Hast du die Leute gesehen? Schätzchen, deinetwegen hat es im Supermarkt ja einen richtigen Aufruhr gegeben. Den Leuten sind fast die Augen aus dem Kopf gefallen. Und hast du das aufgeregte Gewisper gehört? ‹Schaut doch, da ist Barbara Davis›, und: ‹Jetzt noch nicht hinschauen, aber ich bin sicher, da drüben in der Schlange hinter Judith Inglewood steht Barbara Davis.›»

«Ich habe es gehört, Mutter», entgegnete Sheryl leise.

Judith sah ihrer Tochter in die Augen. «Schätzchen, was ist los? Du siehst irgendwie unglücklich aus.»

«Na ja, diese Leute, sie …»

«Sie bewundern dich!», sagte Judith.

«Meinst du wirklich?»

«Natürlich! Du bist ein Star. Du bist das, was du dir immer gewünscht hast. Du bist Barbara Davis!» Judiths Stimme überschlug sich fast.

«Ich bin Sheryl, Mutter, falls du das noch nicht vergessen hast», erwiderte Sheryl und verließ die Küche. Judith war verwirrt. Es tat ihr weh, Sheryl leiden zu sehen. Sie wollte ihrer Tochter folgen und sie trösten. Doch wenn es ein Thema gab, bei dem sich Judith ausnahmsweise nicht voll im Bilde fühlte, dann war das die Seelenlage ihrer Tochter. Im Grunde wusste sie viel zu wenig über Sheryl. Sie beschloss, sie mit neugierigen Fragen zu verschonen und ihr erst einmal einen leckeren Bananenkuchen zu backen.

Zwei Tage später waren sie in Sheryls altem Kinderzimmer. Judith stand an der offenen Tür. Sie scheute sich einzutreten, hatte Angst, sie könnte damit den Geist vertreiben, der nach all den Jahren dort endlich wieder eingekehrt war. Sheryl saß auf der Kante ihres alten Bettes. Ihr Zimmer hatte sich seit ihrem Auszug kaum verändert. Die einzige Neuerung war die hässliche, große Metallkiste neben dem Fernseher, in der ihre Mutter die Videobänder all ihrer Fernsehauftritte aufbewahrte. Langsam wanderten ihre Blicke über die rosafarbenen Wände, die bunten Poster und die altmodischen weißen Gardinen mit dem pastellblauen Blumenmuster.

«Dieses Nest ist noch provinzieller, als ich es in Erinnerung hatte. Warum ziehst du nicht zu mir nach L.A.?», fragte Sheryl zum hundertsten Mal.

«Und wo würdest du dann hinfahren, wenn du frische Luft bräuchtest?»

Sheryl lächelte traurig.

«Der Einwand ist berechtigt», sagte sie schwach.

«Und jetzt zieh dich an, Schätzchen, es ist Zeit für die Kirche.»

Kleine Feder litt in seinem neuen schwarzen Markenanzug und der roten Krawatte wahre Qualen. «Nun weiß ich, warum die Schlange ihre Haut abwirft», dachte er. Ungeduldig stand er neben dem Reverend und wartete darauf, dass der Gottesdienst endlich vorüber war. Seine großen grün-blauen Augen suchten nach einem Ausweg, seine Sommersprossen wirkten auf seinem rot erhitzten Gesicht noch größer als sonst. Er war gelangweilt, schwitzte und fühlte sich furchtbar eingezwängt. Vor allem aber konnte er nicht verstehen, warum die Leute um einen mittelmäßigen Schuss, mit dem er der armen Betsy auch noch das Bein verletzt hatte, solches Aufhebens machten. Umso weniger, als die Schlange, von der ersten Frühlingssonne hervorgelockt, ihre Sinne wohl noch nicht ganz beisammen hatte.

Mr. Ross erzählte gerade der ganzen Stadt, wie mutig Kleine Feder gewesen sei, wie er seiner lieben kleinen Betsy das Leben gerettet und anschließend vor lauter Bescheidenheit jeden Verdienst weit von sich gewiesen habe. Als Mr. Ross mit seinem Lobgesang endlich fertig war, reichte er das Mikrofon an Kleine Feder weiter. Der Junge war von dem seltsamen schwarzen Ding, das aus einem knackenden Zweig einen brüllenden Puma hätte machen können, zutiefst beeindruckt. Er hatte das Gefühl, irgendetwas Kluges sagen zu müssen, aber es fiel ihm nichts ein.

In der Kirche war es still. Die Menge wartete darauf, den tapferen Helden sprechen zu hören.

Kleine Feder dachte angestrengt nach. Was hätte Kluge Eule in einem solchen Augenblick gesagt? Dass er mit einem schlechten Schuss eine Schlange getötet hatte, hätte in Loneliville niemand einer Erwähnung wert gehalten, und so beschloss Kleine Feder, es mit einem der Lieblingssprüche von Kluger Eule zu versuchen, auch wenn er wusste, dass seine Worte mit Betsy und der Schlange herzlich wenig zu tun haben würden.

Er wollte gerade sprechen, als hinten jemand nieste. Kleine Feder sah erschrocken auf. Mit seinen scharfen

Augen hatte er die Schuldige sofort erspäht. Es war Sheryl. Die Menge drehte sich zu ihr um. Verlegen versuchte Sheryl, die Blicke zu ignorieren und sich ganz auf den Jungen zu konzentrieren.

«Erkennet Euch selbst, seid Ihr selbst und stolz darauf, wer Ihr seid. Vielen Dank. Gott segne Euch.»

«Ist der Junge nicht süß?», schwärmte Judith. Als sie sich zu Sheryl umwandte, sah sie zu ihrem Erstaunen einen zarten, verträumten Ausdruck in den sonst eher zynischen Zügen ihrer Tochter.

«Mutter, er hat zu mir gesprochen», murmelte Sheryl.

«Wie bitte?»

«Der Junge, er hat zu mir gesprochen.»

«Schätzchen», flüsterte Judith, «ich weiß, du bist ein Fernsehstar, aber ich glaube nicht, dass er dich kennt. Und wir sind nicht die Einzigen in dieser Kirche.»

Sheryl lächelte. «Trotzdem kam es mir so vor, als hätte er seine Worte auf mich gemünzt. Ach, Mutter, was habe ich nur mit meinem Leben angefangen? Werde ich jemals selbst Kinder haben?»

Judith zog ihre Tochter an sich, streichelte ihr Haar und ihr Gesicht. Unter den Fingern spürte sie ihre warmen Tränen.

Als wenig später der Reverend an ihnen vorüberkam, um die wöchentliche Kollekte einzusammeln, zupfte Judith an seinem Ärmel und flüsterte, als er sich herunterbeugte, in sein Ohr:

«Der Junge muss wirklich der Messias sein, Reverend.» Judith wollte damit zum Ausdruck bringen, wie glücklich sie über die plötzliche Offenheit ihrer Tochter war, doch bei dem Reverend kam nur die wörtliche Bedeutung an. Er erschrak. «Wie um alles in der Welt ist sie darauf gekommen?», dachte er. «Wenn sie so denkt, weiß es morgen die ganze Stadt.» Er suchte fieberhaft nach einer Erwiderung. Seine Hände zitterten so stark, dass er fast die kleine Holzschale mit dem Geld fallen gelassen hätte.

«Er hat Sheryl zum Weinen gebracht. Er hat ihren Kinderwunsch geweckt. Es ist ein Wunder, Reverend, ein Wunder.» Der Reverend sah in Judiths strahlende Augen und nickte. In solchen Augenblicken sind Worte ohnehin bedeutungslos.

«Geht es Ihnen auch gut, Reverend? Ihnen steht ja der Schweiß auf der Stirn», sagte Judith besorgt, als der Reverend sich noch immer nicht rührte.

«Bitte? Ja, nein … danke, mir geht's gut … Es ist nur so verdammt heiß hier drin.» Und damit ging er endlich weiter.

«Baby, wie soll ich das höflich ausdrücken – bist du komplett verrückt geworden?»

Sheryl saß auf dem ausgeblichenen Teppich in ihrem Zimmer und lackierte ihre Fingernägel. Das schnurlose Telefon hatte sie fest zwischen Kopf und Schulter eingeklemmt. Don klang amüsiert. Wahrscheinlich nahm er sie, wie immer, nicht ernst.

«Nein, Don. Und hör endlich auf, mich Baby zu nennen.»

«Du willst mir sagen, dass du in Pennsville bleiben und nicht wieder nach L.A. zurückkehren willst?»

Sheryl wusste, er machte, während er mit ihr sprach, gleichzeitig mindestens vier andere Dinge.

«Ja, Don. Und es ist mir ernst damit.»

«Ich dachte, das Provinznest würde dir auf die Nerven gehen. Ich dachte, dort würden nur Schwachsinnige leben. Das hast du selbst gesagt.»

«Du verstehst das nicht, Don. Die Leute hier haben vor kurzem diesen niedlichen kleinen Jungen im Wald gefunden ...»

«Einen Wolfsjungen!», gab Don spöttisch zurück.

«Hör auf, Don!», rief Sheryl.

«Bloß weil du einen kleinen Jungen gesehen hast? Weil plötzlich die biologische Uhr tickt? Hier in L.A. gibt es besondere Agenturen, bei denen du so einen kleinen Quälgeist mieten kannnst. Ich garantiere dir, nach einer Woche Windelnwechseln bringst du den kleinen Schreihals zurück und kommst freiwillig wieder zur Arbeit.»

«Du bist ein Arschloch, Don.»

Don überhörte die Beleidigung.

«Baby, du bist fürs Showbusiness geschaffen. Das ist dein Leben. Du brauchst die Aufregung, den Nervenkitzel, den Glanz, den Ruhm und natürlich die gute Bezahlung. Das ist deine Welt, Sheryl, du bist Schauspielerin, in Pennsville könntest du nicht überleben, im Gegenteil, du würdest eingehen wie eine Primel.» Sein Tonfall sagte ihr, dass er begann, sie ernst zu nehmen.

«Du irrst dich, Don, du irrst dich gewaltig. Ja, ich habe diese Leute verachtet, ihre schlichte Lebensart, ihr einfaches Gemüt. Aber als ich diesen Jungen gesehen habe, der einem kleinen Mädchen, das er nicht einmal kannte, das Leben gerettet hat, als ich gesehen habe, wie die ganze Stadt einem Jungen, den sie noch nie gesehen hat, Dankbarkeit entgegenbringt, dachte ich mir, dass L.A. mit all dem Glanz und Glitter und dem großen Geld, das man dort verdienen kann, einfach nicht das ist, worum es im Leben wirklich geht.»

«Zum Teufel, Sheryl, hör endlich auf mit dem Scheiß!» Dons Stimme klang überhaupt nicht mehr fröhlich. «Gut, ich habe mich geweigert, dich für zwei Wochen aus dem Vertrag zu entlassen. Na und? Wird dadurch das Leben, das du in den letzten ich weiß nicht wie viel Jahren geführt hast, mit einem Mal hinfällig? So einfach geht das nicht, Sheryl, und das weißt du auch.»

«Ich weiß nur, dass ich eine zweiunddreißigjährige allein stehende und kinderlose Sklavin bin.»

«Sklavin? Was soll das denn schon wieder?»

«Deine Sklavin, die Sklavin des Senders, die Sklavin des Erfolgs und die Sklavin des Geldes. Vielleicht wollte ich deshalb lieber für eine lächerliche Gage in einem Theaterstück mitspielen als für dich für viel Geld am Set arbeiten. Es gibt mehr im Leben als Ruhm und Reichtum, Don.»

«Mein Gott, Baby, du hörst dich schon an wie ein Mädchen aus Pennsville.»

«Ich bin ein Mädchen aus Pennsville!», gab Sheryl zurück.

«Nein, das bist du nicht! Du bist eine talentierte Schauspielerin, die von der vielen Arbeit erschöpft und vielleicht auch ein bisschen orientierungslos ist. Im Grunde aber weißt du genauso gut wie ich, dass es auf dieser Welt zwei Sorten von Leuten gibt: Die, die träumen, und die, die andere zum Träumen bringen. Und du hast immer zu den zweiten gehört.»

«Ich werde die Leute im Theater zum Träumen bringen, Don.»

«Wie viele? Siebenundzwanzig? Sheryl, jeden Tag sehen sich Millionen von Zuschauern deine Show an – *deine* Show! Die kannst du doch nicht einfach so im Stich lassen.»

«Habe ich denn kein Recht, gelegentlich auch mal wieder zu träumen?»

«Nein, du musst dich entscheiden.» Don klang plötzlich so müde, als führte er dieses Gespräch nicht zum ersten Mal.

«Dann tut es mir Leid, Don. Ich glaube, die Entscheidung ist gefallen.»

«Das kann nicht dein Ernst sein.» In seiner Stimme lag eine Panik, die Sheryl noch nicht an ihm kannte.

«Es ist mein Ernst, Don», erwiderte sie ruhig.

«Es geht doch bestimmt bloß ums Geld, oder? Wieviel, Sheryl? Wie viel muss ich dir zahlen, um dich in zwei Wochen hier wieder zu sehen?»

«Es geht nicht ums Geld, Don.»

«Worum denn dann, verdammt noch mal?» Seine Stimme klang schrill. «Um dein verletztes Ego?»

«Nein, um einen kleinen Jungen, der mir etwas gezeigt hat, von dem ich nie geglaubt hätte, dass es in mir steckt.»

«Und ich dachte immer, in dir würde vor allem Ehrgeiz stecken. Dieser Junge ist wohl nicht von dieser Welt», sagte Don resigniert.

«Genau das glauben die Leute in Pennsville auch», sagte Sheryl leise und legte lächelnd auf.

General James Whitebard schlug nicht mit der Faust auf den Tisch; er ließ die Faust nur nach unten fallen, aber das reichte aus, um alle Versammelten erschrocken zusammenfahren zu lassen.

«Soldaten, es ist jetzt fast zwei Monate her, seitdem wir die Bombe verloren haben. Kann mir bitte einmal jemand erklären, wie eine so starke Bombe einfach verschwinden kann?» Niemand wagte zu antworten.

«Gut. Da Sie alle mit mir einer Meinung zu sein scheinen, dass so eine Bombe sich nicht einfach in Luft auflösen kann, gebe ich Ihnen zwei weitere Wochen, um sie wieder zu finden. Ich selbst werde in diesen beiden Wochen Urlaub machen, und wenn ich wiederkomme, möchte ich auf meinem Schreibtisch einen Bericht vorfinden, in dem steht, dass dieser ganze Albtraum vorüber ist. Wer von Ihnen nicht vorhat, demnächst den Dienst zu quittieren, sollte sich verdammt noch mal anstrengen und nicht eher aufgeben, bis das gottverdammte Ding gefunden ist. Wenn Köpfe rollen, wird meiner der erste, aber ganz bestimmt nicht der einzige sein!»

Die Urlaubsankündigung des Generals konnte niemanden täuschen. Jeder wusste, dass er niemals Urlaub machte. (Er glaubte nicht an Freizeit – das Einzige, woran er überhaupt glaubte, war, dass sich mit einer guten

Aufklärung und ausreichend Munition jedes Dorf, jede Stadt und jedes Land der Welt erobern ließ.) Sie gingen davon aus, dass seine zweiwöchige Abwesenheit mit der fehlenden Bombe zu tun hatte. Aber sie ließen sich nichts anmerken, salutierten und verließen mit gesenkten Köpfen das Zimmer.

Nur einer der Anwesenden, Lieutenant Clark, sein Privatsekretär, wusste, dass der General tatsächlich schon einmal in seinem Leben Urlaub gemacht hatte. Lieutenant Clark war auch der Einzige, der von den Folgen dieses Urlaubs wusste. Natürlich hatte der General auch damals nicht einfach auf der faulen Haut gelegen, sondern unter dem Motto «Überleben in extremen Bedingungen» einen Aktiv-Skiurlaub gebucht. Die Bergführerin, eine äußerst sportliche junge Frau namens Jill (deren Gesicht der General erst nach ihrer gemeinsamen Nacht richtig zu sehen bekam), hatte gleich bei ihrer ersten Tour einen schrecklichen Unfall erlitten. Sie fuhr auf einen von dünnem Schnee bedeckten Felsen, verlor das Gleichgewicht und stürzte von der Klippe. Als der General sie nach einer Stunde mühsamen Abstiegs endlich erreichte, hatte sie bereits schwere Frostbeulen und zwei gebrochene Arme. Irgendwie gelang es ihm, sie in ihr Lager zurückzubringen, doch als er Hilfe rufen wollte, stellte sich heraus, dass das Funkgerät nicht funktionierte. Er wickelte sie in ihre beiden Schlafsäcke, und als die junge Frau immer noch fror, gab er ihr noch seine Jacke und seinen Pullover. Als auch das nichts half, kroch er mit in die Schlafsäcke und presste sich an sie, um sie zu wärmen. Zuerst bewegte sie sich nicht. Nach einer Weile forderte sie ihn zu seinem Erstaunen auf:

«Schlafen Sie mit mir.»

«Wie bitte?»

«Schlafen Sie mit mir. Ich glaube nicht, dass ich diese Nacht überlebe, und ich …»

Als Mann von Ehre, der gelernt hatte, den letzten Willen eines sterbenden Menschen zu respektieren, wagte er nicht, ihr diesen Wunsch zu verwehren. Aber sie starb nicht, sondern brachte neun Monate später ein hübsches, sieben Pfund schweres Mädchen zur Welt. Der General stand selbstverständlich zu seiner Verantwortung, erkannte die Vaterschaft an und versprach Jill seine volle Unterstützung. Allerdings erklärte er ihr auch klipp und klar, dass er dem Kind kein Vater sein könne. Jill war so dankbar für ihr Überleben, dass sie sagte, es mache ihr nichts aus, das Kind allein großzuziehen.

Über die Jahre sah der General seine Tochter auf den Fotos, die Jill ihm stets zu Weihnachten schickte, immer größer werden. Er sammelte die Fotos in einer Schachtel in seiner Schreibtischschublade. Aber er griff nie zum Telefon, schickte nie einen Brief oder ein Päckchen. Je mehr Jahre vergingen, desto deutlicher wurde sein Gefühl, dass es einfach zu spät wäre, plötzlich doch noch Vater zu spielen.

Doch eines Heiligabends hatte er keine Karte von Jill bekommen und machte sich große Sorgen. Er rief an, um sicherzugehen, dass alles in Ordnung war.

«James, bist du das wirklich?»

«Ja, ich … habe keine Karte bekommen, deshalb …»

«Ach ja, die Karte, natürlich. Es gibt einen Grund dafür, James. Komm doch einfach vorbei, dann werde ich es dir erklären.»

«Also gut …»

«Komm heute Abend zum Essen. Und mach dir keine Sorgen.»

Als ihm am Abend eine deutlich älter gewordene Jill die Tür aufmachte, hielt sie ein winziges Baby auf dem Arm.

«Gut, dich zu sehen, James. Das ist Julie, deine Enkeltochter und der Grund, warum du in diesem Jahr keine Karte bekommen hast», sagte Jill und drückte ihm das Kind in die Hand, das sofort auf seine makellose Uniformjacke spuckte. Vielleicht war es der säuerliche Geruch des Erbrochenen, vielleicht aber auch der winzige Finger, der ihm ins Auge piekte, oder die Wärme und der besondere Duft der Neugeborenen – jedenfalls schmolzen die Mauern um das Herz des Generals dahin. Ohne jegliche Aufklärung und scharfe Munition hatte ein winziges Menschenkind sein Herz im Sturm genommen.

Die Offiziere hatten Recht, als sie vermuteten, dass die Abwesenheit des Generals mit der fehlenden Bombe zu tun hatte. Der General, der merkte, dass aus seinen Soldaten die entscheidende Information nicht herauszubekommen war, beschloss, in der Sache selbst aktiv zu werden. Er hatte von dem kleinen Jungen gehört, den die Soldaten gefunden hatten. Es war zwar eine ziemlich unsichere Fährte, aber doch der einzige wirkliche Anhaltspunkt.

Die Bombe war allerdings nicht der einzige Grund dafür, dass er verreisen wollte. Er machte sich Sorgen um seine Enkelin Julie, die an ihren kleinen Füßen so schreckliche Warzen bekommen hatte, dass sie nicht mehr gehen konnte.

«So schlimme Warzen habe ich wirklich noch nie gesehen», sagte ein zu Rate gezogener, hoch angesehener Spezialist. «Und das Merkwürdige ist, dass sie sich immer wieder neu infizieren!»

Dem General brach es fast das Herz, als er seine sonst so lebhafte Enkelin im Rollstuhl sitzen sah. Um sie aufzumuntern, hatte er beschlossen, sie nach Colorado mitzunehmen.

Der Sheriff war beeindruckt, als die Tür zu seinem Büro aufging und ein hoch gewachsener Mann in Uniform ein kleines Mädchen im Rollstuhl zu ihm hereinschob. Ich bin nicht der einzige ältere Mann mit väterlichen Gefühlen, dachte er.

«Sind Sie Sheriff Douglas?», fragte der General.

«Ja.»

«Mein Name ist Whitebard, General Whitebard. Ich komme, um dem kleinen Jungen, den Ihnen meine Soldaten übergeben haben, ein paar Fragen zu stellen», erklärte der General in freundlichem, doch bestimmtem Ton.

«Zu dem großen Knall?», fragte der Sheriff grinsend.

«Ich finde das überhaupt nicht komisch, Sheriff!», wies ihn der General zurecht. Der Sheriff, dem es äußerst unangenehm war, in Gegenwart eines Kindes getadelt zu werden, versuchte die peinliche Situation rasch zu überspielen:

«Ich werde Sie sofort zu ihm bringen.»

In seinem Haus angekommen, ging George nach oben, um nach Kleiner Feder zu suchen. Der Junge war in seinem Zimmer und las, Tiger lag schlafend neben ihm.

«Da ist ein Mann, der dir zu dem ‹großen Knall› ein paar Fragen stellen will.»

Kleine Feder schaute auf. «Aber ich sagte doch schon alles, was ich darüber weiß.»

George nahm Kleine Feder in den Arm und setzte ihn auf seinen Schoß. «Ich weiß, aber er ist ein sehr wichtiger Mann, und es wird bestimmt nicht lange dauern.»

«Also gut, dann sei es drum», sagte Kleine Feder lächelnd.

Der General stand im Wohnzimmer, Julie im Rollstuhl an seiner Seite. Der eher gelangweilte Gesichtsausdruck von Kleiner Feder verwandelte sich, sobald er das Mädchen sah. Seine Augen leuchteten, als wäre sie eine seit Jahren vermisste Freundin. Ohne Umschweife ging er auf Julie zu und nahm ihre Hand.

«Du bist eine Cheyenne!», rief er mit einem strahlenden Lächeln.

Der General und der Sheriff sahen sprachlos zu.

«Woher wusstest du das?», rief das Mädchen.

«Julie, du bist doch keine Cheyenne!», warf der General tadelnd ein.

Das Mädchen sah ihn mit großen Augen an. «Doch, Opa, ich habe echtes Cheyenneblut in mir. Der Großvater meines Vaters war ein Cheyenne.»

«Tatsächlich?», fragte der General, von dem unerwarteten Verlauf der Ereignisse völlig aus dem Konzept gebracht.

«Woher wusstest du das?», wiederholte Julie ihre Frage.

«Ich habe deine Warzen gespürt», antwortete Kleine Feder.

«Davon weißt du auch?», fragte der General ungläubig.

«Alle Cheyenne können sie spüren.»

«Wie denn das?» Der General konnte kaum glauben, dass er die Frage tatsächlich ernsthaft gestellt hatte. Kleine Feder sah ihn an wie ein Erwachsener, der ein unwissendes Kind belächelt. Dann setzte er geduldig zu einer Erklärung an:

«Vor vielen Jahren haben die Cheyenne einmal bei der Rückkehr von der Jagd vergessen, den Geistern ihren Anteil zu geben. Die Geister warfen den Cheyenne einige winzige, bittere Samenkörner in die Suppe, die sie gerade auf dem Feuer zubereitet hatten. Als die Cheyenne die Suppe trinken wollten, schmeckte sie so abscheulich, dass es ihnen schauderte und sie alles wieder ausspucken mussten. Erst jetzt ging ihnen auf, dass die Geister ihnen zürnten. Sie zogen auf der Stelle wieder hinaus zur Jagd und brachten alle Tiere, die sie erlegten, den Geistern dar. Die Geister nahmen die bitteren Samenkörner zurück und ließen die Cheyenne fortan in Frieden. Einige Körner müssen jedoch auf dem Grund des großen Suppenkessels geblieben sein. Gewiss schluckten einige Cheyenne sie unbemerkt hinunter. Solange die Körner im Magen blieben, geschah nichts weiter, doch die Körner waren es im Magen bald leid, sie wanderten durch den ganzen Körper bis zu den Füßen der Cheyenne und versuchten, sich durch die Haut hinauszudrücken. Doch die Haut der Cheyenne war stärker als die Samenkörner. Die Körner kamen nicht heraus, sondern bildeten schmerzhafte Warzen.» Er hielt inne und sah Julie an. Wie hypnotisiert lauschte das Mädchen seiner Geschichte. Kleine Feder fuhr fort:

«Gewiss hat einer deiner Vorfahren aus dem großen Kessel getrunken, denn seit jenem Tag werden die Cheyenne von diesen Warzen befallen. Und jeder Cheyenne, der in ihre Nähe kommt, kann sie spüren. Schließlich wurden die Samenkörner von den Geistern berührt.»

«Und haben die Geister den Cheyenne ein Heilmittel gegen die Warzen gegeben?», fragte Julie.

«Ja, das haben sie sehr wohl getan. Als sie sahen, wie sehr die Cheyenne unter den Warzen litten, schickten sie einige Pflanzen aus ihrer Welt in die unsere. Die Säfte dieser Pflanzen muss man mischen und die Flüssigkeit auf die Warzen streichen. Nach ein paar Tagen sind die Warzen verschwunden. Allerdings sterben sie nie ganz ab. Wie einen bösen Fluch geben die Cheyenne sie von den Eltern an die Kinder weiter.»

«Und weißt du, wie man diesen Saft herstellt?»

«Selbstverständlich», sagte Kleine Feder stolz. «Kluge Eule hat es mir gezeigt.»

Julie wandte sich an den General, der Kleine Feder ungläubig anstarrte.

«Darf er diesen Saft für mich machen, Opa?»

Der General wollte etwas sagen, nahm aber stattdessen einen tiefen Atemzug, wechselte einen kurzen Blick mit dem Sheriff und sagte:

«Natürlich, Püppchen. Natürlich darf er das.»

Der Sheriff fasste den General beim Arm und zog ihn in den Flur hinaus.

«Glauben Sie ihm denn diese Geschichte?»

Der General schüttelte empört den Kopf, fügte aber hinzu:

«Meine Enkeltochter und ich werden zwei Wochen hier in der Gegend bleiben. Die beiden scheinen sich gut zu verstehen. Und wenn der Hokuspokus mit den Pflanzen meine Enkeltochter glücklich macht, habe ich nichts dagegen. Schaden kann es ja nichts. Lassen wir ihn ruhig seine Heilsäfte zubereiten.»

Kleine Feder trat zu ihnen in den Flur hinaus.

«Sie muss eine Woche hier bleiben, mein Herr», sagte er in seiner gewohnt altmodischen Ausdrucksweise.

«Warum denn das, kleiner Medizinmann?», fragte der General.

«Fünf- bis sechsmal am Tag muss der Verband gewechselt werden.»

Der General lachte.

«Nun, mein Herr? Darf Julie bei mir bleiben?»

«Nenn mich James», sagte der General zu seinem eigenen Erstaunen. Bisher hatte kaum jemand das Recht gehabt, den General bei seinem Vornamen zu nennen. Auch er selbst sprach über sich immer nur von «dem General».

«Kann Julie bleiben, James? Eine Woche bräuchte ich gewiss.»

«Wenn du willst, gebe ich dir sogar zwei Wochen. Ja, sie kann bleiben. Aber jetzt musst du mir erst einmal alles erzählen, was du über die Bombe weißt.»

«Welche Bombe meint Ihr, James?»

«Den großen Knall, den du gehört hast.»

Also erzählte Kleine Feder noch einmal die ganze Geschichte, und wieder glaubten ihm seine Zuhörer kein Wort. Als er fertig war, strich ihm der General sanft über das Haar und fragte:

«Kannst du mich denn zu deinem Tal führen?»

Kleine Feder senkte die Augen.

«Nein, James, ich fürchte, das kann ich nicht.»

Als Kleine Feder hinauslief, um nach den Heilpflanzen zu suchen, sagte der Sheriff:

«Warum bleiben Sie nicht auch bei uns? Es wäre uns eine Ehre.»

«Danke für das Angebot, Sheriff, das ist ausgesprochen nett, aber ich habe zu tun. Diese Bombe muss unbedingt gefunden werden.»

Als der General Julie eine Woche später so vergnügt im Garten des Sheriffs herumspringen sah, als hätte sie nie auch nur eine einzige schmerzhafte Warze an den Füßen gehabt, blieb ihm fast das Herz stehen. Ihm wurde so schwach, dass George und Georgia ihn stützen und zum Sofa bringen mussten, wo er erschöpft die Augen schloss. Als er sie wenig später wieder öffnete, sah er in zwei besorgte Kindergesichter. Er konnte die Träne nicht zurückhalten, die langsam über seine blasse Wange lief.

Die Kirche war fast leer. Nur ein kleines Grüppchen hatte sich beim Altar versammelt, um zu hören, was der aufgeregte Reverend ihnen zu sagen hatte. Der General, der erst zweimal zuvor in seinem Leben in einer Kirche gewesen war, zu einer Hochzeit und zu der Trauerfeier für einen Vorgesetzten, saß in der ersten Reihe. Hinter ihm hatten George, Georgia, Sheryl und Judith Platz genommen – außer Sheryl allesamt treue Gottesdienstbesucher. Für George war der wöchentliche Kirchgang eine willkommene Gelegenheit, mehr über die Neubürger von Pennsville zu erfahren (und an der Seite seiner Gattin, die ihm einen Rippenstoß versetzte, wenn er zu schnarchen begann, friedlich zu dösen). Georgia gefielen die Musik und die freundliche Atmosphäre. Und Judith, die stets als Erste kam und als Letzte ging, nutzte die Gelegenheit, all die Neuigkeiten, die sie während der Woche erfahren hatte, weiterzuverbreiten.

Der Reverend wippte nervös mit den Füßen. Er wusste nicht, wo und wie er beginnen sollte. Seine kleine Gemeinde sah ihn erwartungsvoll an. Offenbar fiel es ihm nicht leicht, seine überbordenden Gedanken in Worte zu fassen. Endlich machte er den Mund auf, wollte etwas sagen, hielt aber plötzlich inne und blieb stumm. George wurde ungeduldig. Er konnte die angespannte Stille nicht länger ertragen, beugte sich zu dem General vor und sagte: «Ich weiß nicht, ob unser Reverend jemals wieder zu sich kommt, General, aber ich würde gern die Zeit nutzen, um auf Wiedersehen zu sagen.»

Der General drehte sich zu ihm: «Dazu besteht keine Eile, George. Ich habe beschlossen, die Armee zu verlassen und mit Julie nach Pennsville zu ziehen. Meine Tochter und ihre Mutter werden folgen, sobald meine Tochter zu Hause alles geregelt hat. Wir fahren zwar heute, aber in drei Wochen kommen wir wieder.»

Der Sheriff gab sich keine Mühe, seine Freude zu verbergen.

«Weiß der Junge von Ihrer Entscheidung?»

«Er war der Erste, der davon erfahren hat. Übrigens, wo sind die Kinder eigentlich?»

«Auf dem Dach. Tiger hat Angst bekommen und ist die Wände hochgeklettert.»

«Meinen Sie, Sie könnten mich als Ihren Stellvertreter einstellen, George?», fragte der General.

George beäugte ihn misstrauisch.

«Soll das ein Witz sein, General?»

«Nein, George, es ist mein voller Ernst. Ich brauche zwar das Geld nicht, aber ich hätte etwas zu tun, und durch den Job bliebe ich auch besser in Form.»

George suchte noch nach einer Antwort, als sich der Reverend laut vernehmlich räusperte. Offenbar hatte er beschlossen, doch noch zu ihnen zu sprechen.

«Freunde», sagte er mit ungewöhnlich hoher, zittriger Stimme, «ich bin zu der wichtigsten Entscheidung meines Lebens gekommen.» Er hielt einen Augenblick inne, um dann fortzufahren:

«Verschiedene Ereignisse in der jüngsten Vergangenheit, die ich nur als Wunder bezeichnen kann, haben mich zu dem Schluss kommen lassen, dass Kleine Feder McAbony, wenn dies denn sein richtiger Name ist, ein ganz besonderer Junge ist. Ja, ich bin davon überzeugt, dass der liebe Gott ihn uns gesandt hat, um uns eine Lektion zu erteilen. Ich weiß zwar noch nicht, wie diese Lektion lautet, aber ich will es unbedingt herausfinden. Deshalb habe ich beschlossen, eine neue Kirche zu gründen, ‹Die Kirche vom Heiligen Kinde›.»

Der Reverend warf einen ängstlichen Blick auf sein Publikum, sah aber nur Mitgefühl und Verständnis in den Augen seiner Zuhörer. Selbst Sheryl und der General schienen angetan. Derart ermutigt, nahm er seine Rede wieder auf.

«Wie ich dem Sheriff bereits gesagt habe, bezweifle ich, dass der Junge selbst etwas von seiner Bedeutung ahnt. Er ist noch zu jung, um sich seiner besonderen Fähigkeiten bewusst zu sein. Und damit meine ich nicht das Heilen von Warzen. Ich spreche vom Heilen der Herzen. Schauen wir uns doch einmal in unseren eigenen Reihen um. Unser Sheriff, der niemals ein Kind haben wollte, ist in den Jungen geradezu vernarrt. Sheryl, die wir als glamourösen Fernsehstar kennen, kündigt ihren Job in L.A. und zieht zu ihrer Mutter Judith zurück. Und General Whitebard hat beschlossen, der Armee den Rücken zu kehren und in Zukunft mehr Zeit mit seiner Familie zu verbringen. Ich selbst habe das Trinken und das Rauchen aufgegeben. Und bei dieser Aufzählung haben wir die Schlange und die Warzen noch gar nicht erwähnt. Ich weiß nicht, wie es Ihnen geht, meine Freunde, aber wenn mir die Wahrheit ins Gesicht springt, sehe ich keinen Sinn darin, sie zu leugnen.»

Er hielt wieder inne, holte tief Luft und schloss:

«Ich hatte gehofft, dass Sie meiner neuen Kirche beitreten würden.»

Die kleine Schar seiner Zuhörer sah ihn stumm an. Die Luft war schwül und drückend. Jeder schien seinen eigenen Gedanken nachzuhängen. Niemand sah auf, sprach oder regte sich gar. Der Reverend hatte das Gefühl, der Sheriff würde als Erster sprechen, aber er irrte sich. Es war Georgia, die sich von ihrem Platz erhob.

«Ich bin noch nie besonders fromm gewesen. Ich weiß nicht einmal, ob ich wirklich an Gott glaube oder nur hoffe, dass es ihn gibt. Aber es geht mir wie Ihnen, Reverend, wenn etwas unübersehbar ist, kann ich davor nicht die Augen verschließen. Ich werde gerne in Ihre neue Kirche eintreten.»

Der Sheriff stand auf und sagte: «Das Gleiche gilt für mich.»

Sheryl sah erst ihre Mutter, dann den General an und sagte:

«Ich bin keine große Kirchgängerin, Reverend, und es ist Jahre her, dass ich das letzte Mal gebetet habe. Trotzdem würde ich gerne mit dabei sein. Ich möchte helfen, die Liebe weiterzugeben, die der Junge in unser Leben gebracht hat.»

«Mir geht es genauso wie meiner Vorrednerin. Aber Sie werden mir erst alles beibringen müssen, Reverend, ich bin bisher kaum in einer Kirche gewesen», erklärte der General.

«Was ist mit dir, Mutter?», fragte Sheryl und wandte sich zu Judith um.

«Na ja», sagte Judith zögernd, «was mir in der Kirche am meisten gefällt, sind die vielen Leute und die Möglichkeit, mit ihnen allen zu reden. Mit nur fünf Mitgliedern wird das nicht besonders lustig werden.»

«Mutter!», rief Sheryl so laut, dass der nervöse Reverend zusammenzuckte. «Wie kannst du nur so selbstsüchtig sein? Wir reden davon, eine Botschaft weiterzugeben, und du zögerst, weil du niemanden hast, mit dem du tratschen kannst?»

Judith sah sich Hilfe suchend nach dem Reverend um, aber er blickte zur Seite.

«Ich habe mich wohl nicht richtig ausgedrückt», murmelte sie entschuldigend.

Der Reverend sah sie endlich an und sagte leise:

«Wenn wir Recht haben, was den Jungen betrifft, wird sich die Wahrheit rasch herumsprechen, und unsere kleine Gemeinde wird so schnell wachsen, dass Sie, selbst wenn Sie es wollten, gar nicht mit jedem Mitglied sprechen könnten.»

Weil sie nicht wusste, was sie dem entgegensetzen sollte, und weil sie ihre Tochter nicht kränken wollte, stimmte Judith zu.

Auf dem Dach versuchte derweil Kleine Feder, seinen kleinen Kater dazu zu bewegen, vom Schornstein herunterzusteigen.

«Die Erwachsenen da unten sprechen über dich», sagte Julie.

«Haben sie denn Ursache dazu?», fragte Kleine Feder und streckte vergeblich die Hand nach Tiger aus.

«Sie halten dich für etwas Besonderes.»

Kleine Feder antwortete nicht. Er war voll und ganz damit beschäftigt, sein geliebtes Kätzchen aus seiner prekären Lage zu befreien.

Als T.C. Browning, Pennsvilles pensionierter Reverend, den Zettel an der Kirchentür sah, fing sein Herz heftig zu pochen an. Fassungslos stand er vor seiner früheren Wirkungsstätte und las die Nachricht an die Mitglieder der Gemeinde, dass in ihrem kleinen Städtchen eine neue Kirche gegründet werden sollte. T.C. Browning (niemand hatte je erfahren, wofür die Buchstaben T und C standen) war Anfang siebzig, hätte jedoch leicht auch für Mitte achtzig durchgehen können. Er wirkte ausgedörrt und faltig, und sein Rücken war im Alter so krumm geworden, dass er den Kopf in den Nacken legen musste, um geradeaus schauen zu können. Er hatte eine lange, dünne Adlernase, einen kleinen Mund mit festen, schmalen Lippen und wache, hellgrüne Augen. Sein Gesichtsausdruck gab anderen immer das unwohle Gefühl, sich irgendetwas vorwerfen zu müssen.

«In seinen Augen bist du schuldig, bis das Gegenteil bewiesen ist», sagten die Leute in Pennsville. T.C. Browning riss den Zettel von der Kirchentür, stieg in seinen alten Chevy und fuhr zum Haus der Schwestern Donaldson.

Kleine Feder und Julie sahen ihm vom Dach aus nach.

«Ich mag diesen Mann nicht», sagte Julie. «Er sieht irgendwie böse aus.»

In dem Augenblick sprang Tiger vom Schornstein und schmiegte sich an Kleine Feder. Mit zusammengekniffenen Augen sah er zu T.C.s Auto hinunter. Aufmerksam betrachtete Kleine Feder seinen schwarzen Kater. Als der alte Chevy schließlich um die Ecke verschwunden war, sah Tiger zu ihm auf und miaute. Kleine Feder schrak zusammen.

«Was ist los?», wollte Julie wissen.

«Als Tiger das letzte Mal so miaute, ist der große Knall gekommen», antwortete er leise.

«Vielleicht sollten wir den anderen von dem Mann erzählen», schlug Julie vor.

«Von Herzen gerne. Obschon wir nicht einmal wissen, wer er ist. Und als Tiger das vorletzte Mal so miaut hat, wollte er etwas von meinem Essen haben. Tiere sehen Dinge, die uns verborgen bleiben, aber manchmal haben sie auch einfach Hunger.»

Edna und Edith Donaldson waren die Spitzen der Pennsviller Gesellschaft. Sie waren die einzigen Töchter von Byron Donaldson, Pennsvilles reichstem Einwohner, dem im Ort so gut wie alles gehört hatte. Der alte Donaldson hatte sein Geld mit Gold gemacht. Zwar hatte er nie eine Mine besessen, aber er hatte im Fluss so viel Gold gefunden, dass er den größten Teil des Landes hatte kaufen können, auf dem Pennsville erbaut worden war. Nach seinem Tod erbten die beiden Schwestern die meisten Häuser in der Innenstadt. Die

Hälfte der Einwohner bezahlte ihnen Miete. Bis heute galten die Donaldsons als reichste Familie der Stadt, auch wenn das Blatt sich inzwischen längst gewendet hatte.

Die Häuser der Donaldsons waren alt und dringend sanierungsbedürftig, doch die nötigen Investitionen wurden von den Mieten nicht mehr gedeckt. Die Schwestern ließen die Häuser verfallen und reparierten nur, was dringend notwendig war. Da sie jedoch außer den Mieten kein weiteres Einkommen hatten, mussten sie bei Mr. Ross' Bank Kredite aufnehmen. Nach und nach wurde die Bank so zur tatsächlichen Eigentümerin der Häuser. Allerdings war dieser Wechsel das bestgehütete Geheimnis der Stadt. Nicht einmal Judith wusste davon, denn die Schwestern Donaldson legten großen Wert darauf, das Gesicht zu wahren.

Edna und Edith waren gottesfürchtige Damen. Man hätte sie jedoch kaum als religiös bezeichnen können, weil sie so abergläubisch waren und keine Religion ihre seltsamen Angewohnheiten gutgeheißen hätte. An jedem Freitagabend zündeten sie kreuzförmige Kerzen an, um den Herrn des Alten und des Neuen Testaments zu besänftigen. In ihrem Kamin hatten sie einen Altar aufgebaut, vor dem sie die Reste ihrer Mahlzeiten als Gaben für die «alten Götter» verbrannten. Und sie hätten niemals das Wort «Teufel» ausgesprochen oder geschrieben; schon der Großbuchstabe T war ihnen ein Gräuel.

T.C. Browning klopfte wie wild am Haus der Donaldsons, eilte hinein und berichtete mit hastiger Stimme von der Kirchengründung seines Nachfolgers. Wie bei vielen Menschen war auch bei den Schwestern Donaldson die Angst vor dem Satan größer als die Nähe zu Gott. Sie waren außer sich.

«Dieser Mann wird Mephisto» (so bezeichneten sie den Teufel) «in unsere Stadt bringen», sagte Edna mit zitternder Stimme.

«Wir müssen ihn aufhalten!», rief Edith.

«Wir müssen sofort handeln!», bekräftigte T.C. Browning.

Das gottesfürchtige Dreiergespann stieg sofort in T.C.s Auto und machte sich auf den Weg. Sie kamen gerade vor der Kirche an, als der Reverend nach dem Zettel schaute, den er am Vortag aufgehängt hatte. Sie sprangen aus dem Auto, packten den überraschten Reverend am Kragen und zerrten ihn auf die Straße. «Er ist Mephisto! Er ist das Böse!», schrien die Schwestern so laut, dass sich bald eine neugierige Menge um sie versammelte. Wann immer sie einen ihrer Mieter erkannten, forderten sie ihn auf, ihnen zu helfen, die Stadt von dem abtrünnigen Reverend zu befreien. Zögerte jemand, drohten sie mit der Kündigung. Und jedem, der sich weiter weigerte, prophezeiten sie eine Schreckensfahrt in die Hölle.

Der Reverend wäre wohl von seinem aufgebrachten Vorgänger und dessen wütender Gefolgschaft gelyncht worden, wäre nicht zufällig Mr. Ross vorbeigekommen. Der Bankdirektor kämpfte sich zu den beiden kreischenden Schwestern vor und drohte ihnen seinerseits damit, sie auf die Straße zu setzen, wenn sie die aufgestachelte Menschenmenge nicht zurückriefen. Zu

T.C. Brownings Entsetzen gaben die Schwestern auf der Stelle klein bei. Ihr Haus und ihre Bequemlichkeit waren ihnen wichtiger als der Kampf gegen das Böse. Reverend O'Grady war gerettet.

Wieder zurück in seiner Kirche, rief er den Sheriff an, um ihm von seinem Martyrium zu berichten. Der Sheriff versprach, sofort zu kommen und ihn zu schützen.

«Komm runter, Junge», rief George, als er Kleine Feder nach längerem Suchen auf der großen Eiche hinter dem Haus gesichtet hatte. «Unser Freund, der Reverend, braucht unsere Hilfe.»

Der Junge sprang sofort vom Baum, und sie eilten zum Wagen.

«Ihr seht traurig aus», sagte Kleine Feder zu Reverend O'Grady, als sie in sein Haus kamen.

«Ich bin vor allem erschöpft», antwortete der Reverend mit einem schwachen Lächeln.

«Kluge Eule hat immer gesagt, wenn wir traurig wären, sollten wir niemals untätig sein. Wenn man darüber nachdächte, warum man traurig ist, würde es nur noch schlimmer.»

«Am besten wäre es, wenn man sein Denken manchmal ganz ausschalten könnte», sagte der Reverend.

«Das mag wohl sein. Aber wisst Ihr was?»

«Was denn?»

«Mich dünkt, in dem Fall hat Kluge Eule nicht ganz

die Wahrheit gesagt.» Kleine Feder sprach so leise, als fürchtete er, Kluge Eule könnte ihn hören.

«Wieso denn das?», fragte der Reverend.

«Weil Kluge Eule, wenn er traurig war und nicht mehr denken wollte, in den Wald ging und ein paar seltene Pilze pflückte, von denen nur er wusste, wo man sie fand. Ich bin ihm selbst einmal gefolgt und habe mit eigenen Augen gesehen, wie er sie ganz genau betrachtete, einzeln pflückte und daran schnupperte ...» Aber der Reverend war längst aus dem Zimmer gegangen. Er hörte nicht mehr, wie Kleine Feder von Kluger Eule erzählte, der die Pilze gebraten und gegessen hatte und anschließend ganz «aufgekratzt» gewesen war. Dem Reverend war eingefallen, was er in seinem Schlafzimmerschrank versteckt hatte. Eine Flasche Whiskey hatte ihm bisher noch immer dabei helfen können, sein Denken auszuschalten.

Am nächsten Tag saß T. C. Browning im Salon der Donaldsons, nippte Tee und knabberte Schokoladenkekse. Nachdem er eine Weile nachdenklich geschwiegen hatte, sagte er:

«In Wirklichkeit sind Sie also pleite.»

«Nein, das sind wir nicht», widersprach Edna gekränkt. «Es gibt immer noch ein paar Häuser, die uns gehören.»

«Ja, aber wenn die Bank von einem Tag zum anderen ihr Geld zurückverlangen würde, würde Sie das ganz schön unter Druck setzen.»

«Das würde die Bank niemals wagen!», rief Edith empört.

«Vielleicht. Aber das Entscheidende ist, dass Sie nicht mehr die Macht haben, die Stadt unter Druck zu setzen. Und das macht die Sache für uns sehr viel schwieriger.» Er legte seinen Keks zurück auf den Teller. «Wir müssen uns also einen anderen Plan ausdenken.»

«Sind Sie mit dem Keks fertig?», fragte Edna.

«Ja. Warum?»

Statt zu antworten, nahm sie den angeknabberten Keks und warf ihn in den rauchenden Hausaltar.

«Herr», dachte der Exreverend, «warum hast du mir im Kampf gegen den Satan ausgerechnet zwei Heidinnen zur Seite gegeben?»

«Möchten Sie noch etwas Tee?», fragte Edith. Der Exreverend streckte stumm die Hand mit der Tasse aus. Als sie wieder voll war, führte er das heiße Getränk langsam an die Lippen, nippte vorsichtig daran und sagte:

«Ich glaube, ich habe eine Idee.»

Als Reverend William O'Grady am nächsten Sonntagmorgen die Kirchentür öffnete, fiel sein erstaunter Blick auf eine über Nacht von T.C. Browning auf der anderen Straßenseite gegründete neue Kirche.

Sie war in einem alten Lagerhaus untergebracht, das den Schwestern Donaldson gehörte. Seit Jahren schon hatte es leer gestanden, jetzt war es in einer von T.C. Browning überwachten Nacht-und-Nebel-Aktion in Pennsvilles zweite Kirche verwandelt worden. Die Wände waren frisch geweißt, und über der Tür stand in Goldbuchstaben: «Die Wahre Kirche Gottes». T.C. Browning stand in seiner alten schwarzen Soutane und einem breitkrempigen Borsalinohut an der Tür und funkelte den Reverend feindselig an. Ohne jede Begrüßung rief er:

«Sie werden um jede einzelne Seele mit mir kämpfen müssen!»

Hinter seinem Vorgänger sah der Reverend die Schwestern Donaldson. Auf einem Tisch neben ihm lag ein Stapel Broschüren.

«Herr, schickst du uns in einen Glaubenskrieg?», murmelte der Reverend entsetzt.

Die ersten Kirchgänger trafen ein und staunten ungläubig über die beiden Rivalen. Immer mehr Menschen versammelten sich in der Mitte der Straße und drehten die Köpfe von links nach rechts wie die Zuschauer bei einem Tennismatch. Der Reverend wusste, wie unbeliebt sein strenger Vorgänger gewesen war. Aber er wusste auch, dass die Bürger von Pennsville plötzlichen Veränderungen eher skeptisch gegenüberstanden.

Bis der Sheriff kam, regte sich nichts. Doch als T.C. Browning den Jungen mit seinem inzwischen fast ausgewachsenen schwarzen Kater aus dem Wagen des Sheriffs steigen sah, hielt es ihn nicht länger an der Kirchentür.

«Brüder und Schwestern!», rief er und rannte auf die Straße. «Hütet euch vor dem Satan, der von unserem Reverend Besitz ergriffen hat.»

Als er sah, dass er die Aufmerksamkeit der Menge errungen hatte, fuhr er fort:

«Seht doch, er hat Luzifer sogar dabei!»

Kleine Feder bemerkte, dass T.C. Browning auf Tiger zeigte, deshalb sagte er:

«Er heißt Tiger.»

T.C. Browning überhörte die Bemerkung.

«Bürger von Pennsville, hütet euch vor dem Satan! Denn es ist der Satan, der hinter dieser neuen Kirche steckt! Wieso sollte es überhaupt eine neue Kirche geben? Waren wir mit der alten nicht mehr als zufrieden?» Als niemand antwortete, rief T.C.:

«Es gibt keinen Grund für eine neue Kirche. Es sei denn, der Satan hätte die Hand mit im Spiel.» Er hielt inne und ließ den Blick über seine Zuhörer schweifen. Er sah Zweifel in ihren Augen, vielleicht sogar Angst. T.C. wusste, er durfte jetzt nicht aufhören.

«Aber seit wann stehen die Bürger von Pennsville im Dienste des Satans?» Seine Stimme überschlug sich, die Augen schienen ihm fast aus dem Kopf zu fallen.

Ein Murmeln ging durch die Menge. Weder der Reverend noch T.C. Browning konnten verstehen, was die Leute sagten. Doch T.C. war in Fahrt gekommen und nicht mehr aufzuhalten.

«Wie ihr wisst, habe ich mich nach langen Jahren des Dienstes im Herrn zur Ruhe gesetzt. Doch als ich das Zeichen des Satans an der Kirchentür sah, wusste ich, dass ich reagieren musste. Wir alle müssen auf diese Herausforderung reagieren. Es war Gottes Wille, dass die gottgefälligen Schwestern Donaldson dieses Lagerhaus hier seit Jahren nicht verkaufen konnten. Gott wusste, es würde eines Tages für einen heiligen Zweck gebraucht. Die gottesfürchtigen Bürger von Pennsville benötigen eine Zufluchtsstätte, wo sie beten können, wenn der Satan ihnen ihre eigene Kirche nimmt.»

Inzwischen war ganz Pennsville auf der Straße, um dem Kampf der beiden Gottesmänner zuzusehen. Sheryl, Judith, George und Georgia standen neben dem Reverend. Die Schwestern Donaldson und ihr Hausmädchen Hazel standen an der Tür des alten Lagerhauses. Der Rest der Gemeinde verharrte dazwischen und wartete wie eine versehentlich zu groß geratene Gruppe von Geschworenen auf die Plädoyers der Anklage und der Verteidigung. Doch der Reverend hatte bisher noch nicht das Wort ergriffen, und sein Schweigen schien der Menge zu missfallen. Judith, die menschliche Regungen besser wittern konnte als ein Jagdhund seine Beute, flüsterte dem Reverend ins Ohr:

«Sie müssen etwas sagen, und zwar schnell, sonst haben Sie für immer verloren.»

Als hätte sie ihn mit ihren Worten an ein Stromkabel angeschlossen, erwachte der Reverend zu neuem Leben und lief mit großen Schritten auf die Leute zu. «Hört gut zu, meine lieben Freunde», rief er, während er auf das Auto des Sheriffs stieg. Dort oben stand er umringt von den Einwohnern des Städtchens, ragte wie eine Insel aus einem Meer von Köpfen.

«Wie die meisten von euch wissen, haben sich in unserer Gemeinde in letzter Zeit einige ungewöhnliche Ereignisse zugetragen.»

«Ungewöhnlich?», rief T.C. «Abwegig!»

Der Reverend ignorierte seinen Zwischenruf.

«Dieser Junge da drüben –» Der Reverend zeigte auf Kleine Feder.

«Die Brut des Satans!», unterbrach T.C. Browning.

George ballte wütend die Faust. Am liebsten hätte er T.C. einen kräftigen Schlag auf die Hakennase versetzt. «Wie kann er es wagen, Kleine Feder so zu beleidigen?», sagte er voller Zorn. Doch Georgias starker Arm hielt ihn zurück.

«Nicht, Liebling», flüsterte sie. «Lass den Reverend das machen.»

Schulterzuckend folgte der Sheriff ihrem Rat.

«Dieser Junge da drüben», wiederholte der Reverend, «hat Betsy Ross das Leben gerettet. Außerdem hat er Julie, die Enkelin des Generals, von schlimmen Warzen geheilt!»

«Und wo ist das Mädchen?», fragte T.C. höhnisch. «Von uns hat sie noch keiner gesehen!»

«Der General und seine Familie werden in einer Woche wieder hier sein!»

«Das kann ja jeder sagen!»

Aber der Reverend ließ sich nicht aus dem Konzept bringen: «Schaut euch diesen Jungen an.» Alle Gesichter wandten sich Kleiner Feder zu, der ganz ruhig dastand und sich fragte, warum der alte Mann in Schwarz zu seinem Freund, dem Reverend, so unhöflich war. «Sieht er wie ein Gesandter des Teufels aus?»

Als sie den Reverend das verbotene Wort aussprechen hörten, schrien Edna und Edith entsetzt auf und sanken zu Boden.

«Ich glaube, ich habe eine Erklärung für die jüngsten Ereignisse gefunden. Wenn ihr mir einen Augenblick zuhören wollt, werde ich euch gerne sagen, was ich zu wissen glaube. Kommt einfach mit in meine Kirche.»

«Hört nicht auf ihn!», rief T.C. Browning. «Er will euch bloß zu den Toren der Hölle locken. Hütet euch vor Satan. Seine Zunge ist süß wie Honig, aber seine Klauen sind scharf wie Stahl.»

In das Schweigen, das darauf einsetzte, drang plötzlich Judiths Stimme: «Übrigens, Leute, wenn die Donaldsons das Lagerhaus nicht verkaufen konnten, dann doch nur deshalb, weil niemand so eine von Ratten verseuchte Bruchbude haben wollte.»

Edna, die sich gerade wieder aufgerappelt hatte, schnappte nach Luft und ging erneut zu Boden.

«Seht euch das Werk des Satans an», schrie T.C. Browning und zeigte auf die nach Atem ringende Edna.

«Ach, die alte Ziege soll aufhören mit dem Theater», entgegnete Judith ungerührt. «Glaubt ihr im Ernst, der Satan hätte Interesse an ihr?»

«Hör auf, Mutter.» Sheryl fasste Judith am Arm. «Das gehört sich nicht!»

«Mag sein, Schätzchen, aber auf diesen Augenblick habe ich lange gewartet.»

Sheryls missbilligender Blick ließ Judith zu Boden schauen. Erst jetzt bemerkte sie, dass Kleine Feder grinsend neben ihr stand.

«Worüber grinst du so?», fragte sie.

«Über Euch. Ihr seid die Einzige, die dieser Zwist zu belustigen scheint.»

Judith lachte auf. Rache zu nehmen galt vielleicht als nicht besonders fein oder fromm, aber es war ein tolles Gefühl. Kleine Feder hatte Recht. So gut hatte sie sich schon lange nicht mehr gefühlt.

Mit siebzehn Jahren hatte Judith sich in Ednas und Ediths Cousin, Albert Donaldson, verliebt. Albert war ein fauler, rücksichtsloser junger Mann, der im Saloon von Pennsville ganz allein für einen Viertel des Umsatzes sorgte. Judith war damals noch nicht die weltläufige Frau, die sie heute war, und da sie aus bescheidenen Verhältnissen kam, ließ sie sich leicht beeindrucken und ohne großen Widerstand in die Arme und das Bett des reichen Albert Donaldson locken. Der einzige wirklich reiche Donaldson aber war der alte Byron. Er sorgte für Albert, weil er es seiner Schwester am Sterbebett versprochen hatte. Dass er das Verhalten seines Neffen duldete, lag nur daran, dass er ihm in Wirklichkeit herzlich gleichgültig war. Der alte Donaldson war zu der Zeit schon so reich, dass selbst Alberts kostspielige Eskapaden seinem Vermögen nichts anhaben konnten. Doch so großzügig er in finanziellen Dingen war, so kleinlich war der Alte, wenn es um seine Ehre ging.

Als daher Edna, die ihren großmäuligen und vulgären Cousin ebenso wenig ausstehen konnte wie ihre Schwester, dem Vater berichtete, Albert habe sich mit einem «Mädchen niederer Herkunft» eingelassen, sodass zu befürchten stünde, Albert könne «Vater eines die Ehre der Familie auf ewig befleckenden kleinen Bastards werden», beschloss der alte Byron, einzugreifen und Albert zu zeigen, wer der Herr im Hause Donaldson war.

Anstatt jedoch zuerst mit Albert zu sprechen, stürmte der Alte in Judiths winziges möbliertes Zimmer und schnaubte wie ein wild gewordener Bulle.

«Hör zu, du kleine Schlampe, ich weiß, dass du Albert verführt hast und dich auf diese Weise in unsere Familie drängen möchtest. Wenn du nicht willst, dass ich dein Leben und das deiner armseligen Familie für immer ruiniere, wirst du dich ab sofort von dem Jungen fern halten.» Die verängstigte Judith konnte nur hilflos nicken. Ohne ein einziges Mal zu dem alten Donaldson aufzuschauen, kauerte sie auf der Kante ihres Bettes. Als er sicher sein konnte, sich deutlich genug ausgedrückt zu haben, nahm er zwei Hundertdollarscheine und warf sie aufs Bett. «Ich weiß, das ist viel zu viel, aber mir ist heute spendabel zu Mute», sagte er in herablassendem Ton. Dann ging er nach Hause, packte Albert an den Ohren, zerrte ihn zum Bahnhof und kaufte ihm eine einfache Fahrkarte nach New York.

Judith war am Boden zerstört. Einen Monat lang weinte sie sich die Augen aus. Dann fielen ihr die zweihundert Dollar wieder ein – damals eine hübsche Summe. Zwanzig Dollar gab sie für die Ausbildung zur Kosmetikerin aus, den Rest investierte sie in ihren Schönheitssalon. Der alte Donaldson hatte ihr das Herz gebrochen, aber er hatte ihr auch eine neue Lebensgrundlage gegeben.

Judiths erste Kundin war Edna Donaldson. Sie betrat den Schönheitssalon, als wäre er ihr Eigentum, und verlangte eine Gesichtsbehandlung.

«Aber seien Sie vorsichtig, meine Haut ist sehr empfindlich», sagte sie gehässig. Mit zitternden Händen wusch, säuberte und massierte Judith sie fast zwei Stunden lang. Als sie fertig war, stand Edna auf, schaute in den Spiegel, strich mit den Händen über ihre Wangen und sagte: «Na ja, ganz ordentlich.» Dann nahm sie ihre Handtasche und ging hinaus. An der Tür drehte sie sich noch einmal um.

«Sie hatten ja wohl keine Bezahlung erwartet. Die zweihundert Dollar meines Vaters dürften für die nächsten Jahre reichen.»

Von da an kamen die beiden Schwestern einmal monatlich, ohne je irgendetwas zu bezahlen. Judith traute sich nicht, sie zurückzuweisen. Wie alle Einwohner der Stadt hatte sie Angst vor den Donaldsons.

Die Menge stand noch immer auf der Straße zwischen den beiden Kirchen. Dann löste sie sich, wie einem heimlichen Zeichen folgend, plötzlich auf. Da sie sich für keine der beiden Möglichkeiten entscheiden konnten, gingen die meisten nach Hause. Der Gottesdienst in der Kirche des Reverend war kurz. Der Reverend las aus der Bibel, sie sangen gemeinsam ein paar Lieder, dann gingen sie auseinander. Kurz vorm Einschlafen auf dem Rückweg im Auto sagte Kleine Feder zum Sheriff: «In Loneliville war die Kirche doch vergnüglicher.»

Während die erste Runde im Kampf der beiden Kirchen noch unentschieden ausgegangen war, gab es keinen Zweifel darüber, wer eine Woche später die zweite

Runde gewann – T.C. Browning. Nicht nur gelang es ihm und den Schwestern Donaldson, einige ihrer alten Freunde in ihre Kirche zu locken, sie beobachteten auch mit unverhohlener Schadenfreude, dass es Reverend O'Grady nicht gelungen war, auch nur ein einziges neues Mitglied hinzuzugewinnen.

Der Sheriff, Georgia, Kleine Feder, Tiger, Sheryl und Judith waren vollzählig erschienen, doch selbst das vermochte den Reverend nicht aufzumuntern. Mit düsterer Miene absolvierte er seine Messe und eilte danach gleich wieder nach Hause. Georgia, die sah, wie niedergeschlagen alle waren (mit Ausnahme von Tiger und Kleiner Feder, die über die Kürze des Gottesdiensts durchaus nicht böse waren), schlug vor, gemeinsam die vielen Beeren zu sammeln, die rund um ihr Haus darauf warteten, geerntet und gegessen zu werden.

Kleine Feder saß auf dem Rücksitz zwischen Sheryl und Judith. Es war reichlich eng, und er versuchte, von der älteren Dame abzurücken, die stark nach Karamell roch. Sheryls Duft gefiel ihm sehr viel besser, er war leichter und natürlicher. (Der Junge hatte einen guten Geschmack; Sheryls Parfüm war eines der teuersten, die es für Geld zu kaufen gab.) Als er vorsichtig sein Gewicht nach links verlagerte, kam er aus Versehen mit der Hand an Sheryls weiche Haut. Verlegen schaute er auf.

«Verzeihung, meine Dame.»

Sheryl lächelte sanft und strich über sein seidiges Haar.

«Keine Ursache, mein Schatz.»

Als sich ihre Blicke begegneten, dämmerte Kleiner

Feder plötzlich, wo er sie früher schon einmal gesehen hatte.

«Ihr seid manchmal im Fernsehen, Georgia sieht das immer. Ich habe mich selbst einmal ein paar Minuten dazugesetzt», sagte er und fügte offenherzig hinzu: «Ihr seid sehr schön!»

«Danke, das ist lieb von dir», erwiderte Sheryl fröhlich. An die verzehrenden Blicke ausgewachsener Männer hatte sie sich gewöhnt, die unschuldigen Komplimente eines Kindes dagegen waren neu für sie. Sie beugte sich vor und küsste ihn auf die Wange. Kleine Feder errötete.

Judith wuschelte sein Haar und sagte lachend:

«Dieser junge Mann wird noch so manche Frauenherzen brechen!»

Alle lachten. Tiger, der laute Geräusche nicht mochte, miaute gereizt.

George, der am Steuer saß, drehte sich kurz zu Kleiner Feder um.

«Erzähl uns ein bisschen vom Gottesdienst in Loneliville», sagte er.

Alle sahen ihn erwartungsvoll an. Kleine Feder dachte eine Weile über die Frage nach.

«Es war nicht mehr als eine nette, fröhliche Versammlung, bei der allen wohl zu Mute war», antwortete er dann.

«Wie meinst du das?», fragte Georgia.

«Wir hatten keinen Reverend. Wir haben uns einfach jeden Samstag reihum in einem der Häuser zusammengefunden und aus der Bibel gelesen. Dann haben wir etwas Gutes gegessen und uns schlafen gelegt. Auf die Weise, sagte Kluge Eule immer, hatten wir nicht nur Zeit, das Essen, sondern auch unsere Gedanken zu verdauen. Anschließend erzählten wir uns, was wir über den Bibeltext dachten, malten ein Bild oder schrieben ein Lied dazu. Danach gingen wir in den Wald und spielten Haschen. Der Verlierer las in der folgenden Woche aus der Bibel vor.»

«Genau!», rief Sheryl. «Warum habe ich nicht schon früher daran gedacht?»

«Woran denn, Schätzchen?», wollte Judith wissen.

Sheryl sah ihre Mutter strahlend an.

«Die Leute sind nicht in unsere Kirche gekommen, weil sie mit Recht Angst davor hatten, der Reverend würde ihnen mit einer langen Predigt auf die Nerven gehen. Und sie wussten, bei T.C. Browning würde es ihnen nicht besser ergehen. Die Leute wollen keine Predigten, sie wollen so etwas wie eine Talkshow, einen lebendigen Vormittag in der Kirche, an dem sie Spaß haben und ihre Alltagssorgen vergessen können. Das ist es, was der Junge uns zu sagen versucht. Habe ich Recht, Kleine Feder?»

Der Junge, der Sheryl für die schönste Frau der Welt hielt und glücklich war, einfach neben ihr sitzen zu dürfen, nickte, ohne die Frage wirklich gehört zu haben. In diesem Augenblick hätte er allem zugestimmt, was aus ihrem Munde kam.

Als Sheryl einige Stunden später den Reverend aufsuchte, sah sie auf den ersten Blick, dass es ihm nicht gut ging. Er war müde und noch blasser als sonst, und trotz der vielen Pfefferminzbonbons, die er gelutscht hatte, roch er nach Whiskey. Er bat Sheryl herein. Ohne große Umschweife erzählte sie ihm, was Kleine Feder gesagt hatte.

«Wir sollten den Gottesdienst unterhaltsamer und ansprechender gestalten, so wie in Loneliville.»

Der Reverend lächelte traurig.

«Loneliville gibt es nicht, mein liebes Kind. Und ich weigere mich, meinen Gottesdienst zur Vergnügungsveranstaltung zu machen. In meiner Kirche ging es ja auch schon früher ziemlich lebendig zu, aber für alles gibt es Grenzen.»

«Macht das denn wirklich einen so großen Unterschied?», fragte Sheryl. «Was ist so schlimm daran, wenn ein Gottesdienst den Leuten Vergnügen bereitet?»

«Sheryl, ich werde meine Kirche nicht in ein zweites Disneyland verwandeln. In einem Gottesdienst geht es um ernste Dinge», widersprach der Reverend.

«Natürlich, da geben wir Ihnen ja auch alle Recht. Aber wenn Sie wirklich neue Mitglieder gewinnen, Ihre Botschaft verbreiten und die Dinge verändern wollen, müssen Sie zumindest anfangs ein paar Zugeständnisse machen. Worauf es letztlich ankommt, ist doch, dass mehr Leute in die Kirche kommen, oder? Warum sollen wir sie nicht mit Liedern und Spielen locken? Wenn sie Ihnen erst einmal zuhören und die Kraft spüren, die von dem Kind ausgeht, werden sie bleiben. Es ist ein kleiner, aber notwendiger Preis, den wir bezahlen müssen.»

Der Reverend antwortete nicht gleich. Sheryl konnte sehen, wie es in ihm arbeitete. Er war sich sicher, die Wahrheit entdeckt zu haben, und konnte nicht verstehen, warum sie allen anderen nicht ebenso deutlich vor Augen stand. «Ich muss darüber nachdenken», sagte er.

Kopfschüttelnd las der Generalstabschef das Kündigungsschreiben des Generals.

«Das soll wohl ein Witz sein?», schnaubte er empört.

«Nein, das ist mein voller Ernst», erwiderte der General.

«Sie wollen die Armee tatsächlich verlassen?»

«Sonst hätte ich wohl keine Kündigung verfasst.»

Der Generalstabschef setzte seine Brille auf.

«Okay, wo ist die versteckte Kamera?»

«Es gibt keine Kamera, Sir.»

«Also gut.» Er nahm die Brille wieder ab und lehnte sich auf seinem Stuhl zurück. «Ehe ich es nicht aus Ihrem Mund gehört habe, kann ich es nicht glauben.»

«Ich möchte aus dem Militärdienst ausscheiden, Sir.»

Es folgte ein langes Schweigen.

«Wegen der Bombe?»

«Ja, aber nur indirekt.»

Der für seinen Jähzorn bekannte Generalstabschef lief rot an.

«Hören Sie gefälligst mit dem Blödsinn auf und sagen Sie mir klipp und klar, was los ist!», schrie er.

Mit ruhiger Stimme erzählte der General ihm seine Geschichte. Der Generalstabschef lauschte ungläubig.

«Und jetzt glauben Sie, der kleine Junge könne Wunder vollbringen?», fragte er.

«In gewisser Hinsicht, ja. Schauen Sie, ich bin mit

Julie bei den besten Ärzten gewesen, die unser Land zu bieten hat. Sie haben ihr jede zur Verfügung stehende Arznei verschrieben und konnten ihr trotzdem nicht helfen. Das Mädchen musste im Rollstuhl sitzen. Und dieser Junge hat sie innerhalb einer Woche geheilt. Außerdem wusste er sofort, dass sie indianische Vorfahren hat, ohne sie vorher jemals gesehen zu haben. All das hat mich nachdenklich gemacht, und ich bin zu dem Schluss gekommen, dass wir die Welt um uns herum manchmal einfach so akzeptieren müssen, wie sie ist, ohne nach dem Wie und dem Warum zu fragen. Dass wir uns vom Leben manchmal führen lassen müssen, auch wenn wir nicht immer gleich wissen, wohin die Reise geht. Dass sich manche Geheimnisse nicht ergründen lassen. Es gibt Dinge auf dieser Welt, die unser Verstand nicht begreifen kann.»

Der Generalstabschef schüttelte den Kopf.

«Sie halten mich für verrückt, was?», fragte der General.

«Nein. In gewisser Hinsicht beneide ich Sie sogar. Ich hätte bloß nie gedacht, dass es ausgerechnet Sie treffen könnte. Sie haben auf mich nie den Eindruck eines Suchenden gemacht.»

«Ich habe auch nicht gesucht. Und habe trotzdem etwas gefunden.»

«Und was soll ich dem Präsidenten sagen?»

«Was immer Sie wollen. Sie sind nicht umsonst Generalstabschef geworden. Sie haben noch immer die richtigen Worte gefunden.»

In der dritten Runde des Pennsviller Kirchenkampfes gingen T.C. Browning und die Schwestern Donaldson zu Boden. Allerdings war es nicht dem Reverend, sondern Judith vorbehalten, den entscheidenden Schlag auszuführen. Ihr Schönheitssalon war nicht nur eine zentrale Nachrichtenbörse, sondern auch eine äußerst schlagkräftige Werbeagentur.

In den ersten Wochen hatte Judith sich noch sehr zurückgehalten. Sheryl fiel auf, dass ihre Mutter regelrecht verstummte, sobald die Sprache auf die neue Kirche kam. Judith tat so, als hörte sie gar nicht hin, stellte den Föhn an, um das Gespräch zu übertönen, oder verließ notfalls sogar den Salon, um dem Thema auszuweichen.

«Warum tust du das?», fragte Sheryl eines Abends und stellte sich ihrer Mutter in den Weg, als Judith wieder einmal versuchte, einer Kundin zu entkommen, die gern Einzelheiten über die neue Kirche erfahren hätte.

«Wovon redest du?», fragte Judith scheinheilig.

«Du weißt sehr genau, wovon ich rede. Du schämst dich für unsere Kirche. Du wolltest dich von Anfang an nicht zu ihr bekennen. Du warst nur zu feige, es zuzugeben.»

«Schätzchen …»

«Hör auf, mich Schätzchen zu nennen. Uns bläst ein kalter Wind entgegen. Wir brauchen jede Hilfe, die wir bekommen können, aber du weigerst dich, uns beizustehen!»

Sheryl war so empört, dass sie hinauslief und die Tür hinter sich zuknallte. Einen Tag später warf Judith sich entschlossen in die Schlacht. Doch anders, als Sheryl vermutete, hatte diese Entscheidung kaum mit ihrer Tochter zu tun.

Am Morgen nach der Auseinandersetzung mit Sheryl sah Judith den General in den Schönheitssalon kommen. In seiner Zivilkleidung wirkte er sehr elegant, ja sein länger gewordenes, lockiges Haar ließ ihn fast ein wenig verwegen aussehen. Die Strenge, die ihn als Soldat umgeben hatte, schien mit der Uniform und dem militärischen Haarschnitt verflogen zu sein.

«Was für ein schöner Mann!», dachte Judith und spürte, wie ihr das Blut in die Wangen stieg. Zum ersten Mal seit vielen Jahren kam sie sich wieder wie ein Schulmädchen vor.

Judith hatte nie geheiratet. Nach Albert hatte sie lange Zeit keinen festen Freund gehabt. Dann hatte sie Mike Allroy, einen Kosmetikvertreter, kennen gelernt und war mehr als zwei Jahre mit ihm zusammen gewesen. Er hatte nicht in Pennsville gewohnt, aber aus beruflichen Gründen öfter dort Station gemacht. Als Judith merkte, dass sie schwanger war, erzählte sie ihm sofort von der Neuigkeit. Er lachte und sagte: «Das muss gefeiert werden. Wir brauchen Champagner!» und verließ den Salon in Richtung Wein- und Spirituosengeschäft. Dort kam er auch an, kaufte anstelle des Champagners jedoch eine Flasche Whiskey, die er zwischen Tresen und Ausgang leerte. Seitdem hatte ihn Judith nie wieder gesehen. Sein Nachfolger bei der Kosmetikfirma sagte, man habe ihn befördert und nach Alabama versetzt.

Nachdem auch ihre zweite Beziehung so katastrophal geendet hatte, kam Judith zu dem Schluss, dass die Männer ihrer Gefühle unwürdig waren, und richtete von nun ihre ganze Energie auf Sheryl. Sie hasste die Männer nicht, aber sie hatte jedes Vertrauen in sie verloren.

Als Sheryl ihren ersten Freund hatte, gab Judith ihr nur den einen Rat:

«Pass gut auf dich auf, Schätzchen. Männer sind Raubtiere. Sie können gar nicht anders, als selbstsüchtig und unsensibel zu sein, das liegt an ihrem Raubtierinstinkt.»

«Hallo, Judith, wie ich höre, ist dies hier ein richtig verschlafenes Nest», begrüßte sie der General, als er den Schönheitssalon betrat. Sein Tonfall war ruhig und freundlich, doch Judith hörte sofort einen Vorwurf heraus. Für sie klang es so, als wollte er wissen, warum sie sich nicht mehr für die neue Kirche eingesetzt hatte. «Großer Gott», dachte sie zitternd, «er muss von mir enttäuscht sein.» Und den attraktiven General zu enttäuschen war ungefähr das Letzte, was Judith wollte.

«Ja», räumte sie ein, «wir haben keine großen Fortschritte gemacht. Aber Sheryl hat einen neuen Plan. Ab morgen geht es richtig los.»

Der General hatte keine Ahnung, wovon sie sprach. Er war gerade erst angekommen, hatte den Sheriff nicht in seinem Büro angetroffen und daher bei Judith vorbeigeschaut. Doch da er ein höflicher Mann war, sagte er:

«Dann können Sie morgen auf mich zählen.»

«Toll!», rief Judith entzückt. «Kommen Sie einfach gegen Mittag her. Wir wollen zusammen essen gehen.»

«Abgemacht», lächelte der General. «Aber bis dahin muss ich noch einen Schlafplatz finden.»

Judith nahm all ihren Mut zusammen.

«Wir haben ein Gästezimmer.»

Der General war über ihr Angebot sichtlich erstaunt.

«Ich möchte Ihnen keine Umstände ...»

«Ich bestehe darauf!»

«Nun ja, wenn das so ist ...»

Und so kam es, dass Judith an der Seite des Generals in den Kampf für die neue Kirche eintrat.

Am nächsten Sonntag erschienen sieben Paare mit kleinen Kindern zum Gottesdienst. Der Reverend meinte, das Wort «Kind» im Namen der neuen Kirche habe sie angelockt. Judith wusste, dass es eher mit den kostenlosen «Séancen» zu tun hatte (Judith liebte französische Wörter), die sie den Müttern, die versprochen hatten, in die neue Kirche zu kommen und dem Reverend zuzuhören, gegeben hatte. Zum neuen Ablauf des Gottesdienstes gehörten eine Schatzsuche, eine kurze Lesung aus der Bibel (Genesis), ein Gebet und ein Picknick. Anschließend sollte es, je nach Wunsch, ein Gespräch über die Lesung oder einen kleinen Vortrag des Generals zum Überlebenstraining im Wald geben, man wollte ganz flexibel sein.

All das war Sheryls Idee gewesen. «Wir müssen die jungen Leute ansprechen. Die sind für T.C. am wenigsten empfänglich. Das ist unsere Zielgruppe», hatte sie gesagt.

Der zunächst eher zögerliche Reverend, der nicht wusste, wie er sich sonst helfen sollte, hatte schließlich zugestimmt.

Die Kinder waren von dem neuen Gottesdienst begeistert. Anstatt in einer stickigen Kirche still sitzen und sich eine langweilige Predigt anhören zu müssen, durften sie auf der Suche nach einem kleinen gefleckten Welpen, den Kleine Feder in den Büschen versteckt hatte, durch den Wald laufen. Kleine Feder sah ihnen bei ihrer fruchtlosen Suche zu und wunderte sich, wie wenig sie im Vergleich zu seinen alten Freunden aus Loneliville über den Wald wussten. Sie zertrampelten ahnungslos die frischen Fußspuren des Hundes. Sie bemerkten das feine Hundehaar an den niedrigen Zweigen nicht. Wie eine Horde blinder und tauber Tölpel, die durch ein dunkles Zimmer tappen, dachte Kleine Feder. Die deutlichsten Zeichen waren direkt vor ihrer Nase, aber sie konnten sie weder sehen noch hören oder riechen. Zum Glück für die Kinder gelang es dem Hund, die Schnur zu durchbeißen, mit der Kleine Feder ihn festgebunden hatte, den Kindern entgegenzulaufen und in den Schoß des völlig überraschten Jerome Adams zu springen. Der Junge wurde zum Sieger und neuen Besitzer des Hundes erklärt.

Erschöpft verschliefen die meisten Kinder den Rest des Gottesdienstes. Die Eltern dagegen ließen sich von den Worten des Reverend fesseln. Er las den Bericht der Bibel über die Erschaffung der Welt. Als er fertig war, räusperte er sich wie ein frisch gebackener, noch etwas nervöser Fernsehsprecher und sagte:

«Mein kleiner Freund hat neulich mit mir über die Erschaffung der Welt gesprochen. Wir neigen zu der Vorstellung, dass die Welt für uns erschaffen wurde, sagte er. Wir sehen uns, die zuletzt erschaffenen Lebewesen, als Krone der Schöpfung an. Dabei lässt sich die Geschichte auch ganz anders lesen. Wir waren die Letzten, also im Grunde überflüssig, ein nebensächlicher Teil des Ganzen, von allen anderen, wichtigeren Teilen abhängig. Würde der Mensch von der Erde verschwinden, würde sie sich unbekümmert weiter drehen. Würden dagegen die Pflanzen, das Wasser oder die Tiere verschwinden, würde der Mensch mit ihnen untergehen. Wir sind nur Gäste auf dieser Erde, sagte mein Freund, aber wir führen uns auf, als wären wir ihre Besitzer.»

Das Publikum applaudierte und drehte sich zu Kleiner Feder um. Ebenso wie alle anderen Kinder schlief er tief und fest.

Am folgenden Sonntag schaute Betsy Ross zu Julie und Kleiner Feder hinauf, die wieder einmal aufs Dach der Kirche geklettert waren.

«Wie ist es da oben, Kleine Feder?», fragte sie schüchtern.

«Vortrefflich. Man kann die ganze Stadt, den See und den Wald sehen. Man kann riechen, was die Leute kochen, und sich anschauen, was sie in ihren Gärten machen. An stillen Tagen kann man sogar die Tiere im Wald hören.»

«Und was macht ihr da oben?»

«Sehen. Hören. Reden.»

«Siehst du denn alles?»

«Nein, längst nicht alles. Am lustigsten ist es, Menschen zuzuschauen, die sich unbeobachtet fühlen. Sehen, ohne gesehen zu werden.»

«Ist es euch nicht zu heiß da oben in der Sonne?»

«Schon, aber wir können ja jederzeit unsere Hemden ausziehen.»

«Und wenn es regnet?»

«Dann werden wir eben nass.»

«Du nimmst das Leben so, wie es ist, nicht wahr?», fragte Mrs. Ross, die neben ihre Tochter getreten war.

Kleine Feder dachte kurz nach, dann antwortete er:

«Meine Dame, ich verstehe nicht recht. Könnte man es denn auch so nehmen, wie es nicht ist?»

Mrs. Ross lächelte.

«Natürlich nicht, wie dumm von mir.» Sie wünschte Kleiner Feder noch einen schönen Tag und ging mit Betsy zu Mr. Ross zurück, der geduldig auf dem Parkplatz auf die beiden wartete.

«Wenn es Betsy wieder besser geht», sagte Kleine Feder zu Julie, «sollten wir sie einmal mitnehmen aufs Kirchendach. Mich dünkt, das würde ihr sehr gut tun.»

Julie nickte. Sie wusste, er hatte Recht.

Zwei Wochen später war die Kirche des Reverend voll, und T.C. Browning musste die Tore seiner «Wahren Kirche» schließen.

«Gott sei Dank, das wäre ausgestanden!», sagte Judith zu ihrer Tochter. «Die Gutscheine für die kostenlosen Séancen haben mich fast in den Ruin gestürzt.»

«Guten Abend, Gouverneur», sagte der Generalstabschef.

«Zigarre?» Der Gouverneur streckte ihm ein Kistchen entgegen. Der Generalstabschef nahm eine Zigarre, biss die Spitze ab und setzte sich.

«Also», sagte der Gouverneur. «Welche Neuigkeiten haben Sie für mich?»

Der Generalstabschef antwortete nicht gleich, sondern genoss in aller Ruhe die ersten Züge an der Zigarre. Er stieß ein paar runde Rauchringe aus, dann sagte er ruhig:

«Keine, fürchte ich.»

«Sie haben die Bombe immer noch nicht gefunden?» Der Gouverneur war enttäuscht.

«Nein.»

«Das ist doch wirklich zum Heulen! Ich brauche frische Luft.» Der Gouverneur schob seinen Stuhl zurück, stand auf, ging zum Fenster und riss beide Flügel auf. Ein kühler Luftzug strich durch das Zimmer.

Der Generalstabschef zuckte mit den Schultern. «Es war nichts zu machen.»

«Aber ich habe versprochen, dass die Nationalgarde die Bombe diese Woche findet», sagte der Gouverneur mit matter Stimme.

«Ich weiß, wie Ihnen zu Mute ist», sagte der Generalstabschef mitfühlend. «Die Armee ist von der Sache auch nicht besonders begeistert. Aber der Mann, der für die Suche verantwortlich war, hat von einem Tag auf den andern den Dienst quittiert.»

Einen kurzen Moment lang schwiegen sie beide.

«Wollen Sie wissen, warum er gegangen ist?», fragte der Generalstabschef lächelnd.

Der Gouverneur nickte.

«Wegen eines Jungen mit übernatürlichen Kräften. Er hat die Enkeltochter des Generals von ihren Warzen geheilt. Jetzt hält er den Kleinen für eine Art Messias.»

Der Generalstabschef sah den Gouverneur prüfend an. Er wollte sehen, ob die Geschichte ihn amüsierte. Aber seine finstere Miene hatte sich nicht aufgehellt.

«Wie auch immer, ich fürchte, unter diesen Umständen werden Sie wohl noch etwas Geduld aufbringen müssen.»

«Wir sind mitten im Wahljahr. Geduld kann ich mir nicht leisten», entgegnete der Gouverneur. Er ging zu seinem Stuhl zurück und ließ sich ächzend darauf fallen. «Erzählen Sie mir von diesem Jungen», sagte er dann. Vielleicht ließ sich dem Gespräch ja doch noch etwas Interessantes abgewinnen.

«Ich weiß nur wenig über ihn. Unsere Soldaten haben ihn im Wald gefunden und zum nächsten Ort gebracht, in ein verschlafenes Nest namens Pennsville in Nordwest-Colorado. Da hat ihn der General kennen gelernt.»

Die Augen des Gouverneurs leuchteten auf.

«Colorado? *Mein* Colorado?»

«Wessen Colorado sonst?», erwiderte der Generalstabschef lachend.

«Wie, sagen Sie, heißt das Nest noch mal?»

«Pennsville.»

«Nie gehört. Dabei bin ich schon länger Gouverneur von Colorado, als ich selbst zugeben mag.» Dem Generalstabschef fiel auf, wie munter der Gouverneur plötzlich geworden war. «Ich werde wohl ein paar Nachhilfestunden in Geografie nehmen müssen.»

Gouverneur Bob Bates liebte die Politik so sehr, dass er es nie in Erwägung gezogen hätte, für das Amt des Präsidenten zu kandidieren; die Vorstellung, nach zwei Amtsperioden aufhören zu müssen, war ihm zuwider. Der Gouverneur atmete, trank, aß und schlief für die Politik, er war der Inbegriff eines Vollblutpolitikers. Außer der Politik nahmen nur noch drei andere Leidenschaften einen kleinen, aber wichtigen Platz in seinem Leben ein: der Sonntagsgottesdienst (das gesellige Beisammensein, das Gemeinschaftsgefühl), der Football und die Frauen.

Als er sechs Jahre alt gewesen war und alle Gleichaltrigen mit Zinnsoldaten gespielt hatten, hatte Bob seine Großmutter überredet, ihm ein paar Marionetten zu schenken, mit denen er bald meisterlich umzugehen verstand.

«Ist es nicht toll, wie er sie manipuliert und lenkt?», staunte seine Mutter.

«Er manipuliert und lenkt doch jeden», gab Oma Bates zurück.

Vom ersten bis zum letzten Schuljahr amtierte Bob als Klassensprecher – mit einer Ausnahme, als er mit sechzehn das Amt an Barbara West verlor. Um die Wahlen zu gewinnen, hatte sie mit allen Jungen der Klasse geschlafen (einschließlich Bob, der ebenfalls für sie gestimmt hatte). Aus diesem kleinen Rückschlag zog Bob die Lehre, sich auf Themen zu konzentrieren, die so wichtig waren, dass Sex sie nicht überschatten konnte. Seine Wahlkämpfe führte er von nun an mit Parolen wie «Weniger Hausaufgaben» und «Mehr Sportstunden» bis zu «Besseres Essen in der Cafeteria» und «Mehr Rechte für schwangere Schülerinnen» (ein Slogan, der in der zu achtzig Prozent weiblichen Schülerschaft begeistert aufgenommen wurde). Bob hatte ein Gespür für die Themen, die den Menschen auf den Nägeln brannten. Außerdem besaß er ein weiteres sehr wichtiges Talent – die Fähigkeit, mit jedem so zu reden, als wäre er der seit langem interessanteste Gesprächspartner für ihn. Bei großen gesellschaftlichen Ereignissen brillierte er besonders. Er konnte gleichzeitig mit einem erfahrenen Staatsmann über die bevorstehenden Wahlen diskutieren, sich mit einer jungen Dame für den nächsten Abend verabreden und der Kellnerin Komplimente machen – und allen dreien das Gefühl geben, etwas ganz Besonderes zu sein.

Als er nach einigen Jahren als Professor für europäische Geschichte in die Politik ging, wurde er von den anderen Kandidaten bloß belächelt. Und wenn er seine erste Wahl auch verlor (äußerst knapp, sodass es sich in eine ehrenvolle Niederlage ummünzen ließ), lernte er so viel daraus, dass er seitdem nie wieder einen falschen Schachzug machte.

Beim zweiten Anlauf gewann er trotz eines kleinen Wahlkampfetats und wenigen politischen Beziehungen mühelos das Amt des Gouverneurs – und hatte es seitdem behalten können. Die Leute mochten ihn. Mit seinem hohen Haaransatz, den sanften Hundeaugen und der tiefen, ruhigen Stimme war es für Bob ein Kinderspiel, ihr Vertrauen zu gewinnen. Er hypnotisierte sein Publikum, spielte mit ihm, manipulierte und lenkte es wie die Marionetten in seiner Kindheit.

Nach einer scheinbar endlosen Folge von Siegen, die dazu führten, dass man den Namen Bob Bates mit dem Amt des Gouverneurs von Colorado gleichzusetzen begann, hörte er auf, sich um das Ergebnis von Wahlen Sorgen zu machen. «Sie würden mich auch noch wählen, wenn ich längst tot und begraben wäre», sagte er einmal – und meinte das keineswegs als Witz.

Wenn es aber eine Sünde gibt, die von den Göttern bestraft wird, ist das die Anmaßung. Diebstahl, Betrug und Unzucht mögen sie dulden, Anmaßung dagegen lassen sie niemandem durchgehen. Und die schlimmste Bestrafung für Gouverneur Bates' Anmaßung wäre eine Niederlage bei den bevorstehenden Wahlen. Zum ersten Mal seit vielen Jahren lag er in den Umfragen so weit zurück, dass selbst seine engsten Mitarbeiter heimlich an ihren Bewerbungsmappen bastelten. Als ihm klar wurde, wie tief er abgesackt war, zog der Gouverneur alle Register, um im Rennen zu bleiben. Er bewarf seinen schärfsten Konkurrenten, einen jungen, ehrgeizigen Rechtsanwalt aus wohlhabender Familie, mit Schmutz. Tatsächlich gelang es ihm, einige unangenehme Tatsachen aus dessen Vergangenheit auszugraben. Allerdings war er in den letzten Jahren selbst auch unvorsichtiger geworden und bot seinen Gegnern seinerseits genug Munition für die von ihm angezettelte Schlammschlacht.

Er startete eine große Anzeigenkampagne, in der er die Leute daran erinnerte, was er alles für Colorado getan hatte. Er versuchte sogar, seinen alten Freund, den Präsidenten, vor seinen Karren zu spannen, doch der witterte den fauligen Geruch einer möglichen Wahlniederlage, ließ sich verleugnen und rief nie zurück.

Fast hatte der Gouverneur schon aufgegeben. Er hatte das Gefühl, dass der Zauber verflogen war und seine Glückssträhne zu Ende ging. Doch als der Generalstabschef von einem «Messias» sprach, war das für Bob wie ein göttlicher Funke. «Vielleicht bin ich ja doch noch nicht erledigt», dachte er, mit einem Mal wieder zuversichtlich. «So leicht gibt sich ein alter Fuchs wie ich nicht geschlagen.»

In der Nacht wachte Georgia auf. Ihr Hals schmerzte und ihr Mund war furchtbar trocken. Leise stand sie auf, um sich unten aus der Küche etwas zu trinken zu holen. Auf der untersten Stufe der Treppe angekommen, bemerkte sie Licht im Wohnzimmer. Sie erstarrte vor Schreck. Sie tastete nach dem Werkzeugkasten unter der Treppe, zog vorsichtig einen schweren Hammer heraus und ging damit zur Wohnzimmertür. Ihr heftig pochendes Herz beruhigte sich erst wieder, als sie Kleine Feder mit Tiger auf dem Sofa sitzen sah. Sie legte den Hammer zurück in den Werkzeugkasten und trat ins Wohnzimmer.

«Was habt Ihr aus dem Werkzeugkasten geholt?», fragte Kleine Feder.

«Wie …? Ich war doch so leise. Hast du mich trotzdem gehört?»

«Ich habe Euch gerochen – Euch und das Öl aus dem Werkzeugkasten.»

«Tiger hat mich gehört, oder?»

Kleine Feder wollte ihr sagen, dass er sie tatsächlich gerochen hatte, aber sie hätte ihm nicht geglaubt, deshalb sagte er:

«Ja, dann war es wohl Tiger.»

«Was machst du so spät noch hier, Kleine Feder?»

«Ich konnte nicht schlafen.»

Georgia hatte den Jungen noch nie so bedrückt gesehen.

«Was ist los, mein Schatz?»

«Kennt Ihr das, wenn man bei klarem Himmel Sturm riecht, Georgia?», fragte Kleine Feder.

Georgia sah hinaus in die dunkle Nacht. Der Himmel war klar, und sie roch keinen Sturm.

«Nein, das kenne ich nicht», gab sie zu. «Aber wir haben ein festes Dach über dem Kopf, und George und ich werden dich beschützen. Geh zurück ins Bett.»

«Nicht alle Stürme sind gleich, müsst Ihr wissen.»

Georgia lächelte.

«Meinst du, eine heiße Schokolade könnte den Sturm aufhalten?»

Kleine Feder dachte nach, dann folgte er Georgia in die Küche.

«Vielleicht. Für eine Weile, dünkt mich, wenigstens.»

Der Gouverneur betrat sein Büro so beschwingt, dass seine Sekretärin sofort spürte: Der alte Bob war zurückgekehrt.

«Verbinden Sie mich bitte sofort mit Don!», rief er energiegeladen.

«Mit welchem Don, Sir?»

«Mit meinem Schwiegersohn. Dem mächtigen König der Seifenopern.»

«Ich dachte, Sie würden nicht miteinander sprechen, Sir.»

Der Gouverneur lachte.

«Bis auf einmal im Jahr, zu Weihnachten. Was bleibt mir auch anderes übrig? Schließlich kann ich unmöglich so tun, als würde ich fünf Stunden ununterbrochen auf dem Braten kauen. Lieber Gott, welche Sünde habe ich begangen, dass du mich so bitter bestrafst? Warum hast du meine Tochter von allen Männern dieser Welt ausgerechnet ihn heiraten lassen?», rief er in theatralischem Ton. «Lassen Sie niemals zu, dass eines Ihrer Kinder ins Showbusiness einheiratet, Mrs. Gold. Diese Leute schrecken nicht einmal davor zurück, Ihr eigenes Kind gegen Sie aufzuhetzen.»

Die Sekretärin lachte. Sie kannte die Geschichte

auswendig, doch der Gouverneur schien niemals müde, sie von neuem zu erzählen.

Der Tag, an dem Donna ihren Eltern ihre Heirat verkündete, ging als schwarzer Tag in die Familiengeschichte ein.

Der Gouverneur saß im Wohnzimmer und hörte *Carmen*, seine Lieblingsoper, als Donna ins Zimmer trat.

«Daddy, ich möchte dir jemanden vorstellen», kündigte sie ihren neuesten Verehrer an.

Es war Hass auf den ersten Blick. Mit dem fettigen schwarzen, nach hinten gekämmten Haar, dem schicken dunklen Dreiteiler und den makellos polierten, laut über den Fußboden klackenden Lederschuhen war Donald dem Gouverneur vom ersten Augenblick an unerträglich.

«Don Giovanni!», sagte sein Schwiegersohn in spe und streckte ihm die Hand entgegen.

«Nein! *Carmen*», erwiderte der entsetzte Gouverneur.

Donna lachte.

«Daddy, er heißt Don, das ist die Abkürzung von Donald, und mit Nachnamen Giovanni.»

«Oh.»

Beim Mittagessen musste sich der entnervte Gouverneur alle Einzelheiten der Erfolgsgeschichte seines zukünftigen Schwiegersohns anhören. Don war damals schon wohlhabend, versicherte dem Gouverneur jedoch, das sei erst der Anfang.

«Mit meinen Dollars und deinem politischen Einfluss, Dad, erobern wir in ein paar Jahren das ganze Land.»

Der Gouverneur lächelte nicht einmal. Nach dem Mittagessen bat er Donna, ihm in die Küche zu folgen.

«Donna», sagte er und schloss die Tür hinter sich. «Ich werde nicht zulassen, dass meine kluge, gebildete, bildhübsche Tochter diesen großspurigen, arroganten, unverschämten Wichtigtuer heiratet.»

«Daddy!», flehte Donna ihn an.

«Zu spät, Dad», meinte Don kühl, der in die Küche kam, um Eis für seinen Drink zu holen. «Wir haben letzte Woche in Las Vegas geheiratet.»

Dem Gouverneur wurde schwindelig, als er seine Tochter weinend in die Arme ihres Ehemannes fallen sah. Im gleichen Augenblick trat seine Frau in die Küche.

«Sie sind schon verheiratet!», rief er, bebend vor Zorn.

Von diesem Tag an machte die angespannte Beziehung zwischen dem Gouverneur und seinem Schwiegersohn jedes Familientreffen zu einem lautstarken, für alle Beteiligten unangenehmen Ereignis. Zum Glück sahen sie einander jetzt nur noch zu Weihnachten, und Mrs. Bates kochte dann jedes Mal so viel, dass Don zu sehr mit Kauen beschäftigt war, um den Gouverneur noch mehr zu reizen.

«Gouverneur Bates, ich habe Ihren Schwiegersohn in der Leitung.»

Energisch griff der Gouverneur nach seinem Hörer. «Don, wie geht's dir?», rief er betont freundlich.

«Ich habe viel zu tun! Was gibt's?»

«Wie ich höre, sind deine Shows die wahrsten

Quotenwunder», sagte der Gouverneur mit gespielter Begeisterung.

«Was man von deiner Show derzeit wohl nicht gerade behaupten kann!»

Das war ein billiger Schlag unter die Gürtellinie, den der Gouverneur in seinen Glanzzeiten niemals hätte durchgehen lassen. Aber die Glanzzeiten waren vorüber. Er musste seinen Stolz begraben und die Bemerkung überhören.

«Ich möchte dir ein Angebot machen», lenkte er zum Grund seines Anrufs über.

«Du meinst wohl, du willst mich um einen Gefallen bitten.»

Auch diese Bemerkung überhörte der Gouverneur.

«Ich habe eine tolle Geschichte für dich.»

«Tut mir Leid, erfolglose Politiker kommen in meinen Shows nicht vor», spottete Don.

«Es geht nicht um mich», widersprach der Gouverneur. Dons selbstgefällige Art brachte ihn schon wieder auf die Palme. «Es geht um einen kleinen Jungen, den eine ganze Stadt für den Messias hält.»

Am anderen Ende war Stille.

«Don?»

«Ich bin noch dran. Wie heißt die Stadt?»

«Pennsville. Warum?»

«Großer Gott!» Dons Stimme klang völlig verändert. «Könnte sein, dass du tatsächlich auf einer heißen Fährte bist. Ich komme heute Abend zu dir. Dann besprechen wir alles.»

Im offenen Kaminfeuer knackten duftende Esskastanien. Nach vielen Jahren der Einsamkeit schwelgte das Haus in fröhlicher Geselligkeit. Julie hockte am Küchentisch und stampfte die Kartoffeln. Kleine Feder saß ihr gegenüber und polierte das Silberbesteck. Was für eine Vergeudung von gutem Metall, dachte er. Gar nicht auszudenken, wie viele Pfeile man daraus hätte machen können.

Judith und der General bereiteten das Abendessen vor – oder besser gesagt: Judith gab Befehle, die der General, ein blutiger Anfänger in allen Küchenfragen, gehorsam ausführte. Er schälte, schnipselte und briet die Zutaten für die Truthahnfüllung. Judith war für die Feinheiten wie das Dosieren und Abschmecken zuständig. Das Einzige, was Sheryl (außer vielleicht in Notfällen mal ein Omelett) selbst zubereiten konnte, war ein wirklich göttlicher Apfelkuchen. Während die anderen kochten, arbeitete sie an ihrem Meisterstück.

Als Georges Schwester wenige Tage vor Thanksgiving aus Ohio angerufen und George gebeten hatte, ihr bei der Betreuung ihrer kranken Mutter zu helfen, hatte George gezögert. Er hatte sich auf das erste Thanksgiving mit Kleiner Feder gefreut. Doch seine Schwester hatte nicht lockergelassen, und so hatte er versprochen, in zwei Tagen in Ohio zu sein. George war zugleich überrascht und ein wenig enttäuscht, als Kleine Feder die Ankündigung, er müsse die nächsten paar Tage bei

Judith und Sheryl verbringen, da er und Georgia nicht da seien, mit einem kurzen «Aha» quittierte. Der Sheriff meinte sogar, einen Anflug von Freude herausgehört zu haben. Georgia sagte zwar, das würde er sich nur einbilden, aber sie lag damit falsch. Kleine Feder, der wusste, dass Julie und der General bei Judith und Sheryl wohnten, war mit dieser Aussicht mehr als zufrieden.

Das Telefon klingelte. Judith meldete sich.

«Für dich, Kleine Feder, es ist George», rief sie aus dem Flur.

«George weilt in Ohio», sagte der Junge, ohne den Blick von dem Silberbesteck zu heben.

«Stimmt», sagte Judith und lachte, «aber er ist auch am Telefon.»

Natürlich hatte Kleine Feder George und Georgia am Telefon sprechen sehen. Er hielt es für ein Spiel für Erwachsene, bei dem man dieses längliche schwarze Ding in der Hand hielt, mit sich selbst sprach, lachte, schimpfte oder weinte, das Ding manchmal wütend aufknallte oder vor Freude in die Luft sprang, wenn man es sanft aufgelegt hatte.

«Komm schon, Kleine Feder, George möchte dir ein schönes Thanksgiving-Fest wünschen», drängte ihn Judith.

«Welches Giving?», fragte der Junge.

«Komm einfach her und sag hallo!»

«George weilt in Ohio!», beharrte Kleine Feder unbeirrt.

Judith ging zurück zum Telefon. «George», sagte sie,

ein wenig peinlich berührt. «Ich glaube, der Junge hat noch nie am Telefon gesprochen, und ich bin ziemlich sicher, dass es sein erstes Thanksgiving ist.»

«Großer Gott, natürlich!», rief George.

«Vielleicht versuchen wir ihm erst einmal zu erklären, wie das Telefon funktioniert, und Sie rufen später noch mal an», schlug Judith vor.

Als der Truthahn endlich gut gefüllt im Ofen schmurgelte und die Küche nicht mehr an ein Schlachtfeld erinnerte, holten Julie und der General zwei leere Dosen und eine lange Kordel, gaben Kleine Feder ein wenig Physikunterricht und erklärten ihm die Grundlagen der Schallübertragung. Auch wenn er vielleicht nicht alles verstand, versprach Kleine Feder, beim nächsten Mal in das längliche schwarze Ding zu sprechen.

Sie hatten sich gerade an den Tisch gesetzt und wollten das Gebet sprechen, als das Telefon klingelte. Kleine Feder sprang auf, riss den Telefonhörer ans Ohr und sagte, ohne darauf zu warten, dass sich am anderen Ende jemand meldete:

«Guten Tag, George, ein schönes Thanksgiving, ich hoffe, es geht Euch gut.»

George war sprachlos. Woher hatte der Junge gewusst, dass er es war?

Kleine Feder sagte: «Bis bald», und legte auf.

«War das George?», fragte Julie.

«Wer hätte es sonst sein können?», fragte Kleine Feder und zwinkerte Julie zu.

Nachdem sie gebetet und zwei Lieder gesungen hatten, schnitt der General den Truthahn an. Eine Weile lang hörte man nur das Klappern des Bestecks und das Klirren der Gläser. Dann erzählten Julie und Sheryl Kleiner Feder die Geschichte von Thanksgiving. Als sie zu der Stelle kamen, wo die Indianer die Pilger retteten, sagte Kleine Feder:

«Haltet euch an die Menschen, die mit der Welt guten Umgang pflegen. Das hat Kluge Eule immer gesagt.»

Judith sah den General an.

«Das wollen wir auch versuchen, nicht wahr?»

Er nahm ihre Hand in seine. Sie spürte, wie sich die Wärme von ihren Fingerspitzen in ihren ganzen Körper verbreitete.

«Ja, das wollen wir versuchen», sagte der General.

Am nächsten Morgen kletterte Tiger, der sich in Judiths Haus sichtlich wohl fühlte, weil er ihre Leidenschaft für Teppiche (die bei ihr sogar an den Wänden hingen), teilte, in aller Frühe bis zur Zimmerdecke. Und da er nicht wusste, wie er alleine wieder herunterkommen sollte, maunzte er laut um Hilfe und weckte damit Julie und Kleine Feder. Schlaftrunken setzten sie sich in ihren Betten auf und schauten nach dem Kater. Plötzlich fragte Julie:

«Wo sind eigentlich deine Eltern, Kleine Feder?»

«Sie sind tot», antwortete der Junge wie immer ganz ruhig.

«Oh, das tut mir Leid. Das wusste ich nicht.»

«Ist schon gut.»

Und das war es tatsächlich, denn in Loneliville galt der Tod nicht als Ende des Lebens, sondern als natürlicher Übergang in die Welt der «Unberührbaren», die ihren eigenen Tastsinn verloren hatten und für die Lebenden nicht mehr fassbar waren. Trotzdem konnte man sie immer noch sehen, hören oder riechen. Wollte jemand einen toten Freund oder Verwandten sehen, brauchte er nur die Augen zu schließen. Wollte er seine Stimme hören, reichte es, die Ohren zu schließen.

«Und wo sind deine Eltern?», fragte Kleine Feder nach kurzem Schweigen.

«Sie lassen sich scheiden», antwortete Julie.

«Scheiden? Ich fürchte, das Wort kenne ich nicht.»

Julie war unter ihrer Decke hervorgekrabbelt und saß jetzt im Schneidersitz auf dem Bett. «Es bedeutet, dass sie sich früher einmal geliebt und deshalb geheiratet haben, jetzt aber nicht mehr zusammenleben wollen.»

Kleine Feder sah sie fragend an. In seiner alten Welt war doch vieles ganz anders gewesen.

«In Loneliville war das nicht so», sagte er.

«Was meinst du damit?», fragte Julie.

«Als Dicker Präriehund ein Mann geworden war, gab sein Vater ihm ein Pferd und ein altes Zelt und sagte, es sei für ihn an der Zeit, das Nest der Familie zu verlassen. Und weil er ein kluger Mann war, schickte er seinen Sohn erst Anfang Juni fort, als das warme Wetter ihm half, seinen Kummer über die Trennung von der Mutter und ihrem guten Essen zu überwinden.

In unserem Tal kam der Winter jedoch früh, und Dicker Präriehund fand sich bald allein in seinem kalten Zelt wieder. Hungern musste er nicht, denn wie alle Einwohner Lonelivilles wusste er Wurzeln, Pflanzen und Nüsse zu sammeln, aber ihm war kalt. Einen Baum zu fällen und daraus Brennholz zu machen, wie die Menschen das hier tun, wäre ihm nie im Traum eingefallen.»

Kleine Feder ging darauf nicht weiter ein, weil Julie wie selbstverständlich nickte. Hätte sie nachgefragt, hätte Kleine Feder ihr eines von Lonelivilles wenigen offiziellen Gesetzen erklärt. Die Bewohner des kleinen, von der Außenwelt abgeschlossenen Tales hatten nämlich recht bald die Begrenztheit ihrer Rohstoffquellen erkannt. Hätten sie den Wald gerodet, hätte dies nicht nur für die Bäume, sondern auch für all die vielen Lebewesen, die unter den hohen Kiefern Schutz und Nahrung fanden, den sicheren Tod bedeutet. Deshalb erließen sie ein Gesetz, mit dem sie das Holzfällen auf eine Menge begrenzten, die ihr Überleben sicherte, den Wald aber nicht zerstörte.

«Als Dicker Präriehund die Einsamkeit und die Kälte in seinem Zelt nicht länger ertragen konnte», fuhr Kleine Feder mit seiner Geschichte fort, «zog er seinen schweren Pelzmantel an und ging zu seinem Vater, um dessen Rat einzuholen. ‹Du brauchst eine Frau›, sagte sein Vater, als Dicker Präriehund ihm von seinem Kummer erzählte, ‹eine Frau, die dich in den kalten Wintermonaten warm hält.› Wie das Glück es wollte, führte Freundliche Schlange, der Vater von Weißem Eichhörnchen, mit seiner Tochter zur gleichen Zeit ein ganz ähnliches Gespräch. Die beiden Väter setzten sich zusammen, und drei Tage später brauchten weder Dicker Präriehund noch Weißes Eichhörnchen mehr zu frieren.»

«Wie denn das?», fragte Julie.

«So genau vermag ich das auch nicht zu sagen», antwortete Kleine Feder. «Womöglich haben ihre Väter ihnen ein paar neue, wärmere Decken geschenkt. Jedenfalls waren sie eine ganze Weile lang erst mal nur gute Freunde.»

«Ohne sich zu küssen?», fragte Julie kichernd.

«Ja, das Küssen kam erst später», sagte Kleine Feder ernst. «Dann kam der Sommer, und Dicker Präriehund sah, wie hübsch Weißes Eichhörnchen in ihren Sommerkleidern aussah. Und Weißes Eichhörnchen merkte zu ihrem Erstaunen, dass sie den sanften Walnussgeruch ihres Mannes vermisste, wenn er im Wald unterwegs war.»

«Riechst du auch nach Walnuss?», fragte Julie.

Kleine Feder hielt die Nase an sein Hemd, schnupperte daran und sagte:

«Nein, ich rieche nach Tiger.» Dann fuhr er mit seiner Geschichte fort. «Im Sommer arbeitete Dicker Präriehund hart, um so viel Totholz wie möglich für sein neues Haus zu sammeln. Als der Herbst kam, sah Weißes Eichhörnchen, dass Dicker Präriehund gar nicht mehr dick, sondern muskulös und schlank geworden war. Jetzt schienen beide sich auf den Winter zu freuen. Und in der ersten kalten Nacht krochen sie voller Vorfreude in ihre gemeinsame Bettstatt. Sie benötigten noch ein paar zusätzliche Decken, weil sie jetzt nachts gar keine Kleider mehr trugen. Zehn Monate später brachte Weißes Eichhörnchen meinen Urgroßvater zur Welt.»

«Warum haben sie denn ohne Kleider geschlafen?», fragte Julie erstaunt.

«Den Teil der Geschichte habe ich auch nie verstanden. In jedem Fall hat Dicker Präriehund ein paar Jahre später endlich das Haus gebaut, von dem er immer geträumt hatte. Weißes Eichhörnchen ging mit ihrem zweiten Kind schwanger, als er sie auf den Armen in ihr neues Heim trug. Er küsste sie und sie sagte ihm, dass sie ihn gern habe. Und obschon sich kein sichtbarer Muskel seines Körpers regte, pochte sein großer innerer Muskel, der unter seiner linken Brustwarze, heftig vor Glück.»

Damit war die Geschichte zu Ende. Julie sah Kleine Feder zweifelnd an.

«Was, wenn Weißes Eichhörnchen ihn nicht gemocht hätte? Mommy sagt immer, man soll nur aus Liebe heiraten.»

«Hm», erwiderte Kleine Feder nachdenklich. «Kluge Eule sagte immer, die wahre Liebe würde erst nach der Heirat wachsen.»

Die beiden schwiegen eine Weile. Es war nicht einfach, die Welt der Erwachsenen zu verstehen.

«Was es mit dem Scheidenlassen auf sich hat, kann ich nicht verstehen», brach Kleine Feder schließlich das Schweigen. «Wenn es aber bedeutet, dass du länger hier bleiben kannst, ist es mir von Herzen recht.»

Julie wollte ihm erklären, dass der wahre Grund für ihren langen Aufenthalt nichts mit der Scheidung ihrer

Eltern zu tun hatte, doch Kleine Feder war schon aus dem Bett gesprungen und machte Jagd auf Tiger. Sie lief hinterher, und bald waren sie in ihr Spiel vertieft und vergaßen das ernste Thema.

Don lehnte den angebotenen Whiskey und die Zigarre ab. Stattdessen zog er ein aufwändig verziertes Zigarettenetui aus der Tasche und zündete sich eine der langen, dünnen Zigaretten an, die der Gouverneur abfällig «Frauenglimmstängel» nannte.

«Also, Dad», sagte er und verlieh dieser Anrede eine unüberhörbare Ironie, «welches Interesse hast du an der Sache? Was schert dich ein Nest voll schwachsinniger Hinterwäldler, die einen kleinen Jungen zum Messias erklären?»

Der Gouverneur zögerte. Er versuchte, eine stimmige Formulierung zu finden, die die Frage beantwortete, ohne zu viel zu offenbaren. Er traute Don nicht. Doch ehe er Zeit hatte, seine Gedanken zu ordnen, sagte Don:

«Dir steht das Wasser bis zum Hals, nicht wahr? Du bist im Wahlkampf so weit abgeschlagen, dass du bereit bist, nichts unversucht zu lassen.»

Zum Erstaunen des Gouverneurs war die übliche Feindseligkeit fast vollständig aus Dons Tonfall verschwunden. «Du willst den Jungen für dich einspannen, habe ich Recht?»

Einen Moment lang war der Gouverneur geneigt, sich seinem Schwiegersohn anzuvertrauen, ihm seine Verzweiflung zu offenbaren. Am Ende siegte aber doch sein politischer Instinkt.

«Ich möchte einfach wissen, was an der Sache dran ist. Was ist denn dein Motiv?»

«Geld, was sonst?», gab Don zurück.

Der Gouverneur war froh, dass er den Mund gehalten hatte.

«Außerdem will ich mir etwas zurückholen, das mir gehört.» Don erzählte ihm von Sheryl. «Hier ist mein Vorschlag», schloss er in geschäftlichem Ton. «Wenn der Junge genug hergibt, will ich die Geschichte exklusiv, und zwar am liebsten mit Sheryl, obwohl ich da so meine Zweifel habe; bei unserem letzten Telefongespräch hat sie mich ganz schön abblitzen lassen. Du bekommst das Medieninteresse und ich das Recht an der Geschichte. Wenn der Junge sich als Flop erweist, hilfst du mir, der Welt zu zeigen, dass die ganze Sache ein Schwindel ist, damit ich Sheryl zurückbekomme. Und ich sorge dafür, dass du von den Medien mehr Aufmerksamkeit bekommst als deine Gegner.»

Der Gouverneur sah zwar die Vorteile dieses Plans für seinen Wahlkampf, gleichzeitig stieß ihn Dons Zynismus jedoch ab.

«Du spielst mit Menschen, als wären sie Spielsachen.»

Don schnaubte verächtlich. «Du etwa nicht?»

Der Gouverneur wollte schon darauf antworten, besann sich aber eines Besseren und sagte nur:

«Eine meiner Sekretärinnen hat einen alten Onkel in Pennsville, den früheren Reverend. Sie sagte, sie könne uns jederzeit behilflich sein.»

«Hallo, Baby, wie läuft's?»

Sheryl saß an der Kasse des Schönheitssalons und feilte ihre Fingernägel. Beim Klang der vertrauten Stimme stach sie sich vor Schreck mit der spitzen Nagelfeile in die Hand. Aus der Wunde quoll Blut und tropfte auf die Ladenkasse.

«Au!», schrie Sheryl.

Judith und ihre Kundinnen schauten erschrocken auf. Don zog ein weißes Taschentuch aus der Tasche und ging grinsend auf Sheryl zu.

«Ist das nicht erstaunlich? Ich sage hallo, und schon fließt Blut. Komm, ich mache dir einen Verband.»

Sheryls Augen funkelten vor Zorn.

«Was zum Teufel machst du hier?»

«Lass uns erst mal deine Hand verbinden, Baby.»

«Rühr mich nicht an! Verschwinde!»

«Vorher muss ich aber erst noch was mit dir besprechen.» Seine Stimme klang ernst.

«Wir beide haben nichts zu besprechen!», gab Sheryl zurück.

Don trat näher, damit die anderen ihn nicht hören konnten, und zischte ihr Unheil verkündend ins Ohr:

«Bist du sicher? Nicht mal über den Jungen?»

Er sah, wie sie blass wurde. Sie streckte die Hand aus, und er wickelte sein Taschentuch um die Wunde. Sie starrten sich an wie zwei wilde Luchse, die versuchen, die Kraft des Gegners einzuschätzen, ehe sie sich aufeinander stürzen. Als er fertig war, sagte sie: «Nicht hier!» Sie verließen den Schönheitssalon. Kaum waren sie draußen auf der Straße, blieb Sheryl stehen.

«Also, was willst du?», fuhr sie ihn wütend an.

«Ganz ruhig bleiben, Baby. Ich bin bloß wegen einer Geschichte hier.»

«Wegen was für einer Geschichte?»

«Das hängt von dir ab.»

«Hör zu, Don, diese Spielchen kannst du dir sparen. Du hast noch nie dein Büro verlassen, um irgendwelche Drecksarbeit zu machen. Du bist nicht wegen einer Geschichte hier. Was willst du von mir?»

«Ich will, dass du zurückkommst!»

Sheryl schnaubte verächtlich. «Fahr zurück nach L.A., Don, bitte. Ich will, dass du mich in Ruhe lässt!»

«Tut mir Leid, Baby, aber das geht leider nicht. Ich brauche dich. Ohne dich fallen die Quoten in den Keller, mein Job ist in Gefahr, ich –»

«Nein! Du verschwendest deine Zeit!»

Sie sah, wie sich seine Gesichtszüge verhärteten und seine Augen sich verengten.

«Zwing mich nicht zum Äußersten, Sheryl. Zwing mich nicht dazu, das Kind für deine Engstirnigkeit büßen zu lassen!», drohte er.

Sheryl spürte, wie etwas in ihr explodierte. Es brannte heiß wie Feuer. Sie war außer sich. Sie hob den Arm, um ihn zu schlagen, aber er wehrte sie ab und grinste höhnisch. Als jedoch Sheryls Knie seine Wertsachen traf, verwandelte sich sein Grinsen in eine schmerzverzerrte Grimasse. Er stöhnte und rang nach Luft. Sheryl packte ihn am Kragen und starrte ihn wütend an.

«Wenn du auch nur in seine Nähe kommst, bring ich dich um!», sagte sie und unterstrich mit einem weiteren kräftigen Tritt den Ernst ihrer Worte.

Der Gouverneur saß in T.C. Brownings kleinem dunklem Wohnzimmer.

«Es ist eine große Ehre, Sie bei mir zu Gast zu haben, Gouverneur. Darf ich fragen, wie ich dazu komme?»

Der grimmige Blick des alten Reverend machte den Gouverneur sichtlich nervös.

«Ich habe von einem gewissen Jungen gehört ...», begann er vorsichtig.

«Der Teufel!», rief T.C. «Ein Hexenmeister!»

«Aber es hieß ...»

«Dass er besondere Kräfte hat?»

«Na ja, ich –»

«Er ist der Teufel, glauben Sie mir!», unterbrach T.C. den Gouverneur zum dritten Mal. «Ein kleiner Indianerjunge, ein Heide, nicht mal ein Christ! Er hat keine Ahnung von Jesus. Er heilt die Menschen mit schwarzer Magie, hypnotisiert sie mit seinem dämonischen Blick. Er hat den Sonntagsgottesdienst in eine heidnische Zirkusvorstellung verwandelt.»

Der Gouverneur wollte gerade antworten, als Don ins Zimmer humpelte.

«Was ist denn mit dir los?», fragte sein Schwiegervater erstaunt.

«Sheryl hat mich tätlich angegriffen», flüsterte er mit noch immer schmerzerstickter Stimme.

«Sheryl Inglewood?», fragte T.C.

«Genau die.»

«Sehen Sie, Gouverneur? Er ist der Teufel! Diese Sheryl gehört zum engsten Kreis um den neuen Reverend, und der Reverend hat die Tore zur Hölle aufgestoßen.»

Die Tore zur Hölle waren dem Gouverneur ziemlich egal. Aber jeder, der bei Don eine empfindliche Stelle finden und zutreten konnte, stand in seiner Hochachtung ganz oben.

Julie und Kleine Feder saßen auf dem Boden in Julies Zimmer und spielten Schach, als Tiger plötzlich aufs Fensterbrett sprang und am Glas zu kratzen begann. Julie ging hin, um nachzusehen, was ihren kleinen Freund so aufbrachte.

«Kleine Feder», rief sie, «komm und sieh dir das an.»

Judiths Haus stand direkt gegenüber dem Schönheitssalon. Sie sahen, wie Sheryl mit einem Fremden sprach, ihm zweimal mit dem Knie einen gut gezielten Tritt versetzte und dann wütend nach Hause lief.

«Hütet euch, wenn die Löwin den mächtigen Löwen zu Boden ringt.»

«Was soll das heißen?», fragte Julie.

«Kluge Eule sagte immer, das bedeute Gefahr.»

Sie hörten, wie Sheryl die Treppe heraufkam. Sie sahen ihr blasses Gesicht und ihre roten Augen. Im nächsten Augenblick kniete sie auch schon vor ihnen und nahm sie in die Arme.

«Wer war dieser Mann, Sheryl?», fragte Julie.

«Welcher Mann?»

«Mit dem du dich gerade auf der Straße gestritten hast.»

«Ach, niemand Besonderes. Ein Dummkopf, der ein Nein einfach nicht akzeptieren kann», antwortete sie mit zitternder Stimme.

In der Zwischenzeit hatte Pesky, der Hund des

Nachbarn, seinen Knochen aus dem Versteck hinter dem Rosenbüschen geholt und nach Hause getragen. Tiger zog sich vom Fenster zurück. Auch für ihn gab es dort jetzt nichts mehr zu sehen.

Der Gouverneur war ein leidenschaftlicher Jogger. «Schweiß und frische Luft reinigen den Körper gründlicher als jedes Heilmittel und machen den Kopf frei», lautete sein Motto, das ihn auch in Pennsville auf sein tägliches Laufpensum nicht verzichten ließ.

Er hatte die üblichen acht Kilometer fast hinter sich, als er vor Pennsvilles einziger Kirche ankam. Es war Sonntagvormittag, und er beschloss hineinzugehen, obwohl er nur eine Sporthose und ein Sweatshirt trug. Die Tür war offen, und er trat unbemerkt ein. Die Gottesdienstbesucher saßen in kleinen Gruppen zusammen und malten etwas, das von weitem an einen Hochzeitskuchen erinnerte. Der Gouverneur stand im Schatten und schaute zu, wie sie einander Ratschläge gaben, sich neckten und lachten. Als alle fertig waren, sagte der Reverend:

«Ich habe euch gebeten, gemeinsam den Turm von Babel zu malen, über den wir vorher aus der Bibel gelesen hatten, um euch zu zeigen, wie leicht es für Gott war, den Turmbau zu stoppen. Erst haben die eitlen Babylonier ja noch zusammengearbeitet, aber als der Turm höher wuchs, wollte jeder der Erste sein, der über die Wolken blickte und das Reich Gottes erreichte. Sie waren so mit dem eigenen Ziel beschäftigt, dass sie einander gar nicht mehr zuhörten. Gott brauchte bloß ihre Sprache zu verändern. Er wusste, dass sie nur auf die

Wörter achteten, dass sie nicht darauf hörten, was in den Herzen ihrer Mitmenschen vor sich ging. Und Wörter können äußerst irreführend sein. Da sie einander nicht mehr verstanden, fingen sie an zu streiten und gegeneinander zu kämpfen. Menschen, die sich uneins sind, können aber nichts Gemeinsames bauen. Wir müssen lernen zu verstehen, was in den Herzen unserer Nächsten vorgeht, dürfen nicht bloß auf die Wörter achten, die von ihren Lippen kommen. Wir müssen auf den Inhalt, nicht auf die Verpackung schauen. – Und jetzt lasst uns in den Wald gehen und Pilze suchen.»

Der Gouverneur schlüpfte unbemerkt aus der Kirchentür. Irgendetwas sagte ihm, dass die Predigt des Reverend auch mit Don und ihm zu tun hatte.

Neugierig auf den weiteren Verlauf, wartete er auf den Reverend und vertraute darauf, dass ihn niemand erkannte.

«Guten Tag, Reverend, mein Name ist Robert Bates, ich bin zufällig in dieser Gegend. Könnte ich wohl an Ihrem Gottesdienst teilnehmen?»

Der Reverend wollte schon antworten, als Sheryl, die mit Kleiner Feder als Letzte aus der Kirche kam, an seiner Stelle das Wort ergriff:

«Nein, Gouverneur, das können Sie nicht!»

«Sheryl! Ich bitte dich! Warum bist du so aggressiv?», wies der Reverend sie zurecht.

«Wissen Sie, wer dieser Mann ist?»

«Nein, aber ich kann mir auch nicht vorstellen, was daran so wichtig sein soll. Er möchte doch nur –»

«Das ist Gouverneur Bates. Er ist mit meinem

früheren Boss, seinem Schwiegersohn, nach Pennsville gekommen, um ihm dabei zu helfen, mich nach L.A. zurückzuholen.» Dann flüsterte sie ihm etwas zu, das der Gouverneur nicht verstehen konnte. Er musste jedoch annehmen, dass es zu seinen Ungunsten war, denn ein Schleier des Misstrauens legte sich über das Gesicht des Reverend.

«Warten Sie, junge Frau», beharrte der Gouverneur. «Ich bin nach Pennsville gekommen, weil ich von einem Jungen gehört habe, dem besondere Kräfte nachgesagt werden. Ich wollte ihn bloß kennen lernen. Ist es dieser kleine Bursche?»

Der Gouverneur zeigte auf Kleine Feder, der hinter Sheryl stand. Er dachte an T.C.s Bemerkung über die dämonischen Augen des Jungen und fragte sich, wer in diesem Spiel wohl der wirkliche Teufel war.

Der Reverend trat vor und stellte sich zwischen den Gouverneur und Kleine Feder.

«Lassen Sie den Jungen in Ruhe!», sagte er.

«Um Himmels willen, Reverend, ich will niemandem etwas Böses. Ich bin der Gouverneur dieses Staates. Wenn ich es wollte, könnte ich den Kleinen zu mir kommen lassen.»

«Aber Don will etwas Böses», sagte Sheryl mit scharfer Stimme, «und selbst Sie werden ihn nicht zurückhalten können.»

«Lass ihn, Sheryl, er führt Gutes im Schilde.» Kleine Feder ging auf den Gouverneur zu. «Brecht nie den Stab über Menschen, die bereits vergessen haben, was wir noch nicht gelernt haben. Das hat Kluge Eule immer gesagt.»

«Kleine Feder, dieser Mann hat böse Absichten!», beharrte Sheryl.

«Das ist nicht wahr!», sagte der Junge.

«Wie kannst du da so sicher sein?», fragte der Reverend.

«Ich kann sein Herz lesen», sagte Kleine Feder ruhig.

Zum Erstaunen des Gouverneurs verschwand der feindselige Ausdruck aus dem Gesicht des Reverend. Auch Sheryl wirkte mit einem Mal friedlich und ruhig. Und als wäre dies noch nicht genug, erkannte Robert Bates plötzlich, dass er seine Abmachung mit Don nicht würde halten können, und zwar ohne Rücksicht auf mögliche unangenehme Folgen.

Don war für T.C. Browning, was Eis für puren Whiskey ist – ein Katalysator der eigenen inneren Kräfte.

«Ich brauche Ihre Hilfe», begann Don ohne Umschweife.

«Tatsächlich?»

«Ich brauche Sie, um die Wahrheit über diesen kleinen Messias ans Licht zu bringen. Ich bin fest entschlossen, seine Lügengeschichte in der Luft zu zerfetzen!»

T.C. Browning sah in Dons kalte Augen. «Mit dem größten Vergnügen. Aber ich glaube kaum, dass ich Ihnen nutzen kann.»

«Warum nicht?»

«Ganz Pennsville hängt am Rockzipfel meines Nachfolgers. Mir hört niemand mehr zu.»

Nachdenklich betrachtete Don den gebeugten alten Mann. Er sah Hass und Wut, aber auch einen Anflug von Resignation in seinen Augen.

«Und wenn ich Fernsehkameras in die Stadt brächte? Würden Sie dann sprechen? Ich würde dafür sorgen, dass das Ganze landesweit ausgestrahlt wird. Sie könnten Ihre Feinde mit einem Schlag vernichten.»

In T.C.s düsteren Augen sah er einen Funken glimmen. Bald darauf loderte ein helles Feuer.

«Abgemacht!», rief T.C. entzückt.

Beim Abschied hatte Don den Eindruck, dass der alte Reverend gewachsen war. Sein Rücken war nicht mehr so krumm wie vorher. Er stand fast so aufrecht, als wollte er salutieren.

Don war nicht der Einzige, der diese Veränderung bemerkte. Nachdem Don gegangen war, eilte der alte Reverend zu den Schwestern Donaldson.

In Hochstimmung marschierte T.C. in ihren Salon. Seine Augen schienen Funken zu sprühen. Edith und Edna wichen ängstlich zurück.

Erschrocken registrierten sie, dass T.C., der sonst stets gleich groß wie sie gewesen war, sie jetzt um fast fünf Zentimeter überragte und auch den Kopf nicht mehr in den Nacken legen musste, um sie anzuschauen. Die Schwestern wechselten entsetzte Blicke.

«Ich habe wundervolle Nachrichten, meine Damen», sagte er mit einem diabolischen Grinsen. Seine Wangen glänzten wie rote Rubine. «Wir haben eine

Schlacht verloren, nicht aber den ganzen Krieg. Ich habe einen neuen Verbündeten, der uns helfen wird, diese Stadt aus den Klauen des Bösen zu befreien.»

«Bitte, setzen Sie sich doch», sagte Edna mit zitternder Stimme. «Wir kommen gleich mit etwas Tee zurück.»

Der zufriedene Reverend ließ sich krachend in einen der abgewetzten Sessel fallen. Die Schwestern aber gingen nicht in die Küche, um Tee zu kochen, sondern zogen hastig ihre Mäntel über und stürzten aus dem Haus. Denn sie waren überzeugt, dass der Satan nun in T.C. Browning gefahren war. Voller Panik machten sie sich auf die Suche nach Reverend O'Grady und ließen T.C. auf seinen Tee wartend in ihrem Wohnzimmer zurück.

Sheryl, der General und der Reverend saßen in der Kirche und planten den nächsten Gottesdienst. Kleine Feder kniete neben ihnen auf dem Boden und schnitzte einen kleinen Holzbären, ein Geschenk für Julie, die eine eindrucksvolle Teddybärensammlung besaß. Der Junge war ganz in seine Arbeit versunken. Plötzlich hielt er inne, schnupperte und starrte ruhelos zur Tür.

«Ich spüre Geister kommen», sagte er.

«Das ist nur der Luftzug, Kleine Feder, es gibt keine –», begann Sheryl, als die völlig aufgelösten Schwestern Donaldson in die Kirche stürzten. Sie eilten zum Altar, knieten nieder, bekreuzigten sich und murmelten Gebete vor sich hin.

«Seht ihr», sagte der Junge, «da sind die Geister schon.»

Der Reverend machte Sheryl und dem General ein Zeichen, dass er sich um die unerwarteten Gäste kümmern würde. Er stand auf und ging langsam auf die Schwestern zu.

Verzweifelt klammerten sie sich an seine Beine. «Retten Sie uns, Reverend! Er ist besessen! Der Satan ist in ihn gefahren!»

Der Reverend, Sheryl und der General sahen einander fragend an.

«Wer ist besessen?», fragte Reverend O'Grady möglichst freundlich.

«Reverend T.C. Browning!», riefen die Schwestern wie aus einem Munde.

Der Reverend bückte sich, nahm sie sanft bei den Armen, half ihnen auf die Beine und führte sie behutsam zu Sheryl und dem General. Zitternd ließen sie sich auf zwei leeren Stühlen neben Sheryl nieder.

«Jetzt beruhigen Sie sich erst einmal und dann erzählen Sie mir, was geschehen ist», sagte der Reverend mit besänftigender Stimme.

Edna sah Edith an, als müsse sie sie erst um Erlaubnis bitten. «T.C. ist vom Satan besessen! Er ist gewachsen. Sein Rücken ist nicht mehr krumm. Und seine Augen glühen rot. Er kam in unser Haus – mein Gott, er ist immer noch in unserem Haus! Wir sind sofort geflohen. Er sagte, er habe einen Verbündeten gefunden, der uns helfen würde, die Stadt zu befreien. Mit seinem wahnsinnigen Blick und seiner Schlangenstimme hat er uns zu Tode erschreckt. Wir –»

Sheryl sprang auf.

«Hat er den Namen seines Verbündeten genannt?»

«Nein.»

«Einen Augenblick», schaltete sich der Reverend ein. «Wenn ich Sie richtig verstehe, ist T.C. immer noch in Ihrem Haus?»

«Und wartet auf seinen Tee», nickte Edith.

«Und er ist größer als früher?», fragte der Reverend ungläubig.

«Ja», bestätigten die Schwestern im Chor.

Der Reverend fragte sich, ob die Schwestern betrunken seien, doch er roch keinen Alkohol, nur eine Spur von Vanilletee. Er sah den General an, aber sein Freund war ebenso ratlos wie er. Sheryl deutete mit dem Kopf auf die Tür. Sie sagten den Schwestern, sie würden sie einen Augenblick allein lassen, um sich zu beraten.

Ohne den Kopf zu heben, sagte Kleine Feder:

«Wenn Geister flüchten, zieht bald ein Sturm herauf.»

Die Tür ging auf, und Don trat ins Hotelzimmer. Der Gouverneur lag auf dem Bett und sah fern. Erschrocken schaute er auf und rief:

«Was machst du hier?»

«Ich muss mit dir sprechen.»

«Kannst du nicht anklopfen, verdammt?»

«Ich habe angeklopft, aber du hast nicht geantwortet, und ich muss unbedingt mit dir sprechen.»

Der Gouverneur fragte:

«Wo warst du die letzten beiden Tage?»

«Im Gegensatz zu gewissen anderen Leuten musste ich arbeiten», sagte er, nahm einen Stuhl und stellte ihn vor das Bett. «Ich habe herumgeschnüffelt, mich mit ein paar der hiesigen Schwachköpfe unterhalten und Telefongespräche geführt. In wenigen Tagen kommt das Fernsehteam aus L.A. und bereitet die Sendung vor, in der du mir helfen wirst, diese idiotische neue Kirche in Grund und Boden zu stampfen und den Star meiner erfolgreichsten Serie zurückzuholen.»

Der Gouverneur nahm ein zweites Kissen, steckte es hinter seinen Rücken und lehnte sich aufrecht gegen das Kopfteil seines Bettes. Es war ihm lieber, seinem Gegenüber direkt in die Augen zu sehen.

«Ich fürchte, da wirst du ohne mich auskommen müssen, Don», sagte er entschlossen.

«Zum Fürchten hast du tatsächlich jeden Grund», witzelte Don, der noch nicht bemerkt hatte, wie ernst der Gouverneur geworden war.

«Tatsächlich?» Der Trotz im Tonfall des Gouverneurs war jetzt nicht mehr zu überhören.

Don runzelte die Stirn. Seine Stimme wurde eiskalt.

«Tatsächlich! Denn wenn du dich nicht an unsere Abmachung hältst, werde ich öffentlich so viel Schmutz über dir ausgießen, dass du dich hinterher selbst nicht mehr wieder erkennen wirst.»

Er hielt einen Augenblick inne, dann fuhr er fort:

«Ich werde Sheryl zurückholen, ob du mir dabei hilfst oder nicht. Du hast die Chance, die Sache für dich zu nutzen und einen weiteren Wahlsieg herauszuschlagen. Ist das nicht der Grund, warum du hergekommen bist?»

Der Gouverneur antwortete nicht gleich. Er hob sein Jackett vom Boden auf, zog es an und suchte nach seinen Zigarren. Ohne Don davon anzubieten, nahm er eine Zigarre heraus, zündete sie an, sog den giftigen Rauch ein und stieß eine dicke graue Wolke aus. Schließlich sagte er:

«Nur zu! Such nach Schmutz, soviel du willst. Bei mir wirst du nicht viel finden.»

Don schien überrascht.

«Deine Tochter wird die Erste sein, die es erfährt», sagte er mit drohender Stimme.

«Meine Tochter ist taub und blind. Dass sie dich geheiratet hat, ist der beste Beweis dafür. Sie wird alles glauben, was du ihr erzählst. Von mir aus mach, was du willst. Aber sei auf der Hut, womöglich machst du mich für immer zu deinem Feind.»

«Da wirst du dich in einer langen Schlange ganz hinten anstellen müssen.»

Der Gouverneur überhörte diese spöttische Bemerkung. «Du hältst mich vielleicht für einen alten, verwundeten Wolf, aber die können oft noch am kräftigsten zubeißen. Also pass lieber auf, dass ich dich nicht zwischen die Zähne bekomme.»

Don stand auf und ging zur Tür. Eine Hand schon auf dem Türgriff, drehte er sich noch einmal um. «Du bist ein toter Mann!», sagte er, ohne den Gouverneur dabei anzusehen.

Der Gouverneur hatte nicht mit einem so großen Empfangskomitee gerechnet. Reverend O'Grady und Sheryl saßen an einem Tisch vor dem Stuhl, den sie für den

Gouverneur in die Mitte des Zimmers gestellt hatten. Zu ihrer Linken saßen Georgia und der Sheriff, zu ihrer Rechten Judith und der General. Kleine Feder war nirgends zu sehen.

«Bitte, setzen Sie sich, Gouverneur», sagte der Reverend höflich.

Der Gouverneur, der sich wie bei einem Verhör in einem alten Kriegsfilm vorkam, gehorchte lächelnd.

«Wenn ich Sie richtig verstehe, möchten Sie mit Kleiner Feder sprechen», eröffnete der Reverend das Gespräch.

«Ja, genau das möchte ich.»

«Darf ich fragen, warum?»

«Ich habe gehört, der Junge habe … besondere Fähigkeiten, und da ich Gouverneur dieses Staates bin, wollte ich ihn kennen lernen.» Er sah sich im Zimmer um. Seine einfache Antwort schien alle zufrieden zu stellen. Jedenfalls nahm niemand Anstoß daran. Um sicherzugehen, fügte er hinzu: «Ich bin nicht hergekommen, um dem Jungen zu schaden. Mit Don oder T.C. habe ich nichts gemein.»

«Darf ich fragen, wie Sie von ihm gehört haben?», fragte der Reverend, ohne auf die letzte Bemerkung des Gouverneurs einzugehen.

«Der Generalstabschef hat mir von ihm erzählt», erklärte er. «Schließlich musste er mir die Nachricht vom Ausscheiden des Generals überbringen.»

Er sah zum General, der ihn mit kühlen Augen musterte.

«Und worüber wollen Sie mit Kleiner Feder sprechen?» Der Reverend gab sich betont höflich, doch sein Misstrauen war nicht zu überhören.

Der Gouverneur zog ein gefaltetes Stück Papier aus seiner Tasche und reichte es dem Reverend, der es nach dem Lesen weitergab. Als er es schließlich kommentarlos zurückbekam, sagte der Geistliche:

«Die Fragen sind harmlos. Wir haben nichts einzuwenden.»

Wenige Minuten später kam Kleine Feder ins Zimmer. Er trug Tiger auf seinem Arm. Die anderen ließen den Gouverneur mit dem Jungen allein, nur Sheryl blieb zur Aufsicht im Hintergrund.

«Wie heißt du?», fragte der Gouverneur freundlich.

«Kleine Feder, mein Herr.»

«Das ist ein wunderschöner Name. Und weißt du auch, wer ich bin?»

«Nein.»

«Weißt du, was ein Gouverneur ist?»

«Jemand, der über das Volk regiert?»

«Hattet ihr in Loneliville keinen Gouverneur?»

«Nein, selbstverständlich nicht. Wir haben die Bibel gelesen, Ihr etwa nicht?»

«In letzter Zeit seltener», räumte der Gouverneur ein.

«Dort hättet Ihr lesen können, dass die Israeliten froh und wohlgemut waren, bis sie eines Tages beschlossen, einen König zu krönen. Der König wollte Gold und Silber und die Frau eines anderen. Dann wollte ein anderer König sein Land von ihm haben, sodass die Israeliten darüber ihre Heimat verloren. Nein, wir waren klüger als sie, wir wollten niemanden, der über uns regiert – nichts für ungut, mein Herr.»

Der Gouverneur lachte. «Hast du gehört, dass es in diesem Jahr Wahlen gibt?»

«Nein.» Kleine Feder sah zu Sheryl hinüber. Der fremde Mann stellte langweilige Fragen, und der Junge wurde allmählich ungeduldig. Sheryl lächelte nur.

«Gefällt es dir in Pennsville, Kleine Feder?»

«Ja, es ist mir hier sehr wohl.»

«Warum?»

Kleine Feder dachte eine Weile über die Frage nach, dann sagte er:

«Die Menschen hier sind sehr gut zu mir, und ich habe neue Freunde gefunden.»

«Bist du je in einer großen Stadt gewesen, Kleine Feder?», fragte der Gouverneur.

Sheryl räusperte sich. Die Frage stand nicht auf der Liste.

«Nein. Ich war immer nur hier und in Loneliville, was noch viel kleiner war.»

«Würdest du mich gerne mal in der großen Stadt besuchen?»

Sheryl räusperte sich etwas lauter, schaltete sich aber nicht in das Gespräch ein.

«Ich weiß nicht. Was gibt es denn dort zu sehen?»

«Na ja, jede Menge große Häuser und Geschäfte mit Süßigkeiten und Spielsachen, Kinos, einen Zoo mit vielen verschiedenen Tieren und lauter nette Leute, mit denen man sich anfreunden kann.»

«Habt Ihr auch einen Wald in der Stadt?»

«Nein, aber es gibt Parks mit Bäumen und Wiesen. Dort kann man hingehen, um zu spielen, sich auszuruhen und frische Luft zu schöpfen.»

Kleine Feder dachte nach. Er wog das Für und Wider ab, biss sich auf die Lippen und runzelte die Stirn.

«Seid bedankt, mein Herr, aber mich dünkt, dass ich lieber nicht in die große Stadt kommen werde», sagte er schließlich in seiner höflichen, altmodischen Ausdrucksweise und mit seinem rollenden «r».

«Aber warum nicht? Es ist wirklich interessant dort.»

«Aber Tiger wäre es dort nicht wohl. Er hält sich nicht so gern unter vielen Menschen auf. Er ist lieber im Wald.»

«Wer ist Tiger?»

Der schwarze Kater hob den Kopf und starrte den Gouverneur unverwandt an. Dann gähnte er, maunzte leise und schlief wieder ein.

«Tiger ist mein kleiner Kater. Ich würde niemals irgendwo hingehen, wo ihm nicht wohl wäre.»

«Selbst wenn es dort Spielsachen und jede Menge Süßigkeiten gibt?»

«Es wäre ihm nicht wohl», beharrte der Junge. Er sah sich nach Sheryl um. «Außerdem sind meine Freunde hier.»

«Du bist ein kluges Kind. Ich bin froh, dass wir uns kennen gelernt haben», sagte der Gouverneur.

Der Junge fragte: «Darf ich jetzt gehen?»

«Natürlich.»

Beim Abschied sagte der Gouverneur zu Sheryl: «Er hat mich auf eine tolle Idee für meinen Wahlkampf gebracht. Ich danke Ihnen.»

«Darum ging es Ihnen also!» In ihrer Stimme schwang Enttäuschung mit.

«Nicht nur. Aber ich möchte jetzt noch nicht darüber sprechen.» Er sah das Misstrauen in ihren Augen, deshalb fügte er hinzu:

«Bitte, glauben Sie mir, ich habe keinerlei böse Absichten. Niemand wird dem Jungen ein Härchen krümmen.»

«Mrs. Gold, bitten Sie Steve, mich zurückzurufen.» Die Stimme des Gouverneurs am Telefon klang sehr zufrieden.

Wenige Minuten später hatte er seinen Redenschreiber am Apparat.

«Gute Nachrichten, Steve. Wenn auch für dich vielleicht nicht ganz so gute. Ich habe ein neues Motto für unseren Wahlkampf gefunden: ‹Wer mich wählt, wählt Stabilität, Stabilität für sich und seine Familie.› Ich weiß, das klingt erst einmal kitschig und abgedroschen, aber wenn du ein wenig darüber nachdenkst, wirst du feststellen, dass ich das so noch nie gesagt habe. Bisher habe ich immer versucht, neue Themen anzubringen, neue Pläne zu entwerfen und neue Vorhaben vorzustellen. Doch warum etwas flicken, das gar nicht kaputt ist? Unser Staat ist in bester Verfassung, die Finanzen sind in Ordnung, die Straßen sind sicher. Warum sollten wir mit Gewalt irgendetwas ummodeln? Natürlich ist uns jede notwendige Veränderung willkommen, aber Veränderung um jeden Preis kann auch schädlich sein und die Errungenschaften der Vergangenheit aufs Spiel setzen.»

«Sind Sie der General?», fragte der junge Mann an der Tür.

«Ja.»

«Ich habe eine Nachricht vom Gouverneur für Sie», sagte der junge Mann. «Ich arbeite in dem Hotel, in dem er wohnt.»

Er überreichte einen kurzen Brief, den der General gleich an Ort und Stelle las:

Gerade ist in Denver ein Fernsehteam gelandet. Don Giovanni, der Produzent, bereitet eine Story über den Jungen vor. Als Erstes wird er ein Interview mit T. C. Browning bringen. Giovanni will beweisen, dass Ihre neue Kirche nichts weiter als ein großer Betrug ist. Das Team wird übermorgen in Pennsville ankommen.

Das Gesicht des Generals zeigte keine Regung. Der Bote wartete eine Weile, dann fragte er:

«Soll ich dem Gouverneur etwas ausrichten?»

«Nein. Lassen Sie mir nur die Nummer da, unter der ich ihn erreichen kann.»

Er dankte dem jungen Mann und ging nachdenklich in die Küche, um sich etwas zu trinken zu holen.

Der General schloss die Tür hinter sich und trat auf die Straße. Es war dunkel und kalt, und er bereute, dass er keine Jacke übergezogen hatte. Um warm zu werden, verfiel er in einen gleichmäßigen Trab und erreichte das Hotel deshalb früher als erwartet. Der General ging zur Rezeption und ließ sich mit dem Gouverneur verbinden.

«Wollen wir uns in die Bar setzen?», fragte der Gouverneur, als er fünf Minuten später herunterkam.

«Gerne», erwiderte der General. «Ein Whiskey würde mich ein wenig aufwärmen.»

«Gut. Dann nehme ich auch einen.» Der Gouverneur rief nach dem Kellner.

«Gouverneur, warum erzählen Sie mir nicht, was Ihr Schwiegersohn genau vorhat?», fragte der General, als sie ihre Drinks und eine Schale mit Erdnüssen bekommen hatten.

Der Gouverneur war überrascht.

«Dann wissen Sie also schon, dass meine Tochter diesen Widerling geheiratet hat?»

«Ich habe ein wenig herumtelefoniert», entgegnete der General lächelnd.

Der Gouverneur erzählte dem General die ganze Geschichte, ohne sich zu schonen oder irgendetwas auszulassen. «Ich kann mich für das Verhalten dieses Schwachkopfs nur entschuldigen», schloss er seinen Bericht. «Schließlich war ich es, der den Stein überhaupt erst ins Rollen gebracht hat.»

Der General nickte. «Wir haben keine Zeit zu verlieren», sagte er nach kurzem Schweigen. «Ich glaube, ich habe auch schon einen Plan.»

«Ich würde Ihnen helfen», sagte der Gouverneur. «Das heißt, wenn Sie meine Hilfe überhaupt wollen.»

«Wir wollen sie», entgegnete der General knapp. «Was den Plan betrifft, gibt es bei näherer Betrachtung nur zwei Möglichkeiten. Entweder wir fliehen, nehmen den Jungen mit und verstecken ihn, bis der Sturm vorüber ist, oder –»

«Darf ich Sie etwas fragen, General? Etwas Persönliches?», unterbrach ihn der Gouverneur.

«Nur zu.»

«Glauben Sie wirklich, dass dieser Junge besondere Kräfte hat?»

Der General zögerte, als wäre er sich noch nicht ganz sicher, ob er dem Gouverneur vertrauen könne. Dann gab er sich einen Ruck und antwortete offen:

«Haben Sie je gewünscht, irgendetwas möge passieren, und kurze Zeit darauf ist es tatsächlich eingetreten? Hatten Sie je das Gefühl, dass Ihnen die Dinge entgleiten, und plötzlich tun sich vor Ihren Augen die einfachsten Lösungen auf? Haben Sie schon einmal ganz deutlich gespürt, dass es in dieser Welt mehr gibt, als wir mit unseren Augen sehen können? Sind Sie schon einmal einem Menschen nahe gewesen, der Dinge spürt, die Sie selbst nicht wahrnehmen können?»

Da der Gouverneur nicht antwortete, fuhr der General fort:

«Ich nicht – bis ich den Jungen traf. Ich war bekanntlich beim Militär, wo solche Gedanken als völlig abwegig gelten. Doch dann hat der Junge meine Enkelin geheilt und sofort erkannt, dass sie einen indianischen Vorfahren hat, von dem selbst ich bis dahin nichts gewusst hatte. Da bin ich ins Grübeln gekommen. Sie mögen einwenden, das seien alles nur verrückte Zufälle, das hätte nichts mit außergewöhnlichen Kräften zu tun. Aber andere Menschen haben in seiner Gegenwart Ähnliches erfahren. Wir wissen nicht, was er dabei denkt und ob es absichtlich geschieht, im Grunde spielt das auch keine Rolle. Wir wissen nur, dass seine Gegenwart scheinbar festgefügte Gegebenheiten ins Wanken bringt und sich unser Leben, seitdem er da ist, grundlegend verändert hat.»

«Er scheint Ihnen allen sehr am Herzen zu liegen», sagte der Gouverneur freundlich lächelnd.

«Kleine Feder hat uns alle im Innersten berührt. Jetzt braucht er unsere Hilfe. Kommen wir also zu der zweiten Möglichkeit.» Der General wurde wieder sachlich. «Unsere Lösung mag auf den ersten Blick verrückt erscheinen, aber bei genauerem Nachdenken spricht einiges dafür.» Er hielt einen Augenblick inne, dann sagte er:

«Wir gehen selbst ins Fernsehen!»

«Wie bitte!?»

«Überlegen Sie, Gouverneur. Wenn Don das Rennen um die Story verliert, wenn jemand vor ihm damit herauskommt – jemand, der weniger feindselig ist als Don, jemand, der uns vielleicht sogar freundlich gesonnen ist –, hätten wir ihn auf seinem eigenen Feld geschlagen. Die Luft wäre raus, er käme gar nicht mehr zum Zuge. Das Thema wäre in den Medien ausgereizt, und wir könnten zur Normalität zurückkehren.»

«Ich fürchte, Sie unterschätzen Don», entgegnete der Gouverneur ernst.

«Ich kenne ihn nicht. Deshalb brauchen wir Sie.»

«Ich würde Ihnen gerne helfen. Übrigens, was sagt Sheryl dazu? Sie kennt ihn doch auch.»

«Sie meint, es könnte funktionieren. Können wir auf Sie zählen?»

«Ja.»

«Gut. Wie wäre es mit einer zweiten Runde?» Der General bestellte neuen Whiskey, und als die Gläser kamen, stießen die beiden Männer an.

«Auf den Jungen», sagte der Gouverneur.

«Auf Dotty Davis», erwiderte der General.

Der Gouverneur verschluckte sich an seinem Whiskey. Er hustete so heftig, dass der General ihn auf den Rücken klopfen musste.

«Wie ... sind Sie denn auf Dotty gekommen?», fragte er, als er wieder Luft bekam.

«Ich sagte doch schon, ich habe ein wenig herumtelefoniert.»

Dotty Davis war die Erste in einer ganzen Reihe von Praktikantinnen gewesen, mit denen den Gouverneur mehr als nur die Politik verbunden hatte. Als seine Berater ihm klargemacht hatten, dass sie nicht ins Team passte, hatte Dotty den Gouverneur vor die Wahl gestellt: Entweder verschaffte er ihr einen neuen Job, oder die Öffentlichkeit würde alles über ihre Beziehung erfahren, forderte sie unverblümt und stellte damit unter Beweis, dass mehr in ihr steckte als die schüchterne Praktikantin, als die sie sich ausgegeben hatte. Der Gouverneur hatte seine Beziehungen spielen lassen und schließlich den perfekten Job für sie gefunden – als Produktionsassistentin bei einem New Yorker Fernsehsender. Er hatte gehofft, damit genug Abstand zwischen sich und Dotty geschaffen zu haben, aber Dottys Ehrgeiz kannte keine Staatsgrenzen. Von Zeit zu Zeit hatte sie ihn angerufen und gebeten, ihr zu einem Interview mit wichtigen Leuten zu verhelfen und so ihre Karriere zu unterstützen. Um keinen Skandal heraufzubeschwören, hatte er ihre Bitten stets umgehend erfüllt. Je erfolgreicher sie wurde, desto seltener rief sie an.

Seit sie vor einigen Jahren ihre eigene «Dotty Davis Show» bekommen hatte, hatte er nichts mehr von ihr gehört.

«Vielleicht sollten zur Abwechslung Sie mal ein bisschen Druck ausüben, damit wir in ihre Show kommen», sagte der General.

Der Gouverneur nickte. Er war nicht gerade erfreut über die Vorstellung, dass seine Geheimnisse so leicht zugänglich waren. Er hatte keine Ahnung, wie der General von Dotty erfahren hatte, und er fragte sich, wer sonst noch von der Geschichte wusste.

Dotty war so erfreut darüber, von Bob Bates zu hören, dass er sie nur freundlich bitten musste, in ihrer Show auftreten zu dürfen.

«Wirst du mein einziger Gast sein?»

«Nein.»

«Na, gut.» Aus ihrem Tonfall war eine gewisse Enttäuschung herauszuhören. «Wann wollt ihr kommen?»

«Spätestens übermorgen.»

«Könnt ihr morgen in New York sein?»

«Ja.»

«Gut. Ich werde hier alles vorbereiten. Bis dann.»

«Warte! Willst du gar nicht wissen, worum es geht?» Der Gouverneur war erstaunt, wie leicht es gewesen war, sie alle in Dottys Show unterzubringen. «Sie muss in New York sehr einsam sein», dachte er.

«Solange du dabei bist, lieber Bob, ist mir alles recht.»

«Das ist ja toll!», rief Sheryl.

«Ich bin richtig stolz auf Sie», sagte Judith und errötete.

Der Reverend und der Sheriff gratulierten dem General ebenfalls. Nur Georgia schien mit anderen Gedanken beschäftigt zu sein.

«Haben wir nicht etwas Wichtiges vergessen?»

Die anderen drehten sich zu ihr um.

«Was meinen Sie?», fragte der Reverend.

«Was ist mit T.C.?»

«Was soll mit ihm sein?», fragte der Sheriff.

«Wenn wir wegfahren und unser Freund Don zu T.C. geht, ihn zum Helden seiner Sendung macht und das Ganze zur gleichen Zeit ausgestrahlt wird wie die Dotty Davis Show, wird das zum Ereignis der Woche. Die gleiche Geschichte in zwei völlig gegensätzlichen Versionen live in zwei landesweiten Fernsehsendern! Das wird einen riesigen Wirbel geben, und wir kommen erst recht nicht zur Ruhe.»

Die anderen schwiegen bedrückt.

«Hm», meinte der Sheriff nach einer Weile, «hat jemand eine Idee?»

«Vielleicht. Wir müssen verhindern, dass Don mit T.C. spricht», sagte Georgia.

«Und wie sollen wir das machen? Sollen wir ihn entführen?», fragte Judith ironisch.

«Genau, das ist es!», rief Georgia begeistert. «Wir nehmen ihn einfach mit.»

«Was?», riefen die anderen im Chor.

«Wir haben keine Wahl», sagte Georgia. «Es ist besser, ihn bei uns in New York zu haben, als ihn widerstandslos Don zu überlassen, der ihn irgendwelchen unausgegorenen Blödsinn in die Kamera reden lässt.»

«Aber wie sollen wir ihn dazu bewegen, mit uns zu kommen?», fragte der Reverend.

«Das weiß ich auch noch nicht», antwortete Georgia leise.

Von der Tür war ein höfliches Räuspern zu hören. Der Gouverneur war gerade angekommen.

«Ich glaube, dafür habe ich eine Lösung», warf er ein. «Ich werde meine Sekretärin bitten, ihn anzurufen und auf meine Kosten nach New York einzuladen. Er denkt ohnehin, ich arbeite mit Don zusammen, und wird nichts ahnen. Und er ist so darauf erpicht, vor laufenden Kameras sein Gift zu versprühen, dass er sicher bereit ist, dafür bis New York zu reisen.»

Einen Tag bevor Don mit seinem Fernsehteam nach Pennsville kam, um festzustellen, dass man ihn hereingelegt hatte, machten Kleine Feder, der noch schlief, und seine Freunde einschließlich Tiger sich auf die Reise nach New York. Sie fuhren in aller Frühe los und erreichten nach einer langen Fahrt durch die Berge den Flughafen von Denver. In der Zwischenzeit wurde ein glänzend aufgelegter T.C. auf der landschaftlich reizvollen Nebenstrecke gemütlich nach Denver kutschiert, wo er sieben Stunden später ins Flugzeug stieg.

Kurz nach dem Start wachte Kleine Feder auf. Besorgt sah er aus dem Fenster die Welt unter sich immer kleiner werden. Er wandte sich zum Sheriff um und sah ihn fragend an.

«Keine Angst, Kleine Feder», sagte der Sheriff sanft. «Du wirst dich schnell daran gewöhnen.»

Der Junge sah wieder aus dem Fenster.

«Ich habe keine Angst, ich habe mir bloß Sorgen um Tiger gemacht», sagte er und schlief in der Wärme von Georgias Schoß rasch wieder ein.

«Meine Güte, Dotty, du siehst … blendend aus!», rief der Gouverneur, als er Dottys beeindruckendes Büro betrat. Das Wort «blendend» traf es tatsächlich. Das glatte, platinblonde (in seiner Erinnerung krause, braune) Haar, ihre strahlend smaragdgrünen (früher braunen) Augen, ihr teures silbernes Kleid mit dem prallen (damals sehr viel weniger vollen) Dekolleté, ihre faltenlose, schimmernde (einst viel mattere) Haut, ihre hübsche, kleine Stupsnase (war sie nicht ursprünglich mal Jüdin gewesen?) und ihre vollen, sinnlichen Lippen (uff, die waren zum Glück unverändert!) verwandelten sie in ein funkelndes Juwel – eine Fälschung zwar, aber doch eine besonders verführerische.

«‹Verjüngt› ist das Wort, nach dem du suchst», sagte sie mit einem ironischen Lächeln.

Er ging auf sie zu und wollte ihr die Hand schütteln, doch Dotty ignorierte die höflich zurückhaltende Geste, warf beide Arme um seinen Hals und hinterließ einen rubinroten Abdruck ihres Lippenstifts auf seinen Lippen.

«Wie schön, dich wieder zu sehen, Bob!», sagte sie, als sie ihn endlich wieder freigab. Zu seinem Erstaunen sah er, dass ihre Augen feucht geworden waren. Von ihren nostalgischen Gefühlen angesteckt, strich er zärtlich über ihre Wange:

«Du konntest schon immer grandios küssen. Deine Lippen sind ein Gottesgeschenk.»

«Und so ziemlich das Einzige an mir, das noch echt ist», sagte sie grinsend.

«Das sehe ich.»

«Warum? Gefällt dir mein neuer Stil nicht?» Sie tat beleidigt.

«Nein, ich finde ihn toll. Du siehst …»

«Wie Michael Jackson aus?»

«… perfekt aus!»

«Der alte, zartfühlende Bob! Ein Charmeur, der genau weiß, wie man für jeden die richtigen Worte findet», sagte sie.

Der Gouverneur seufzte. «Nicht doch. Die Zeit hat bei uns allen ihre Spuren hinterlassen, selbst bei den Besten.»

«Besonders bei denen», erwiderte sie sanft.

Er berichtete ihr kurz von seinen Kümmernissen, seiner ungewissen politischen Situation und seinem ungebärdigen Schwiegersohn.

«Don Giovanni ist dein Schwiegersohn?», rief sie erstaunt. «Das wusste ich nicht.»

«Es ist auch nichts, worauf ich stolz wäre. Bitte, schrei nicht so, es könnte dich jemand hören.»

«Oh, mein armer Bob», sagte sie mit gespieltem Mitgefühl.

Er erzählte ihr von Sheryl und von Dons Vorhaben, sie zurückzuholen.

«Einen Augenblick, Bob – du und Miss Inglewood?» Die Liebenswürdigkeit schwand aus ihrer Stimme.

«Sie ist draußen.»

«Und ich dachte immer, ich wäre dein Lieblings-Fernsehstar.» Sie zog einen Schmollmund.

Er lachte. «Es ist nicht so, wie du denkst.»

«Wie ist es denn?»

Der Gouverneur fasste die Geschichte in einigen wenigen Sätzen zusammen. Dotty sah ihn mit großen Augen an.

«Erzähl mir nicht, dass du auch an diesen Hokuspokus glaubst.»

«Er ist ein ausgesprochen lieber Junge, Dotty. Der Enkel, den meine dumme Tochter und ihr Lackaffe von Ehemann mir verweigert haben. Und ganz ehrlich, Dotty, von ihm geht wirklich etwas Besonderes aus.»

«Bob?!» Sie klang wie eine Mutter, die ihren flunkernden Nachwuchs ermahnt.

«Schon gut, ich geb's ja zu. Ich dachte, ich könnte die Geschichte irgendwie für meinen schwächelnden Wahlkampf nutzen.»

Dotty lachte. «Jetzt weiß ich wieder, warum du immer mein Lieblingsgouverneur gewesen bist. Also gut. Bring deine Freunde nur herein – oder noch besser: Lasst uns erst einmal einen Rundgang durch das Studio machen.»

Dotty führte die vor Ehrfurcht verstummte Gruppe

in ihr Königreich. Als Erstes betraten sie die dunkle Bühne. Plötzlich gingen die Scheinwerfer an. Alle hielten sich die Hände vor die geblendeten Augen.

«Warst du schon mal in einem Fernsehstudio?», wandte Dotty sich an Kleine Feder.

«Nein, meine Dame. Aber in Loneliville besaßen wir auch eine Bühne. Deshalb weiß ich auch, dass wir hier nichts zu suchen haben. Schnell herunter!» Der Junge sprang von der Bühne und setzte sich auf einen der Zuschauerplätze.

Dotty sah fragend den Gouverneur an. «Wovon redet er?»

«Komm wieder hoch, Kleine Feder», rief der Gouverneur.

«Nein.»

«Warum nicht?»

«Weil nur Weise die Bühne betreten dürfen.» Der Junge wandte sich an Dotty. «Ihr müsst einem großen Stamm angehören, Euer Versammlungsplatz ist riesig.»

«Könnte sein, dass ich das noch bereue …», murmelte Dotty ungeduldig. In dem Augenblick schaltete sich Sheryl ein:

«Komm bitte wieder zu uns herauf, Kleine Feder. Es gibt hier keine Weisen, denen wir den Platz streitig machen könnten.»

«Seid Ihr Euch da ganz sicher?»

«Absolut. Ich habe selbst schon mal auf so einer Bühne gestanden. Du kannst mir glauben, mit Weisheit hat das, was darauf geschieht, herzlich wenig zu tun.» Sheryl streckte ihm ihre Hand entgegen. «Du glaubst mir doch, oder?»

«Ich glaube Euch», antwortete der Junge, nahm ihre Hand und kletterte auf die Bühne zurück.

«Ich wollte schon immer einmal auf der Bühne der Weisen stehen», flüsterte er Julie zu, als er sicher war, dass ihn sonst niemand hörte.

Nachdenklich betrachtete Sheryl die drei Männer. Der Reverend sah in seinem schwarzen Anzug recht würdig aus, und auch der Sheriff machte mit seinem Cowboyhut eine gute Figur. Nur der General in seiner strengen Uniform gefiel ihr nicht.

«Sind Sie sicher, dass wir die Uniform brauchen, Dotty?»

«Er ist Soldat, oder nicht?»

«Ich *war* Soldat», korrigierte der General.

«Es würde ihn glaubwürdiger machen ...», sagte Dotty höflich, aber kalt.

«Natürlich», dachte Sheryl im Stillen, «in solchen Shows geht es ja nur um Glaubwürdigkeit.»

Mit den neuen Kleidern, den ungewohnten Frisuren und der vielen Schminke waren Judith und Georgia kaum wieder zu erkennen. Kleine Feder und Julie sahen mit den Leder-Fransenhemden und den roten Stirnbändern wie zwei kleine Indianer auf dem Kriegspfad aus.

«Sind die Kinder nicht niedlich?», fragte Dotty.

«Ehrlich gesagt, ich finde das ziemlich albern!»

«Was gibt es denn nun schon wieder auszusetzen?», fragte Dotty gereizt.

«Sie sehen verkleidet aus.»

«Aber sie sind doch Indianer, oder etwa nicht?»

«Ja, aber doch nur zum Teil. Und außerdem sind wir hier, um über Gott und unsere Kirche zu sprechen», wandte Sheryl ein.

«Machen Sie doch, was Sie wollen!» Dotty wandte sich zum Gehen. Von der offenen Tür rief sie, ohne sich umzudrehen: «Aber in fünfzehn Minuten müssen alle fertig sein.»

«Die Dame redet zu viel», flüsterte Kleine Feder seiner Freundin Julie zu, als Dotty draußen war. «Nur gut, dass sie sich nicht im Wald selbst ernähren muss. Bei dem Lärm, den sie macht, blieben ihr nur Beeren und Wurzeln.»

«Natürlich redet sie viel. Das ist ihr Beruf.»

«Wie bei den Sophisten?», fragte Kleine Feder.

«Was ist ein Sophist?»

«Ein Mensch, der viel redet, ohne etwas zu sagen.»

«Wie bei einem Politiker?», fragte Julie.

«Was ist ein Politiker?»

«Wahrscheinlich nur eine andere Bezeichnung für das, was du Sophist nennst», antwortete Julie.

Wie das Glück, der Zufall, das Schicksal oder Gott es wollte, musste Popstar Tonia Blake, Stargast der gleichzeitig ausgestrahlten Talkshow bei Dons Sender, ihren Auftritt wegen Erschöpfung absagen. Außerdem zwang ein aus unbekannten Gründen ausgebrochenes Feuer im Studio einen anderen Sender dazu, statt des aktuellen Programms eine Wiederholung von «Dallas» zu bringen. Dreißig Sekunden vor Beginn der Sendung erfuhr Dotty, dass die Augen ganz Amerikas auf ihr ruhten.

«Guten Tag allerseits und herzlich willkommen zur Dotty Davis Show.»

In ihrem cremeweißen, bodenlangen, von einem Designer und einem Schönheitschirurgen gemeinschaftlich entworfenen Kleid sah Dotty einfach hinreißend aus.

«Wir haben heute eine ganz besondere Show für Sie vorbereitet. Schließlich haben wir nicht jeden Tag die Chance, den neuen Messias zu sehen.» Sie machte eine Pause, um ihre Worte wirken zu lassen, dann bedeutete sie dem Kameramann, Kleine Feder in Großaufnahme zu zeigen. Lebhaft und neugierig wie immer, war der Junge gerade damit beschäftigt, Bühne und Publikum zu erforschen. Er ließ den Blick in alle Richtungen wandern und rutschte ständig auf seinem Sitz hin und her. Der Kameramann fing ein halbes Ohr, den Rücken, eine Großaufnahme von seinen Nasenlöchern und ein kurzes Lächeln ein, ehe er Dotty ein Zeichen gab, mit der Moderation fortzufahren.

«Meine heutigen Gäste» – die Kamera richtete sich auf Judith, den General und die anderen – «glauben, dass dieser hübsche kleine Bursche» – wieder eine Großaufnahme von Kleiner Feder – «himmlische Kräfte besitzt, während dieser Mann» – der Kameramann überraschte T.C. dabei, wie er in der Nase bohrte – «den Jungen für die Ausgeburt des Bösen hält. Schalten Sie also nicht um. Gleich nach der Werbung geht es weiter!»

«Hier sind wir wieder mit Sheriff George Douglas aus Pennsville, Colorado, dem Mann, der den Jungen im Wald gefunden hat.» (Die Zuschauer zu Hause lasen links unten auf dem Bildschirm: «Sheriff Douglas – hat den Messias gefunden.»)

«Das ist nicht ganz richtig, Ma'am, die Armee hat ihn im Wald gefunden und ihn zu mir gebracht», korrigierte der Sheriff.

Dotty schenkte ihm ein tadelndes Lächeln. «Gut. Aber Sie waren der Erste, der die Kräfte des Jungen erkannte.»

Der Sheriff drehte sich zu Reverend O'Grady um. «Diese Ehre gebührt dem Reverend. Obgleich auch ich sehr bald das Gefühl hatte, dass Kleine Feder alles andere als ein gewöhnlicher Junge ist. Aber ich wusste damals noch so wenig über Kinder ...»

Dotty sah, dass die Kamera auf den Reverend gerichtet war, und drehte sich zu ihm um. «Nun, Reverend, was hat Sie auf die Idee gebracht, in ihm den Messias zu sehen?»

Panik stieg in Reverend O'Grady auf, als ihm klar wurde, dass er zu Millionen von Zuschauern sprechen sollte. Unfähig, eine Silbe herauszubekommen, schnitt er ein paar hilflose Grimassen. Dann sah er das Feuer in Dottys Augen. Allein aus Angst vor ihrer Wut riss er sich zusammen. Mit einigermaßen ruhiger Stimme erzählte er, vieles von dem, was Kleine Feder über seine geheimnisvolle Heimat erzählte, hätte auf verblüffende Weise auf bestimmte Stellen aus der Bibel gepasst. Außerdem habe er im Verhalten der Menschen, die mit Kleiner Feder in Berührung kamen, auffällige Veränderungen beobachten können. (An diesem Punkt lasen die Zuschauer unten auf ihren Bildschirmen, dass es sich bei dem Reverend um den Geistlichen von Pennsville handelte, der ebenfalls der Meinung sei, den Messias gefunden zu haben.)

Ohne jede Vorwarnung drehte Dotty sich zu Sheryl um.

«Ganz besonders herzlich begrüßen wir heute Sheryl Inglewood – oder Barbara Davis, unter diesem Namen werden die meisten von Ihnen sie sicher kennen.» (Unten links auf dem Bildschirm stand: «Sheryl Inglewood, Fernsehstar – gab ihre Karriere auf, um dem Messias nahe zu sein.») «Korrigieren Sie mich bitte, wenn ich etwas Falsches sage, aber nach allem, was ich weiß, gehören Sie zu den Menschen, die mit den besonderen Kräften dieses Kindes bereits persönliche Erfahrungen machen konnten?»

«Ja, das ist richtig.» («Mein Gott, klinge ich hölzern, als ob wir in einer Talkshow wären», dachte Sheryl.)

«Und Sie sind sich so sicher, dass er der Messias ist, dass Sie Ihren Traumjob in L.A. aufgegeben haben und zurück nach Pennsville gezogen sind?»

«Nun ...»

«Würden Sie diese überraschende Entscheidung als wichtigsten Augenblick in Ihrem Leben bezeichnen? Als die Offenbarung, auf die wir alle warten? Die Erfahrung, die uns die Augen zu öffnen vermag und über die Grenzen unseres Menschseins hinausschauen lässt?» Dottys Stimme war voller Anteilnahme und Mitgefühl.

Sheryl wollte gerade antworten und der gesamten Nation ihre innersten Gefühle anvertrauen, als ein rotes Blinklicht anzeigte, dass die Götter – oder: die Sponsoren – danach verlangten, zu den Massen sprechen zu dürfen.

«Einen Augenblick, bitte. Wir sind gleich wieder da», schnitt Dotty, plötzlich wieder ganz sachlich und kühl, ihr gnadenlos das Wort ab.

Sheryl sah sie fassungslos an.

«Nun regen Sie sich ab», sagte Dotty, als die Kameras ausgeschaltet waren, «Sie kennen die Spielregeln, Barbara Davis war in mehr als einer Talkshow zu Gast.»

«Wie schnell man vergessen kann», dachte Sheryl nachdenklich.

«Also, Sheryl, was lässt Sie so sicher sein, dass dieser Junge besondere Kräfte hat?», fragte Dotty, als die Sendung weiterging.

Sheryl wollte antworten, doch Judith war schneller.

«Nur ein Wunder hätte sie nach fünfzehn Jahren wieder zu mir nach Hause zurückbringen können», sagte sie.

Dotty drehte sich schnell zu Judith um. «Sie glauben also, es war der Junge, der sie zurückgebracht hat?»

«Nein, er hat sie nicht zurückgebracht, aber sie ist seinetwegen geblieben und hat eine Welt wiederentdeckt, von der sie jahrelang geglaubt hatte, sie sei für sie nicht mehr gut genug.»

«Und wie genau hat der Junge das bewerkstelligt?», fragte Dotty.

«Die Wege des Herrn sind dunkel», warf der Reverend ein.

Dotty lächelte. Bob Bates hatte ihr nur wenige Einzelheiten genannt, aber nach ihrem ersten Eindruck ging es um eine ziemlich einfache Geschichte über ein kleines Nest irgendwo in den Bergen, in dem sich eine

Reihe merkwürdiger, aber nicht weltbewegender Ereignisse abgespielt hatten, die sich mit ein wenig gesundem Menschenverstand sicher alle logisch erklären ließen. Doch das Ganze wurde von Minute zu Minute komplizierter. Verblüfft merkte Dotty, dass sie selbst sich der Faszination der Geschichte nicht entziehen konnte. Sie wandte sich wieder Sheryl zu.

«Lassen wir die Wunder mal einen Augenblick beiseite, Sheryl. Vielleicht können Sie uns einfach schildern, was Sie empfanden, als Sie den Jungen das erste Mal sahen.»

«Ich fühlte mich wie eine Blinde, die plötzlich sehen kann. Mit einem einzigen Blick hat er die Mauern durchbrochen, die ich um mein Herz errichtet hatte. Er war unbeschadet durch das Minenfeld meiner selbst verkündeten Wahrheiten spaziert und hat mein Herz berührt. Worte können allerdings nur einen Bruchteil von dem vermitteln, was ich wirklich fühlte. Man muss es selbst erlebt haben, um es wirklich zu verstehen.»

Die stets wachsame Dotty bemerkte bald, dass die Zuschauer sich anders verhielten als sonst. Normalerweise lachten und flüsterten sie, redeten mit ihren Nachbarn und achteten wenig darauf, was auf der Bühne vor sich ging. Umso erstaunter war Dotty, als sie sah, wie konzentriert sie diesmal waren, wie aufmerksam sie zur Bühne schauten, wie interessiert sie das Gespräch verfolgten. Ihre Blicke gingen alle in dieselbe Richtung. Sie starrten Kleine Feder an.

«Für mich hat er ein Wunder vollbracht!» Julies Stimme brachte Dotty zurück zu dem Geschehen auf der Bühne. Das kleine Mädchen sah ihr offen ins Gesicht.

«Tatsächlich?» Dotty gab sich Mühe, ihre Stimme mütterlich klingen zu lassen, doch da sie selbst keine Kinder hatte, gelang es ihr nicht sehr überzeugend.

«Ja», bestätigte Julie nachdrücklich. «Er hat mir geholfen, damit ich wieder laufen kann!»

(Unten auf dem Bildschirm lasen die Zuschauer: «Julie – glaubt, dass Kleine Feder Große Wunder vollbringen kann.»)

«Wirklich?» Dottys Stimme klang eine Spur herablassend.

«Meine Enkelin», schaltete der General sich ein, «litt an extrem schmerzhaften Fußwarzen, müssen Sie wissen. Monatelang war sie von den besten Ärzten des Landes behandelt worden – ohne jeden Erfolg. Der Junge hat eine Woche gebraucht, um sie zu heilen.»

(Unten auf dem Bildschirm stand: «Exgeneral – glaubt an die geheimen Kräfte des Jungen.»)

«Haben Sie irgendeine Vorstellung, wie er das gemacht hat?», fragte Dotty.

«Ich weiß nur, dass er besondere Pflanzen gesammelt und ihre Füße damit behandelt hat. Ich traute meinen Augen nicht, als ich meine Enkelin wieder laufen sah. Vor unserer Begegnung mit Kleiner Feder hatte sie monatelang im Rollstuhl gesessen.»

«Glauben Sie auch, dass der Junge der Messias ist?»

«Mein altes Ich hätte auf so eine Frage in jedem Fall Nein gesagt, aber das neue –»

«Ihr neues Ich wird sich gedulden müssen, bis unsere Werbepause vorüber ist», unterbrach ihn Dotty. Sie schrieb etwas auf ein kleines Stück Papier und reichte es dem Produktionsassistenten.

Charles B. Duckworth, den Chef des Fernsehsenders, erreichte die Nachricht von Dottys bemerkenswerter Einschaltquote auf einem Golfplatz in Florida. Er und sein Golfpartner, sein alter Freund William White Jr., Chef einer großen Getränkefabrik, machten eine kurze Pause, um sich im Clubhaus die Show live anzusehen. In der Werbepause sagte der Zuckerwasser- zu dem Zuckertraumfabrikanten:

«Ich wünschte, ich hätte die Werbepausen der nächsten Stunde für mich reserviert.»

«Wovon redest du? Es gibt keine zweite Stunde», entgegnete Charles.

«Das musst du ändern!», drängte ihn William. «Du hast Amerika am Haken, Charles. Willst du es so schnell wieder loslassen?»

Charles lächelte. «Kein Wunder, dass du deinen Vorgänger und ein paar ausländische Regierungen so leicht ausgebootet hast.» In seiner Stimme schwang unverhohlene Bewunderung mit. Er telefonierte sofort mit dem Produzenten und wies ihn an, die Show um eine Stunde zu verlängern. Dann schlug er William vor, ihre Golfpartie wieder aufzunehmen.

«Lass uns das noch ein wenig verschieben. Ich würde mir lieber die Show ansehen. Ich finde es immer faszinierend, wenn das Überirdische über das allzu Irdische siegt. Und deine Quoten lassen darauf schließen, dass ich da nicht der Einzige bin», sagte William. Charles willigte ein.

Lou Marinero, der einäugige Talkshow-Veteran, hatte sein zweites Auge bei einer Live-Sendung über Abtreibungskliniken in Alabama verloren. Sein linkes Ohr war einer anderen Live-Übertragung zum Thema «Auf den Spuren des Bandenkriegs in L.A.» zum Opfer gefallen. Dass er hinkte, hing allerdings mit einem ganz normalen Unfall zusammen. Er hatte versucht, ein Kind vor einem Auto zu retten. Die Rettung war geglückt – einziger Schönheitsfehler: Leider war keine Kamera dabei gewesen.

Lou, der ins Büro des Produzenten gerufen worden war, tobte vor Zorn.

«Was soll das heißen, meine Show wird heute abgesetzt? Ich sollte in zehn Minuten auf Sendung gehen!»

«Was war dein heutiges Thema?», fragte der Produzent kühl.

«‹Waffen in den Schulen – Schießunterricht für ABC-Schützen?›»

«Du hast es tatsächlich darauf abgesehen, einmal live auf der Bühne zu sterben, was?»

«Das wäre die Erfüllung all meiner Träume», sagte Lou grinsend.

«Heute jedenfalls werden sie nicht in Erfüllung gehen!», beendete der Produzent kurzerhand das Gespräch.

Wieder auf Sendung, ignorierte Dotty den General und seine unvollendete Antwort und wandte sich an Kleine Feder. Der Junge sah mit seinen großen grün-blauen Augen völlig entspannt zu ihr auf. Sie staunte über die Ruhe, die er ausstrahlte. Als die Kamera eine Großaufnahme von Kleiner Feder zeigte (die Zuschauer lasen: «Kleine Feder McAbony – ist er der neue Messias?»), wurde Dotty klar, dass der Junge sich des ganzen Rummels um seine Person gar nicht bewusst war.

«Kleine Feder, vor der Sendung wolltest du nicht auf die Bühne gehen, weil sie, wie du sagtest, den Weisen vorbehalten sein sollte.»

«Ja, bei uns in Lo*u*neliville war das so und nicht anders. Obschon Eure Bühne hier anders aussieht als die in Lo*u*neliville.»

«Wie war es denn in Loneliville?»

«Zweimal im Jahr, einmal vor und einmal nach dem großen Schnee, riefen die Weisen uns alle zusammen, um uns auf den langen Winter oder die Erntezeit vorzubereiten. Sie planten alles und sagten jedem von uns, was wir zu tun hatten.»

«Und wenn jemandem nicht gefiel, was sie für ihn vorgesehen hatten?», fragte Dotty.

Kleine Feder sah sie verständnislos an. «Ich verstehe nicht recht. So etwas hat es bei uns nie gegeben.»

Dotty war einige Sekunden sprachlos (für sie eine Ewigkeit). Dann fing sie sich wieder und fragte:

«Und wurdest du auf der Bühne in Loneliville je zum Sprechen aufgefordert?»

Kleine Feder lachte. Zu Dottys Erstaunen lachte das Publikum ebenfalls.

«Nein, selbstverständlich nicht. Ich bin doch nur ein Junge.»

«Und wie gefällt es dir auf unserer Bühne?»

«Das kommt darauf an. Es will mir nicht in den Kopf, dass ihr hier zum Reden zusammenkommt und einander dann doch nicht aussprechen lasst. Obschon die Versammlung Eurem Stamm Freude zu machen scheint und daher so schlecht nicht sein kann.»

Das Publikum lachte laut.

«Würdest du mich als eine weise Frau bezeichnen?»

«Ob Ihr eine weise Frau seid, vermag ich nicht zu sagen. Ich habe noch nie eine weise Frau gesehen.»

«Oh.» Dotty tat beleidigt. «Die Frauen sind also für die Bühne von Loneliville nicht klug genug.»

«Nein, nein, nein. Kluge Eule sagte immer, die Frauen seien zu klug für die Bühne.»

Diesmal lachte halb Amerika. Zum ersten Mal in ihrer Laufbahn wusste Dotty nicht, was sie sagen sollte.

«Kleine Feder, glaubst du, dass du etwas Besonderes bist?», hörte sie sich schließlich zögernd fragen.

«Wir alle sind etwas Besonderes.»

«Ja.» Dotty lächelte. «Aber nicht alle können Warzen heilen so wie du.»

«In Lo*u*neliville hätten das alle gekonnt. Ich bin nichts Besonderes.»

«Aber es gibt kein Loneliville mehr.»

Kleine Feder nickte traurig.

«Und das macht dich zu etwas Besonderem. Außerdem kenne ich keinen anderen Jungen in deinem Alter, der so lange allein im Wald überlebt hätte wie du», sagte Dotty mit unverhohlener Bewunderung.

Kleine Feder lächelte. «Das mag daran liegen, dass ich zu lauschen verstehe. Ich lausche den Bäumen, dem Wind und dem Himmel, den Bächen und der Stille. Der Stille zu lauschen, ist besonders wichtig, sagte Kluge Eule immer, weil man die Wahrheit nur in der Stille finden kann. Er hat uns beigebracht zu verstehen, was die Welt uns zu sagen hat. Wörter sind nichts weiter als ein Hintergrundgeräusch. Wer wirklich lauschen und nicht bloß hören will, muss dies mit den Augen und mit dem Herzen tun, nicht mit den Ohren. Ohren sind nützlich, wenn man jagen geht. Hat man es mit Menschen zu tun, taugen sie herzlich wenig.»

Dotty, die bis dahin noch keinem Gast erlaubt hatte, von dem Pfad abzukommen, den sie ihm vorgezeichnet hatte, machte diesmal unwillkürlich eine Ausnahme.

«Kannst du uns das Lauschen lehren?», fragte sie mit träumerischem Blick.

«Das hat er bereits», schaltete sich der Reverend ein. Seine tiefe Stimme weckte Dotty wie aus einer Hypnose auf.

«Liebe Zuschauer.» Dotty blickte in die Kamera. «Ist er der Messias? Oder ist er es nicht? Wird die Welt durch diesen Jungen gerettet werden? Bleiben Sie dran. Wir sind gleich wieder da.»

T.C. Browning wurde allmählich unruhig. Als die Sekretärin des Gouverneurs ihn gebeten hatte, nach New York zu kommen und seine Version der Dinge darzulegen, hatte er keine Sekunde gezögert. Er war sicher, dass Don dahintersteckte. Im Flugzeug hatte er eine Rede vorbereitet, in der er Reverend O'Grady und seinen Gefolgsleuten alles vorwarf, vom Betrug bis zum Satanismus.

Auf dem Flughafen hatte ein Chauffeur auf ihn gewartet und in ein respektables Stadthotel gebracht. T.C. war beeindruckt gewesen und hatte keinen Zweifel gehabt, dass Don dies alles so geplant hatte. Er war ruhig und zuversichtlich gewesen. Am nächsten Morgen hatte der Chauffeur ihn ins Studio gebracht. Don war nirgends zu sehen gewesen, und zu T.C.s Enttäuschung hatte man ihm einen Platz im Zuschauerraum zugewiesen. Als schließlich Dotty und nicht Don auf der Bühne erschienen war, war T.C. misstrauisch geworden. Als die Kamera sich jedoch auf ihn richtete und Dotty seinen Namen nannte, hatte er sich wieder beruhigt.

«Bestimmt hat Don einen Plan», hatte er sich gesagt.

Zuerst hatte er geduldig darauf gewartet, endlich an die Reihe zu kommen, aber die Sendung ging immer weiter, ohne dass ihm jemand Gelegenheit gab, seine Ansicht zu äußern. Stattdessen wurden die Menschen um ihn herum von dem Jungen verhext. T.C. rutschte auf seinem Stuhl hin und her und versuchte, Dottys Aufmerksamkeit zu erringen. Entsetzt musste er zusehen, wie sich die Sendung, von der er sich ein öffentliches Tribunal gegen Reverend O'Grady erhofft hatte, zu einer landesweit ausgestrahlten Werbekampagne für die neue Kirche verwandelte.

Als Dotty in die Kamera fragte, ob Kleine Feder der Messias sei oder nicht, platzte T.C. der Kragen. Das war ein zu großes Sakrileg, dazu konnte er einfach nicht schweigen. Er sprang auf und kletterte genau in dem Augenblick auf die Bühne, als Dotty wieder auf Sendung kam. Er stellte sich vor die Kamera, machte ein Kreuzzeichen und fuchtelte nervös mit den Armen. Sein unerwartetes Erscheinen ließ die Menge so plötzlich verstummen, als hätte ein Orchesterdirigent den Taktstock gehoben. T.C. verlor keine Zeit und nutzte die Stille, um der Nation die Leviten zu lesen.

«Amerikaner! Hütet euch vor dem verräterischen, heimtückischen Plan dieser Teufelsanbeter. Schließt eure Augen und Ohren vor ihrem süßen Gift ...» T.C. hatte noch viel mehr auf Lager, kam aber nicht sehr weit. Zwei eiserne Arme packten ihn von hinten und drückten ihm die Luft ab. Alles, was er noch herausbrachte, war ein lang gezogenes, schmerzverzerrtes «Ffffft». Mit seinen vor Blut und Zorn rot angelaufenen Augen und dem weißen Schaum in den Mundwinkeln erinnerte er an einen tollwütigen Hund.

Der General trug ihn von der Bühne und übergab ihn den Sicherheitskräften, die ihn in ein winziges, dunkles Zimmer sperrten. Dort stand nichts weiter als ein Stuhl und ein laufender Fernseher. Als T.C. sich setzte, konnte er sehen, dass der General auf der Bühne in diesem Augenblick das Gleiche tat.

«Wir bedauern diesen unangenehmen Vorfall», entschuldigte sich Dotty vor der Kamera. Sie war blass im Gesicht. «Ich dachte, so etwas könnte nur meinem Freund Lou Marinero passieren.» Die Zuschauer lachten. Dotty fuhr fort:

«Meine Damen und Herren, ich habe eine sehr gute Nachricht für Sie. Unsere Sendung scheint auf so viel Interesse zu stoßen, dass sie heute ausnahmsweise eine Stunde länger dauern wird. In dieser Stunde werden wir uns Gewissheit darüber verschaffen können, ob die Rettung unserer Seelen unmittelbar bevorsteht.»

Die Menge jubelte.

«Fragen wir den Jungen doch ganz direkt», wandte Dotty sich an Kleine Feder. Das Publikum hielt den Atem an. Einige bekreuzigten sich, andere kreuzten die Finger. Die Mehrheit starrte mit offenem Mund auf die Bühne.

«Bist du der Messias?», fragte Dotty in einem liebenswürdigen Plauderton, der zu den schwerwiegenden Folgen einer möglichen positiven Antwort wenig passte.

«Was ist ein Messias?», gab Kleine Feder zurück.

Ein enttäuschtes «Oh» erschallte im Studio und vor den Fernsehgeräten ganz Amerikas.

«Ein sehr geschickter Schachzug, Dotty, gratuliere», zischte der Produzent sarkastisch in das geheime Mikrofon in Dottys Ohr. «Schließlich haben wir nur noch eine geschlagene zweite Stunde rumzukriegen!»

Dotty brauchte Zeit, um sich aus dieser Zwangslage zu befreien, doch Zeit war das Einzige, was ihr nicht zur Verfügung stand.

«Hm», meinte sie zögernd. «Vielleicht kann ich die Frage auch einfacher stellen. Hast du eine besondere Beziehung zu Gott?»

«Was ist das denn schon wieder für eine idiotische Frage?», fauchte der Produzent ärgerlich. «Um dich aus dieser Sackgasse wieder rauszubringen, muss schon ein Wunder geschehen!»

«Ich bin ein Sohn Gottes!», antwortete Kleine Feder so natürlich und mit so viel Ruhe und Selbstvertrauen, dass die verblüfften Zuschauer (außer T.C., der auf den Fernseher spuckte, ihn aber nicht ausstellte) mit heruntergeklappten Kinnladen erstarrten und darauf warteten, dass der Junge weitersprach.

«Bingo!», rief der Produzent entzückt. «Das Wunder ist geschehen!»

Kleine Feder bemerkte die außergewöhnliche Stille, die um ihn herum entstanden war, deshalb erzählte er Dotty – und der gesamten Nation – mit ruhiger Stimme, wie die Gründerväter von Loneliville, nachdem sie erkannt hatten, dass sie in dem kleinen eingeschlossenen Tal nicht nur überleben, sondern auch zufrieden und glücklich leben konnten, beschlossen hatten, alle zusammen den Göttern zu danken. Zuerst, fuhr Kleine Feder fort, habe es kleine Unstimmigkeiten gegeben, was die Anzahl der Götter betraf, denen sie danken sollten. Die strengeren Europäer hätten eine Feier für den einen Gott gefordert, während die Indianer jedem einzelnen Geist je ein buntes, fröhliches Fest ausrichten wollten.

Der Junge hielt inne und schaute sich um. Das

Publikum war noch immer still und lauschte ebenso fasziniert wie seine Freunde auf der Bühne. Selbst Dotty schwieg und wartete. Also sprach Kleine Feder weiter.

Nach einer Weile, erzählte er ruhig, habe man einen Kompromiss erzielt. Die Weißen, die es strikt ablehnten, Steine, Frösche, Ratten und Spinnen zu verehren, Sonne, Mond, den Fluss und den Wolf aber als verehrungswürdig akzeptierten (und sich damit mit ihren eigenen heidnischen Wurzeln versöhnten), hätten den indianischen Zeremonien als Gäste beigewohnt. Die Indianer, die sich kein Fest entgehen ließen, hätten aktiv an der christlichen Feier teilgenommen.

Beeindruckt von der Ernsthaftigkeit der christlichen Gebete und der wundervollen Geschichte von Vater, Sohn und Heiligem Geist, hätten die Indianer sämtliche Mitglieder der neu gegründeten Gemeinde zu Kindern Gottes erklärt. Auch wenn die erste Generation der Europäer darauf eher zurückhaltend reagiert hatte, erachteten sich seitdem alle Einwohner Lonelivilles als Söhne und Töchter Gottes.

Kleine Feder hatte lange gesprochen. Als er mit seiner Geschichte fertig war, flüsterte er Julie zu:

«Ich fürchte, ich werde allmählich selbst zum Politiker.»

«Miss Davis», brach der Reverend das andächtige Schweigen, «dürfte ich etwas sagen?»

«Aber natürlich», erwiderte Dotty großzügig. Wer den Messias und seinen Impresario in der Sendung und alle Welt zum Publikum hat, kann sich ruhig einmal gnädig zeigen.

«Wir alle dürfen nicht vergessen, dass Kleine Feder ein junges, unschuldiges Kind ist und wir seine Worte als ... Bilder verstehen müssen. Er ist nicht der Messias. Er ist kein wieder geborener Jesus. Und wenn er sagt, dass er der Sohn Gottes ist, meint er damit nicht, was wir mit diesem Ausdruck verbinden. Er ist kein Engel!»

«Was ist er dann?», fragte Dotty ungehalten. Diese Wendung gefiel ihr ganz und gar nicht.

«Viel spricht dafür, dass er ein Bote mit unerklärlichen Kräften ist. Aber er ist auch noch sehr jung und verletzlich. Wenn wir ihm nicht genügend Raum geben, seine Kräfte zu entfalten, könnte es sein, dass sie verkümmern.»

Dotty wandte sich an das Publikum. Diese Leute auf der Bühne hatten ihr den Messias versprochen, und jetzt wollte der Reverend das Ganze plötzlich zum Missverständnis erklären? Wenn der Reverend sich quer stellte, würde sie sich eben mit dem Publikum gegen ihn verbünden. Dessen Fragen würde er nicht ausweichen können. Sie stieg von der Bühne in den Zuschauerraum und griff willkürlich eine Frau mittleren Alters heraus.

«Wollen Sie nicht Klarheit darüber, wer der Junge ist und was für Kräfte er hat?»

Die überraschte Frau, der plötzlich ein Mikrofon am

Mund kitzelte und eine Kamera den Weg verstellte, nickte verlegen:

«Natürlich möchte ich das.»

«Hören Sie das, Reverend?», rief Dotty triumphierend. «Was sagen Sie nun?»

Der Reverend lächelte gütig. «Ich sagte, dass ich nicht weiß, welche Kräfte er hat und was sein Auftrag ist. Was ich aber ganz sicher weiß, ist, dass er überall, wo er hinkommt, Liebe verbreitet. Und um ganz offen zu sein, ich gelange immer mehr zu der Überzeugung, dass manche Dinge unerklärt bleiben sollten. Warum müssen wir immer alles genau erforschen, jedes Geheimnis aufklären? Warum können wir nicht einfach akzeptieren – und vor allem glauben?»

Das Publikum applaudierte.

«Was aber, wenn Sie ein Schwindler sind? Und der Junge nur ein guter Schauspieler?»

Das Publikum buhte. Das war Dottys Stärke. Sie beherrschte das Spiel mit dem Publikum. Es war Wachs in ihren Händen.

«Sehen Sie jetzt, wo Sie stehen, Reverend? Sie haben die Menschen zum Glauben geführt, aber wirklich sicher sind sie sich noch nicht. Ich fürchte, Sie werden noch einiges an Überzeugungsarbeit leisten müssen.»

Die Menge jubelte.

«Volltreffer!», flüsterte der Produzent.

Der Gouverneur, der bislang stumm im Hintergrund gesessen hatte, hob die Hand.

«Meine Damen und Herren», sagte Dotty feierlich, «lassen Sie mich einen hohen Gast begrüßen.» Die Kamera schwenkte zum Gouverneur. «Ja, Sie haben richtig gesehen, es ist kein Geringerer als Gouverneur Robert Bates aus Colorado, der Mann, der dieses Kind nach New York gebracht hat.»

Die Menge klatschte begeistert.

«Möchten Sie etwas sagen, Gouverneur?», fragte Dotty liebenswürdig.

«Ja, sehr gerne», sagte der Gouverneur und dankte Dotty mit einem Lächeln. Dann wandte er sich an die Zuschauer. «In meinen langen Jahren als Politiker», begann er mit seiner tiefen, ruhigen Stimme, von der sich die Menschen nach einem harten Arbeitstag – oder direkt vor den Wahlen – so bereitwillig einlullen ließen, «habe ich gelernt, dass es vor allem eines gibt, was die Menschen wirklich brauchen – ich sage bewusst ‹brauchen›, nicht ‹wollen› –, nämlich Hoffnung. Natürlich wollen wir alle mehr Geld, eine bessere Arbeit, ein größeres Auto. Was wir aber wirklich *brauchen*, ist ein Anlass zur Hoffnung, dass die Zukunft besser sein wird als die Vergangenheit – oder zumindest nicht schlechter.

Und ist es nicht Hoffnung, was der Reverend uns heute allen anbietet? Geht es nicht in erster Linie darum? Nichts, was diese Leute hier sagen, beruht auf irgendeinem Schwindel, glauben Sie mir. Es ist alles echt. Und es ist echte Hoffnung, die sich für uns alle damit verbindet. Sie haben keinen Grund zum Misstrauen. Sie haben jeden Grund zur Freude!»

Einen Augenblick herrschte Stille, dann erhob sich donnernder Applaus.

Dotty hatte zu spät bemerkt, dass die nächste Werbepause anstand. «Wir sind gleich wieder da», murmelte sie rasch, dann wurden die Kameras vorübergehend ausgeschaltet.

«Eines möchte ich noch anmerken dürfen, Dotty», sagte der Gouverneur, als sie wieder auf Sendung waren.

«Bitte, Gouverneur», übergab sie ihm widerstandslos das Wort.

Sie sah seinen Gesichtsausdruck und wusste, es braute sich Ärger zusammen, aber sie verhielt sich immer fair, jedenfalls vor laufender Kamera.

Der Gouverneur räusperte sich, dann sagte er: «Ich verstehe, warum Sie skeptisch sind, Dotty.» Er hatte plötzlich all seine Vitalität und Schlagkraft wiedergewonnen. «Aber ich habe eine Frage an alle Zuschauer hier und zu Hause, die gerne spielen. Wenn jemand am Roulettetisch dicke Gewinne einstreicht, ist die Versuchung für Sie dann nicht sehr groß, Ihr Geld auf dieselben Zahlen zu setzen wie der Gewinner?»

«Aber seine Glückssträhne könnte zu Ende gehen!», wandte Dotty ein.

«Ja, aber vielleicht sind Sie am Ende auch reich! Deshalb möchte ich all unseren Zuschauern draußen im Lande sagen: Ich, Robert Bates, Gouverneur von Colorado, habe diesen wundervollen Jungen bisher unterstützt, und ich verspreche Ihnen feierlich, ich werde dies auch weiter tun, Gewinn oder kein Gewinn.»

Das Publikum sprang auf und klatschte begeistert. Alle Kameraleute bekamen die Anweisung, den Jubel festzuhalten.

«Du verfluchter, selbstsüchtiger alter Mistkerl, dir kann noch immer keiner das Wasser reichen», dachte Dotty voller Bewunderung. Plötzlich hatte sie eine Idee. Sie wandte sich wieder an Kleine Feder:

«Bist du auch der Meinung, Kleine Feder, dass der Gouverneur ein weiser Mann ist?»

«Euer Stamm mag ihn für weise halten», sagte der Junge. «Aber in Loneliville haben die Weisen leise gesprochen und die Menschen verstummen lassen. Hier ist es andersherum. Vielleicht ist das bei den Großstadtstämmen so, ich vermag es nicht zu sagen.» Der Junge drehte sich zum Gouverneur um: «Nichts für ungut, mein Herr.»

Der Gouverneur tätschelte ihm lächelnd den Kopf.

«Schon gut, mein Junge. Du hast ja vollkommen Recht.»

Dotty hielt das Mikrofon hinter den Rücken und zischte Robert Bates ins Ohr:

«Der Junge hat dich soeben vor der ganzen Nation als Dummkopf entlarvt.»

«Er hat mir aber auch die Gelegenheit gegeben, der ganzen Nation zu zeigen, dass ich den Menschen zuhöre, selbst einem Zehnjährigen.»

Dem Mann vom Sicherheitsdienst, der T.C. bewachen sollte, wurde es langweilig, ständig auf die beigefarbene Tür in dem leeren Flur zu glotzen. Er schloss die Tür auf, um nach T.C. zu sehen. Der saß noch immer auf dem Stuhl und starrte auf den Fernseher. Sein Bewacher sah, dass es von innen keine Klinke gab, der Gefangene also keine Möglichkeit hatte, das Zimmer ohne fremde Hilfe zu verlassen. Er ging hinaus, verschloss die Tür und rüttelte daran, um sich von deren Sicherheit zu überzeugen. Dann verließ er seinen Posten und schlenderte in die Cafeteria.

Je länger die Sendung dauerte, desto stärker füllte sich T.C.s Herz mit wilder Wut. Ihm war sonnenklar, dass Dotty Davis von den Anhängern des kleinen Jungen verhext worden war. Sosehr sie auch versuchte, sie bloßzustellen, ihre Gäste standen mit jeder Antwort besser da. T.C. wähnte Dotty noch immer auf seiner Seite, trotz des unangenehmen Zwischenfalls, für den sich zu entschuldigen er inzwischen entschlossen war. Er glaubte noch immer daran, dass man ihn auf die Bühne rufen und nach seiner Ansicht befragen würde – bis der Gouverneur auf dem Bildschirm erschien.

Dieser Tropfen brachte das Fass zum Überlaufen. Dem alten Reverend dämmerte, dass man ihn ausgetrickst hatte. Voller Zorn begann er, gegen die Tür zu hämmern. Er hatte nicht damit gerechnet, dass sie aufging, doch zu seinem großen Erstaunen gab sie nach.

Vor ihm stand ein uniformierter Polizist – ein kleiner, schmächtiger Mann mit schütterem Haar und einer so dicken, altmodischen Brille, dass man ihn eher für einen schüchternen Geschichtslehrer als für einen durchsetzungskräftigen Gesetzeshüter gehalten hätte.

«Alles in Ordnung?», fragte der Polizist.

T.C. Browning, getragen von den Flügeln des Hasses, antwortete nicht. Stattdessen schlug er dem Polizisten mit aller Kraft seiner alten Knochen auf die Nase. Der kleine Mann klappte zusammen wie ein Taschenmesser. T.C. sah sich um. Der Flur war leer. Er bückte sich und nahm dem bewusstlosen Polizisten die Waffe ab. Entschlossenen Schrittes marschierte er in Richtung Bühne.

Wie ein Tornado bahnte er sich in einem wüsten Zickzack zwischen Kameraleuten und Tontechnikern seinen Weg. Mit der Waffe wild in der Luft fuchtelnd, lief er auf Kleine Feder zu. Dotty erstarrte und brachte zum ersten Mal seit mehr Jahren, als sie selbst gern zugegeben hätte, kein Wort heraus. Die Menge blökte wie eine von Wölfen eingekreiste Herde Schafe.

Vor Kleiner Feder blieb T.C. stehen. Seine Augen, zwei glühende Feuerbälle, hefteten sich auf die kleine Gestalt. Die Waffe mit beiden Händen haltend, zielte er auf den Jungen, wie er es viele Male im Fernsehen gesehen hatte. Das ganze Land hielt den Atem an.

«Stirb, du Teufel!», schrie er und drückte ab.

Die Fernsehbildschirme wurden schwarz.

«Er hat den Jungen erschossen! Dieses verrückte Arschloch hat den Jungen erschossen!», schrie Don, der am anderen Ende des Landes allein vor seinem Fernseher saß. «Ich bekomme Sheryl zurück und muss dafür viel weniger zahlen, als ich dachte.»

«Ruf deine Leute an. Sie sollen das schwarze Bild durch meine Cola-Reklame ersetzen, und zwar sofort!», rief der Getränkefabrikant.

Sein Freund, der Albtraumfabrikant, traute seinen Augen nicht. «So eine Sendung gibt es nur einmal. Dieser Mann hat Dotty soeben zur Göttin des Live-Fernsehens gemacht. Warum zum Teufel ist der Bildschirm schwarz?»

Später, als Martha Gordon, die Frau in der ersten Reihe, die Kleiner Feder am nächsten gesessen hatte, von der Polizei befragt wurde, erzählte sie aufgeregt, der Junge habe genau in dem Moment, als T.C. den Abzug drückte, geniest und sich nach vorne gebeugt, auf diese Weise sei er der Kugel ausgewichen.

Dottys Bericht widersprach Martha Gordons Version. Sie sagte, sie habe gesehen, dass Kleine Feder die Waffe mit Hilfe seiner besonderen Kräfte in Vibration versetzte, sodass die Kugel ihr Ziel verfehlte. Der Polizist, der ihre Aussage aufnahm, konnte sich nicht vorstellen, wie eine Frau, die sich laut übereinstimmender Aussage aller Augenzeugen zu diesem Zeitpunkt bereits auf halbem Wege zu einer schmerzhaften Begegnung mit dem Studiofußboden befand, so genaue Beobachtungen machen konnte. Doch Dotty beharrte so hartnäckig darauf, dass er ihre wirren Sätze aufschrieb, ohne weitere Fragen zu stellen.

Die am Ende einer eingehenden polizeilichen Untersuchung bekannt gegebene offizielle Version beruhte auf der über alle Zweifel erhabenen Tatsache, dass Charles E. Adams, der von T.C. so brutal zu Boden geschlagene Polizist, gar kein echter Polizist, sondern ein armer Geschichtslehrer war, der sich als Laienschauspieler ein Zubrot verdiente. Lou Marinero hatte ihn für einen «spontanen» Ausbruch der Empörung für seine Talkshow angeheuert, um die Stimmung im Studio ein wenig «anzuheizen». Die Untersuchung ergab auch, dass die Waffe, die der arme Kerl bei sich gehabt hatte, eine Attrappe aus Plastik war.

Die Polizei brauchte nur zehn Minuten, um am Tatort zu erscheinen. Diese zehn Minuten reichten als Nährboden aus, um eine Fülle extrem langlebiger Gerüchte erblühen zu lassen. Der Chef des Senders und sein Freund, der Getränkehändler, düngten diesen Nährboden mit der Behauptung, zum ersten Mal in der Geschichte des Fernsehens (und zwar unter dem Sponsoring von … Sie wissen schon) sei es gelungen, ein echtes Wunder live in die Wohnzimmer des Volkes zu übertragen.

Mochte der Polizeisprecher noch so nachdrücklich die Plastikwaffe zeigen, die zwar eine gute Nachbildung, aber trotzdem eine Attrappe war, mochte T.C. auch noch so rasch aus dem Polizeigewahrsam entlassen und in die örtliche Psychiatrie gebracht werden – es half nicht viel. Die Zuschauer sowohl im Studio als auch im ganzen Land wollten nichts davon hören. Iris Quark, Hausfrau und Mutter von drei Kindern, fasste es auf ihre direkte, lakonische Art (natürlich im Live-Fernsehen) besser zusammen, als jeder Dichter oder Psychologe es hätte formulieren können:

«Ich habe es mit eigenen Augen gesehen!»

Nach einigen endlos erscheinenden Minuten ohne Bild (mit darauf folgender Cola-Reklame) war die «Dotty Davis Show» wieder auf Sendung. T.C. war verschwunden. Augenzeugen berichteten später, ein Kameramann sei T.C. auf den Rücken gesprungen, habe ihn zu Boden gedrückt, ihm die Waffe entrungen und ihn von der Bühne gezerrt. (Was die Zeugen nicht wussten, war, dass der tapfere Kameramann später vom Chef des Senders zuerst für seine Heldentat geehrt und kurz darauf gefeuert wurde, weil sich herausstellte, dass er durch seine Rettungsaktion unbeabsichtigt den Stecker gezogen hatte, der Amerika drei Minuten lang vom Live-Fernsehen abschnitt, während er versuchte, dem Jungen das Leben zu retten. Als der Kameramann seinen Chef fragte, ob er T.C. denn lieber hätte weiterschießen lassen sollen, hatte der nur mit den Achseln gezuckt.)

Dotty fehlte ebenfalls. Sie lag bewusstlos auf dem Boden, das Kleid hochgerutscht und die Beine weit genug gespreizt, um allen, die es wissen wollten, zu verraten, dass sie keine Unterwäsche trug – ein Umstand, der in den folgenden Monaten von den Illustrierten aus allen Blickwinkeln beleuchtet wurde. Die Frau, die das beste Bild von Dotty auf dem Boden schoss, konnte von dem Geld, das sie für das Foto bekam, ihren drei Kindern eine Universitätsausbildung bezahlen.

Amerika lachte, schrie und weinte vor Freude, als Kleine Feder unverletzt wieder auf dem Bildschirm erschien. Er war dabei, ein neues Holztier für Julie zu schnitzen. Zum allgemeinen Erstaunen war in seinem Gesicht nicht die geringste Spur von Angst zu entdecken. Aus gutem Grund. Kleine Feder hatte in seinem Leben noch keine Pistole gesehen (mit Ausnahme einer Wasserpistole, die der Sheriff ihm gekauft hatte). Die Waffen, mit denen er aufgewachsen war, sahen dem, was T.C. auf ihn gerichtet hatte, nicht im Geringsten ähnlich. Für ihn war alles nur ein Spiel gewesen. Nicht aber für die anderen, die verwirrt, verängstigt und zugleich erleichtert waren, ihn voller Ehrfurcht und Bewunderung anschauten und von seinen übermenschlichen Kräften überzeugter waren denn je. Er hatte die Skeptiker widerlegt, und das im Live-Fernsehen. Wer konnte da noch an ihm zweifeln?

Ein Bild ist mehr wert als tausend Wörter. Aber ein Bild mit Wörtern ist tausendmal besser. Zum Entsetzen des Fernsehchefs fehlte noch immer der Ton bei der Übertragung. Außer sich vor Zorn rief er bei dem Produzenten an. Außerdem wollte er wissen, wo um Himmels willen Dotty abgeblieben sei.

«Bewusstlos auf dem Boden», lautete die Antwort.

«Dann heb sie gefälligst auf und versetz ihr einen Tritt in den Arsch, ehe ich euch beide auf die Straße setze!», schrie der Chef.

Der Kameramann, der nicht recht wusste, wie er weitermachen sollte, beschloss, sich umzudrehen und das Publikum zu filmen. In der Hoffnung, Dotty würde jeden Augenblick wieder auferstehen, ließ er das Bild langsam von der letzten Reihe nach unten wandern. In der ersten Reihe sah er jemanden winken und versuchte es mit einer Großaufnahme.

Martha Gordon hatte immer von ihren fünfzehn Minuten Ruhm geträumt. Als sie Dotty auf dem Boden liegen und die Kamera auf sich zukommen sah, beschloss sie, ihre Chance beim Schopf zu packen. Sie hob die Hand, um den Kameramann auf sich aufmerksam zu machen, dann stand sie auf und erzählte atemlos ihre Version des Geschehens.

In der Aufregung hatte sie vergessen, dass ihr das Mikrofon fehlte. Ihr Ausflug in die Unsterblichkeit dauerte daher nicht nur weniger als die erträumten fünfzehn Minuten, sondern wurde auch nur von gehörlosen Zuschauern verstanden, die ihr von den Lippen lesen konnten.

In einer Bar auf der anderen Straßenseite verfolgte Lou Marineros alter Trinkkumpan Harry, genannt «das Pferd», ebenso wie der Rest der Nation auf dem Bildschirm, was von der «Dotty Davis Show» noch übrig geblieben war. Mit seinen fünfundsiebzig Jahren war Harry noch immer so stark, wie es sein Spitzname vermuten ließ, auch wenn er sich aus dem Tagesgeschäft etwas zurückgezogen hatte. In seinen Glanzzeiten hatte er sich vor Aufträgen kaum retten können – gut bezahlten Aufträgen, wie sie trotz ihres gewalttätigen Beigeschmacks in einer modernen Gesellschaft offenbar immer wieder zu erledigen waren. Mit steigendem Alter hatte Harry dann jedoch feststellen müssen, dass sich nicht nur die Zeiten, sondern auch die Menschen und mit ihnen die Mittel der Überzeugungsarbeit ändern können. Harry hatte versucht sich anzupassen, aber im Grunde längst den Anschluss verpasst. Also war er umgestiegen und hatte eine kleine Bar aufgemacht, einen Treffpunkt für seine Kumpel aus den guten alten Zeiten, die am Tresen gemeinsam von einem vergnüglichen Ruhestand unter der Sonne des Südens träumten.

Für Harry war es ein ganz normaler Vormittag. Die Bar war leer und er hatte Zeit, in aller Ruhe seine Pistole zu putzen. Als er so dasaß und mit der Kanone in der Hand im Fernsehen die Show verfolgte, erwachten seine alten Reflexe. Den Jungen zu entführen würde mächtig Kohle bringen. In dieser Art von Geschäften kannte Harry sich bestens aus. Für die Freilassung des Kleinen ließe sich ein hübsches Sümmchen fordern. Das ganze Land würde für ihn sammeln. Selbst einem groben Klotz wie Harry war nicht entgangen, wie die Menschen auf den Jungen flogen.

Sheryl sah das Mikrofon neben Dotty auf dem Boden liegen. Eine innere Stimme drängte sie, es an sich zu nehmen und an Dottys Stelle weiterzumachen. Das Mikrofon zog sie an wie ein Magnet. Und machte ihr gleichzeitig Angst. Was, wenn plötzlich nicht Sheryl Inglewood, sondern Barbara Davis aus ihrem Munde sprechen würde? Wie gelähmt starrte sie auf das Mikrofon, ohne einen Entschluss fassen zu können.

«Alles in Ordnung, Schätzchen?», fragte Judith und legte den Arm um die Schulter ihrer Tochter.

Der Moment der Versuchung war überwunden. Sheryl schaute zu Judith auf.

«Ja, alles in Ordnung, Mutter», sagte sie ruhig.

Es war der Gouverneur, der schließlich das Mikrofon an sich nahm. Als erfahrener Politiker und gewiefter Spieler, der wusste, wann sich ihm eine Chance bot und wie er sie beim Schopf zu packen hatte, war er um einiges abgebrühter als der Durchschnitt. Zwar war er nicht weniger schockiert als die anderen, aber er brauchte weniger Zeit, um sich wieder zu erholen. Er sah Dotty am Boden liegen. Und er sah ihre Gäste aus Pennsville, die mit großen, ungläubigen Augen dasaßen und wie hypnotisiert darauf warteten, dass endlich jemand kam, um den Bann zu brechen.

Der Gouverneur stand auf und war in wenigen schnellen Schritten bei Dotty. Mit der einen Hand zog er ihr Kleid herunter, mit der anderen griff er nach dem Mikrofon. Dann trat er in die Mitte der Bühne. Der Kameramann folgte ihm sofort und verkürzte damit Martha Gordons Reise in die Unsterblichkeit auf neununddreißig Sekunden.

Das Mikrofon, diesen mächtigen Zauberstab, diese Quelle grenzenloser Kraft, fest in der Hand (er spürte, wie diese Kraft in seinen Körper eindrang, seine Muskeln kräftigte, seinen Herzschlag beschleunigte), sah der Gouverneur dem Publikum und damit der ganzen Nation in die Augen.

«Mitbürgerinnen und Mitbürger», begann er. Seine Stimme war leise, aber selbstsicher und ganz deutlich. «Wir alle haben gerade erleben müssen, wie trügerisch das Leben, wie trickreich und zynisch das Böse sein kann. Satan in Gestalt eines ehrwürdigen Reverend – wer von uns hätte das gedacht?»

Die Schwestern Donaldson, die in Pennsville ebenfalls wie gebannt vor dem Fernseher hockten, fielen fast in Ohnmacht. Sofort befahlen sie ihrer Haushälterin, alle Gegenstände, die T.C. jemals berührt haben könnte, aus dem Haus zu entfernen. Porzellantassen, Silberlöffel und Türknäufe verschwanden als Erstes. Als die Sprache auf die Möbel kam, auf denen der Antichrist gesessen haben könnte, wurde es schon komplizierter. Die Möbel waren alt und teuer und den Schwestern war klar, dass sie sie nicht so ohne weiteres ersetzen konnten. Es galt, einen Kompromiss zu finden. Und so baumelten seitdem Knoblauchzöpfe (von denen die Schwestern hofften, dass sie gegen den Teufel ebenso wirksam waren wie gegen Vampire) zu beiden Seiten ihrer Sofas und Sessel.

Der Gouverneur schaute ins Publikum, das ihm mit großen Augen entgegenblickte. «Die fressen mir aus der Hand», dachte er entzückt. «Wir haben gerade ein Wunder erlebt, ein echtes Wunder!» Seine Stimme überschlug sich fast. «Sehen Sie nur! Der Junge lebt!» Er zeigte auf Kleine Feder, der gerade zu einem herzhaften Gähnen ansetzte. Das Publikum jubelte.

Dann erzählte der Gouverneur, bei seiner ersten Begegnung mit Kleiner Feder seien dessen Anhänger gegen ihn noch misstrauisch gewesen.

«Und ich muss zugeben», erklärte er, «dass sie zu Recht an der Lauterkeit meiner Beweggründe zweifelten. Damals war es Kleine Feder, der mich verteidigte.»

Mit einer fast theatralischen Geste wandte er sich an Sheryl und fragte:

«Erinnern Sie sich noch, was Kleine Feder damals sagte?»

Sheryl, die sich allmählich von dem Schock erholte, antwortete matt:

«Dass Sie Gutes im Schilde führten und er Ihr Herz lesen könne.»

Triumphierend wandte der Gouverneur sich wieder an das Publikum:

«Dieser Junge kann Kugeln ausweichen und in Herzen lesen!», rief er laut. «Spielt es da eine Rolle, wer er ist und woher er kommt? Ist es wirklich wichtig zu wissen, welche Kräfte er genau besitzt? Er ist hier, er ist bei uns. Lasst uns deshalb mit unseren Herzen auf das lauschen, was er uns zu sagen hat! Ich, Gouverneur Robert Bates aus Colorado, der in diesem Jahr zur Wiederwahl steht, werde es jedenfalls tun.» Damit schwang er sich herum und fragte Kleine Feder:

«Hattest du Angst, Kleine Feder?»

Der Junge hob den Kopf von seiner Holzfigur.

«Ein wenig.»

«Seht ihr, wie ehrlich er ist?», rief der Gouverneur.

«Was hat dir am meisten Angst gemacht, die Waffe oder der Mann mit seinem hasserfüllten Gesicht?», fragte der Gouverneur weiter.

«Welchen Mann meint Ihr?», fragte Kleine Feder verwirrt.

«Den … Mann, der auf die Bühne gesprungen ist und versucht hat, dich zu erschießen.» Der Gouverneur wusste nicht, was er von der Reaktion des Jungen halten sollte.

«Ach, T.C., nein, vor dem war mir nicht bange»,

sagte Kleine Feder lächelnd. «Verdrehte Geister bringen mich bloß zum Lachen.»

Der Gouverneur war sprachlos. «Ich … ich verstehe nicht ganz», sagte er, als er sich erholt hatte. «Wovor hast du denn dann Angst gehabt?»

«Mir war bange, dass der Schwanz von dem Luchs, den ich für Julie schnitze, zu kurz werden könnte. Aber das Glück hat es mit mir noch einmal gut gemeint.» Kleine Feder drehte sich zu Julie um und lächelte sie beruhigend an.

Der Produzent versetzte Dotty zwei schallende Ohrfeigen. Langsam kam sie wieder zu sich.

«Gott, bist du schwer, Dotty. Liegt das an dem Silikon oder hast du dir ein paar neue Muskeln antrainiert?»

Dotty kicherte glucksend.

«Sie ist wieder da, Leute!», rief der Produzent.

«Wo bin ich?», fragte Dotty.

«In meinem Büro.»

Plötzlich fiel ihr ein, was geschehen war.

«Der Junge …», rief sie voller Panik.

«Keine Sorge, es geht ihm gut. Kannst du dich nicht mehr erinnern?»

Dotty antwortete erst nach einer ganzen Weile.

«Doch», sagte sie so langsam, als würde der Nebel in ihrem Hirn sich nur allmählich lichten. «Ich stand ja neben diesem Wahnsinnigen. Zum Glück hatte ich den besten aller Schutzengel! Er hätte mich gleich mit umbringen können!» Dann erzählte sie allen, wie der Junge die Kugel umgeleitet hatte. Der Produzent schwieg.

«Moment mal», rief sie plötzlich. «Ist die Show schon vorbei?»

«Nicht ganz.»

«Aber … wer macht dann *meine* Show?»

Der Produzent deutete auf den Bildschirm hinter ihr. Mit offenem Mund sah sie den Gouverneur mit dem Mikrofon auf der Bühne stehen.

«Er ist so gut, dass der Chef meint, ich sollte ihm einen Job anbieten», sagte der Produzent lachend.

Dotty fand das gar nicht komisch. Sie merkte aber auch nicht, dass es keineswegs als Witz gemeint war.

Nach der Werbepause wurde Dotty zurück auf die Bühne geschickt, um die Show zu beenden. Sie dankte dem Publikum für sein beispielhaftes Verhalten in «diesen außergewöhnlichen, gefühlsgeladenen zwei Stunden». Sie dankte Gott für seinen Schutz vor «der blutrünstigen rechten Hand des Satans». Schließlich setzte sie zu einem fast dreiminütigen wirren Monolog über das Leben, den Tod, die Seele und das Jenseits an und dankte Kleiner Feder, dass er der Welt die Augen geöffnet und wieder Hoffnung in ihre leidenden Herzen gepflanzt hatte.

Das Publikum sprang auf und applaudierte im Stehen. Dotty gab ihren Gästen ein Zeichen, sich von ihren Stühlen zu erheben und sich wie am Ende einer Theatervorstellung Hand in Hand vor dem Publikum zu verbeugen. Sie hörte erst auf, als der Produzent in ihren

Kopfhörer schrie: «Schluss mit dem Zirkus! Wir sind seit fünfundvierzig Sekunden nicht mehr auf Sendung!»

Der Produzent gab Dotty nicht mehr als eine Minute, um sich im Licht ihres neuen Ruhms zu sonnen. Dann schickte er die Putzkolonne hinein, die das Studio für die nächste Show herrichten sollte. «Wunder hin, Wunder her, die Show muss weitergehen, und deine ist nun mal zu Ende!», erklärte er ihr über Kopfhörer.

Durch die ungewöhnlichen Ereignisse auf wundersame Weise vereint, bewegte sich eine dichte Menschentraube auf Dottys Garderobe zu. Kleine Feder, zwischen Sheryl und Dotty eingequetscht, begann, die Reise nach New York zu bereuen. Er schwitzte, er hatte Hunger, seine Kehle war ausgetrocknet und außerdem regte sich bei ihm Mutter Natur. Er wollte Bescheid sagen, doch die Erwachsenen, ja selbst der Sheriff, waren vom grellen Scheinwerferlicht ihrer flüchtigen Fernseh-Berühmtheit so geblendet, dass sie seine schüchterne Stimme nicht hörten.

Dass Kleine Feder und Julie es bei all den eckigen Knien, spitzen Fingern und kantigen Ellenbogen überhaupt lebend bis in Dottys Garderobe schafften, war das eigentliche Wunder des Tages. Als sie sich endlich aus den Klauen der aufgeregten Meute befreit hatten und hinter Dottys großem Schminkspiegel Atem schöpften, sagte Julie:

«Warum sind die alle so aufgekratzt? Warum reden sie so viel?»

«Sie üben», antwortete Kleine Feder.

«Üben?»

«Ja. Meine Tante, Rote Hirschkuh, hat immer gesagt, dass die Menschen, wenn sie sprechen, in neun von zehn Fällen nichts zu sagen haben, sondern nur für die seltenen Fälle üben, in denen Worte wirklich nötig sind. Hast du den Abort gesehen?»

«Die Toilette? Ja, wir sind auf dem Weg daran vorbeigekommen. Geh einfach links und wieder links.»

Kleine Feder dankte Julie und schlüpfte unbemerkt aus Dottys Garderobe. Er folgte Julies Anweisungen, bog zweimal links ab und ging dann direkt auf die Tür am Ende des Flures zu. Ungeduldig, weil er es kaum erwarten konnte, sich zu erleichtern, öffnete er die Tür und ging hinein – oder besser: hinaus. Denn Julie hatte sich getäuscht und in dem dichten Wald aus Erwachsenenbeinen nicht die Toilette gesehen, sondern Kleine Feder unwillentlich den Weg zum Notausgang erklärt.

Kleine Feder trat auf die schmale Straße hinter dem Sendehaus. Ihm war sofort klar, dass er sich verlaufen hatte, aber es war zu spät. Die Tür hinter ihm war bereits zugefallen. Einen Augenblick lang dachte er daran, dass die anderen sicherlich nach ihm suchen würden, aber die Stimme von Mutter Natur war inzwischen so laut geworden, dass sie alles andere übertönte. Er sah sich um. Zum Glück war auf der anderen Straßenseite eine kleine Bar zu sehen. Er lief hinein und wandte sich höflich an den alten Mann hinter dem Tresen:

«Verzeihung, mein Herr, aber könntet Ihr mir bitte den Weg zum nächsten Abort weisen?»

Als Harry plötzlich Kleine Feder vor sich sah, glaubte er zuerst an eine Sinnestäuschung. Und als ihm klar wurde, dass er nicht träumte, schickte er zum ersten Mal in seinem Leben ein Dankgebet zum Himmel und sagte liebenswürdig – oder zumindest so liebenswürdig, wie er konnte:

«Guten Tag, kleiner Mann. Einen Moment, ich zeig's dir.»

«Kleine Feder. Angenehm.»

«Wie auch immer. Mir ist alles recht.»

Er nahm den Jungen bei der Hand und führte ihn zur Toilette. Kaum war der Junge hinter der Tür verschwunden, lief Harry zurück und holte seine Pistole. Dann postierte er sich an der Toilettentür, murmelte ein zweites Dankgebet und wartete.

Als Kleine Feder aus der Toilette kam und die Waffe sah, sagte er:

«Ach, Ihr habt auch so eine?»

«Ja, aber meine ist echt!», knurrte Harry.

«Dürfte ich sie wohl mal sehen?», fragte Kleine Feder, und noch ehe Harry ein drittes Dankgebet gen Himmel schicken konnte, hatte Kleine Feder ihm schon mit flinker Hand die Waffe entwendet.

«He, pass auf, Junge!», schrie Harry entsetzt. «Die ist geladen!»

«Keine Ursache, außer sich zu geraten, mein Herr», erwiderte Kleine Feder ruhig und gab Harry die Waffe zurück. Harry legte sie hinter den Tresen. «Der Junge ist so zutraulich», dachte er, «der wird mir auch ohne Schießeisen nicht davonlaufen.»

«Hättet Ihr liebenswürdigerweise wohl etwas zu trinken für mich?», fragte Kleine Feder.

«In den guten alten Zeiten», dachte Harry, «hätten wir das Kind in einen Sack gesteckt und in den Keller geworfen.»

«Was hättest du denn gern?», erkundigte er sich.

«Wasser, ein Glas Wasser. Mich dürstet sehr.»

Harry füllte ein großes Glas mit kaltem Wasser, leerte das Magazin seiner Pistole, steckte die Patronen in die Tasche und drückte dem Jungen das Glas und die leere Pistole in die Hand.

«Hier, trink und spiel ein bisschen. Ich muss mal telefonieren.»

Kleine Feder setzte sich zum Spielen auf den Boden. Der mürrische Alte begann ihm zu gefallen. «Vielleicht ist es in der großen Stadt doch nicht gar so schlecht», dachte er.

Am liebsten hätte Harry bei Dotty angerufen, aber ihm war klar, dass er niemals bis zu ihr vordringen würde. Vielleicht das Studio? Aber er konnte das Telefonbuch nicht finden.

Nervös und ungeduldig, wählte er schließlich die einzige Nummer, bei der man ihm auf jedem Fall Gehör schenken würde – 911. Dem jungen Polizeibeamten, der sich kurz darauf meldete, nannte Harry eine hohe Geldsumme, von der er meinte, dass sie für den Rest seines Lebens reichen würde. Das Geld sollte zu einer Adresse in Brooklyn gebracht werden, wo Harry noch Geschäftsbeziehungen hatte, und zwar schnell, sonst würde der Junge …

Der Polizist dachte erst, jemand würde ihm einen Streich spielen. Eine kurze Rückfrage im Studio machte jedoch sehr bald klar, dass der Mann am anderen Ende der Leitung verdammt ernst zu nehmen war. Als er wieder mit Harry sprach, sagte der Polizist deshalb als Erstes:

«Wo immer Sie sind, machen Sie keine Dummheiten!»

«Besorgen Sie mir das Geld», entgegnete Harry und legte den Hörer auf. Er ging zurück zu Kleiner Feder, der nun auf einem der wackligen Barhocker saß und vergnügt vor und zurück schaukelte.

«He, he, he, kleiner Mann! Vorsicht mit dem Schaukelstuhl, du könntest dir wehtun.»

«Ich habe Hunger. Hättet Ihr wohl auch noch etwas zu essen für mich?»

«In den guten alten Zeiten», dachte Harry, «hätten wir dem Jungen ein Stück Seife oder einen alten Putzlumpen zwischen die Zähne gesteckt.»

«Wie wär's mit einem Omelett?», fragte Harry.

«O ja, seid bedankt», erwiderte der Junge. Und als er alles aufgegessen hatte, fragte er Harry, ob er nicht ein bisschen mit ihm spielen wolle. «In den guten alten …» Weiter kam Harry diesmal nicht. «Zum Teufel», dachte er, «die alten Zeiten sind vorbei, warum soll ich mit dem Jungen nicht ein bisschen Spaß haben? Schließlich werde ich es ihm zu verdanken haben, dass die Kohle endlich für einen geruhsamen Lebensabend in Miami reicht.»

Zwei volle Stunden spielten sie Darts und Verstecken. Und als Kleine Feder hörte, dass Harrys Spitzname «das Pferd» war, bestand er darauf, auf Harrys Rücken durch die Bar zu reiten. Bei der dritten Runde um den Tresen ging Harry fast die Puste aus. Ihm begann zu dämmern, dass er für ein so großes Ding wie die Entführung des Jungen einfach zu alt geworden war. So schwer es ihm auch fiel, Harry musste sich eingestehen, dass er kein Rennpferd mehr war. Er musste die Sache abbrechen. Nach drei weiteren Runden fragte er:

«Hör zu, kleiner Mann, meinst du nicht, dass deine Leute sich langsam Sorgen machen, wo du bleibst?»

«Verdammt, Pferd», zischte eine leise, eindringliche Stimme. «Du hast deine besten Zeiten wirklich hinter dir.»

Harry erstarrte. Kaum eine andere Stimme auf dieser Welt hätte er weniger gern gehört als ausgerechnet diese. Kleine Feder drehte sich um und schrie erschrocken auf, als er den kleinen, hageren Mann sah, der direkt hinter ihnen stand. Nicht einmal er hatte ihn hereinkommen hören, und dieses plötzliche, rätselhafte Erscheinen reichte Kleiner Feder als Beweis, dass er zum ersten Mal im Leben einem Kobold gegenüberstand.

Das grinsende Gesicht des Kobolds war das Unheimlichste, was Kleine Feder je gesehen hatte. Drei tiefe braune Narben zogen sich über seine linke Wange vom Kinn bis hinauf zu den Schläfen. Sein linkes Auge war fast lila, bis auf einen kleinen gelben Kreis in der Mitte. Seine rechte Wange war von dem Messer, das ihn entstellt hatte, zwar verschont geblieben, sah aber noch viel schlimmer aus, denn sie war so blass und faltig, als hinge sie nur locker an seinem Schädel. Ein rechtes Auge gab es gar nicht. Eine schwarze Klappe bedeckte die leere Stelle, wo es früher vielleicht einmal gewesen war.

Kleine Feder schnupperte, doch zu seinem Entsetzen verströmte dieses schreckliche Wesen überhaupt keinen Geruch. Der Junge hatte keinen Zweifel mehr – es musste ein Kobold sein.

Wenn ein Kind in Loneliville sich nicht benehmen wollte und alle Drohungen und Strafen ins Leere gingen, hatten die Weisen ihre letzte Waffe, den bösen Kobold, eingesetzt. Dieser Kobold war gemeiner und niederträchtiger als alle bösen Geister der Indianer zusammen, gruseliger als jedes Ungeheuer, denn von ihm gab es etwas, das kein anderes zu bieten hatte – ein Bild!

Von einem schottischen Künstler von mittelmäßigem Talent, doch mit einer großen Liebe zu dramatischen Farben geschaffen, hatte das Gemälde des Kobolds mit seinem orangefarbenen Gesicht, seinen grimmigen grünen Augen, seiner leuchtend blauen Nase, seinem blutroten Haar und seinem bunten langen Mantel sämtliche Kinder von Loneliville in Angst und Schrecken versetzt. Die Ungezogensten flehten um Verzeihung und gelobten Besserung, sobald jemand den Furcht erregenden Namen nur erwähnte. Und die wenigen, die es wagten, dem Inbegriff des Bösen ins Auge zu schauen, mussten sich dabei stundenlange Geschichten von kopflosen Rittern, zerstückelten Soldaten und verstümmelten Kindern anhören, bis auch sie endlich Reue schworen.

Kleine Feder, schon immer ein freundliches und folgsames Kind, hatte das Bild von dem Scheusal niemals mit eigenen Augen gesehen. Als er jedoch die schreckliche Gestalt in Harrys Bar erblickte, war ihm sofort klar, dass er für ein Verbrechen büßen musste. Hatte er seine Freunde, die sich bestimmt um ihn Sorgen machten, nicht einfach allein gelassen? War das kein Verbrechen, das einer Strafe würdig war? Kleine Feder war sich zwar nicht sicher, ob es wirklich die Höchststrafe verdiente, doch gab es offenbar jemanden, der dieser Überzeugung war.

Harry dagegen wusste, dass ihnen kein Kobold erschienen war, denn selbst der böseste Kobold (wenn es denn überhaupt welche gab) hätte nicht so grausam und herzlos sein können wie Jake die Schlange. Er war der skrupelloseste Auftragskiller, der je in New Yorks Straßen sein Unwesen getrieben hatte.

«Was führt dich denn her, Jake? Wohl kaum ein Auftrag, nehme ich an. Wer würde schon dafür bezahlen, mich aus dem Weg zu räumen?», fragte Harry mit zittriger Stimme.

«Nein», gab Jake lächelnd zurück und seine scharfen kleinen Zähne machten Kleine Feder solche Angst, dass er auf den Boden rutschte und sich an Harrys linkes Hosenbein klammerte.

«Nein, wohl eher das pure Glück. Ich hatte die Dotty Davis Show gesehen und kam ganz zufällig vorbei. Da sah ich dich mit diesem Hauptgewinn auf dem Rücken durch deine Kneipe traben.»

«Hauptgewinn, was meinst du damit?», fragte Harry.

«Du bist vielleicht alt, Pferd, aber so dumm kannst du gar nicht sein. Du weißt sehr gut, was ich damit meine. So wie du gerade eben mit dem komischen Kleinen gesäuselt hast, könnte man meinen, auf deine alten Tage hättest du noch ein weiches Herz bekommen. Aber der Gedanke muss dir doch auch durch den Kopf gegangen sein.»

«Welcher Gedanke? Ich habe keine Ahnung, wovon du sprichst», log Harry.

Jake die Schlange legte eine Hand auf den Arm von Kleiner Feder.

«Geh und hol mir ein Glas Wasser, Junge, und lass dir Zeit dabei.»

Kleine Feder nickte stumm.

«Ich bin mir sicher ...», begann Jake, sprach den Satz aber nicht zu Ende. Wie eine schlanke, geschmeidige Katze sprang er zur Tür, wo er den um sein Leben rennenden Jungen gerade noch einholte. Er packte Kleine Feder mit eisernem Griff und schlug ihm zweimal fest ins Gesicht. Der Junge schrie vor Schmerz.

«Bleib, wo du bist, Harry», zischte Jake.

Seine scharfen Fingernägel gruben sich gnadenlos ins Fleisch des Jungen, doch Kleine Feder war inzwischen so verängstigt, dass er den Schmerz kaum wahrnahm.

«So etwas Dummes wirst du nie wieder versuchen, ist das klar?», zischte Jake ihm ins Ohr.

«Gewiss nicht, mein Herr», beteuerte Kleine Feder auf der Stelle.

Jake lockerte seinen Griff, und Kleine Feder ging zur Bar, um ihm ein Glas Wasser zu holen.

Jake wandte sich an Harry.

«Hör zu, Pferd, ich werde dir einen freundlichen Vorschlag machen. Ich glaube, du hast jeden Grund, ihn dir äußerst gut zu überlegen. Wir wissen beide, dass dieses seltene Vögelchen ein Vermögen wert ist. Du hast die Show ebenso gesehen wie ich und weißt, dass seine Freunde jedes Sümmchen blechen werden, um es zurückzubekommen, auch wenn ich persönlich an diesem Balg nichts Besonderes finde. Hier ist mein Plan: Wir können ihn nicht in der Stadt verstecken, das wäre viel zu gefährlich. Was wir brauchen, ist ein ruhiger Ort, wo uns niemand finden kann. Wir beide kennen doch so ein hübsches, abgeschiedenes Versteck, wo uns nur die Toten hören können. Eigentlich kann ich so einen verkalkten, rührseligen Alten wie dich gar nicht gebrauchen. Ich lasse dich trotzdem mit einsteigen. Du kannst dich nützlich machen. Ich brauche einen Fahrer. Mit dem Lenkrad hab ich's einfach nicht so wie mit dem Schießeisen. Du könntest für mich den Telefondienst übernehmen. Jeder Bulle in dieser gottverdammten Stadt kennt meine Stimme. Und ich brauche ein Kindermädchen.»

In diesem Augenblick kam Kleine Feder mit dem Wasser. Jake trank es in einem Zug aus und schickte den Jungen nach einem zweiten Glas. Diesmal solle er sich mehr Zeit nehmen, befahl er.

«Natürlich könnte ich dafür auch tausend andere

finden, du bist nicht der Einzige, der bei der Polizei anrufen und ein Auto steuern kann, aber du scheinst einen guten Draht zu dem kleinen Quälgeist zu haben, und das kann uns vielleicht noch nützlich sein. Denk dran, ich bin nicht auf dich angewiesen. Eine Dummheit und du wirst deine toten alten Kumpel zwei Meter unter der Grasnarbe wieder sehen.»

Harry rutschte das Herz in die Hose. Er kannte Jake nur flüchtig, aber das reichte voll und ganz aus, um ihn erschaudern zu lassen. Das Versteck, von dem Jake sprach, war eine Hütte im Wald, etwa eine Autostunde von der Stadt entfernt. Dorthin hatten sie früher Leute gebracht, deren Anwesenheit in der Stadt ihren Auftraggebern zur Last geworden war. In den guten alten Zeiten war die Hütte häufig frequentiert gewesen, heute hatten neue Techniken sie überflüssig gemacht. Nur ein paar der ganz Alten wussten noch davon, und das war es auch, was Harry am meisten Sorgen machte: Niemandem würde einfallen, dort nach ihnen zu suchen.

«Und wie wird die Beute aufgeteilt, Jake?»

«Soll das heißen, dass du dabei bist?»

«Was bleibt mir anderes übrig? Außerdem hast du Recht, ich bin rührselig geworden. Aber mit einem Partner …»

«Einem Boss, Harry, einem Boss. Wir sind keine Partner. Wir teilen siebzig zu dreißig. Dreißig Prozent sind mehr als genug für jemanden, der nichts weiter zu tun braucht, als mit dem Knaben Pferd und Reiter zu spielen.»

Sein zweites Glas Wasser kippte Jake schnell hinunter. Er hatte es eilig, wollte die Stadt so rasch wie möglich verlassen. Er schickte Harry los, ein Seil holen, dann befahl er ihm, dem Jungen die Hände hinter dem Rücken zu fesseln. Kleine Feder rührte sich nicht, als Harry das Seil um seine Handgelenke schlang und vorsichtig verknotete. Seine großen, angstvollen Augen wanderten von dem Kobold zu Harry. Es lag kein Vorwurf in seinem Blick, er konnte sich bloß nicht erklären, warum sie gemeinsame Sache machten.

Als Harry fertig war, kam Jake, um den Knoten zu überprüfen.

«Verdammt noch mal, Harry, das hat er doch in zwei Sekunden wieder aufgezerrt», zischte die Schlange und zog das Seil gnadenlos fest.

«Er ist doch noch ein Kind ...», wandte Harry ein.

«Er ist unser Hauptgewinn», gab Jake zurück. Dann riss er einen alten Lumpen in Stücke und stopfte ihn Kleiner Feder in den Mund.

«Jetzt kann das Vögelchen nicht mehr singen.»

Auf Jakes Befehl fuhr Harry seinen alten Chevy vor den Eingang der Bar. Jake öffnete den Kofferraum und hob Kleine Feder hinein.

Harry saß auf heißen Kohlen. Er lauerte auf die erstbeste Gelegenheit, Jake zu überwältigen und ihm das Genick zu brechen. Aber er war sich nicht sicher, ob diese Gelegenheit jemals kommen würde. Trotz seines fehlenden Auges war Jake so wachsam wie ein hungriger Luchs. Und wenn es ums Schießen ging, war Jake schneller als jeder andere in New York City, vielleicht sogar im ganzen Land.

Seufzend nahm Harry hinter dem Lenkrad Platz

und startete den Wagen. Jake saß neben ihm, sein eines Auge halb geschlossen.

«Bist du sicher, dass du den Weg kennst?», fragte Jake nach kurzem Schweigen.

«Ja», antwortete Harry schwach.

Kleine Feder lag reglos im Kofferraum. Der Kobold war genauso niederträchtig wie in den alten Geschichten, wenn nicht sogar noch schlimmer. Der Junge ging fieberhaft alle Erzählungen über den bösen Kobold durch, die er aufgeschnappt hatte. Er versuchte sich zu entsinnen, ob der Kobold einen Schwachpunkt hatte, konnte sich beim besten Willen aber nicht mehr daran erinnern. Nach einer Weile gab er auf und fragte sich beim Eindösen, ob er wohl je wieder das Sonnenlicht erblicken würde.

Tatsächlich wurde er von grellem Sonnenschein geweckt. Er wollte schützend die Hände über die Augen legen, doch die waren hinter seinem Rücken gefesselt. «Dann war es also kein Albtraum», dachte er traurig. «In der Tat bin ich in die Fänge eines Kobolds geraten.»

Harry hob ihn aus dem Kofferraum.

«Alles in Ordnung, kleiner Mann?», fragte er sanft.

«Natürlich ist bei ihm alles in Ordnung. Er hat gepennt. Und jetzt rein mit ihm!», zischte Jake.

Harry setzte Kleine Feder vorsichtig ab. Sobald seine Beine festen Boden berührten, fühlte der Junge sich schon bedeutend besser. Endlich nicht mehr der harte, kalte Asphalt. Er spürte weichen, warmen Waldboden. Vorsichtig blinzelnd öffnete er die Augen. Sie waren tatsächlich in einem Wald. Kleine Feder roch Kiefern,

Eichen, Gras und wilde Blumen. Er hörte Bienen, Vögel, den Wind, sogar Eichhörnchen.

Als er sich an das Licht gewöhnt hatte, stellte er fest, dass sie am Ende eines schmalen Schotterwegs geparkt hatten. Dort, wo die Straße endete, begann ein alter Trampelpfad. Er war mit Gras und niedrigen Büschen bedeckt, aber es wuchsen keine Bäume darauf. Kleine Feder hatte keinen Zweifel, am Ende dieses Pfads würde sich das Haus des Kobolds befinden.

Sie begannen mit dem Fußmarsch. Harry ging voraus und Kleine Feder folgte ihm. Jake bildete die Nachhut und bewachte jeden ihrer Schritte.

«He, Pferd, ein bisschen dalli, sonst schaffen wir das nie, bis es dunkel wird.»

Harry blieb stehen und drehte sich um.

«Was ist mit dem Jungen? Er kann nicht so schnell!»

Ein heftiger Tritt in sein Hinterteil ließ Kleine Feder in Harrys Arme fliegen.

«Dann trag ihn doch, wenn du Mitleid hast!», zischte die Schlange.

Harrys Augen blitzten zornig, aber er wusste, noch konnte er nichts ausrichten.

«Kannst du schneller gehen?», fragte er Kleine Feder.

«Hmmm ...», antwortete der Junge.

Harry drehte sich wieder um und beschleunigte seine Schritte. Zuerst blieb er hin und wieder stehen, um nach Kleiner Feder zu schauen, aber der Junge schien mit dem Tempo gut zurechtzukommen, und so ging Harry einfach weiter auf dem grünen Pfad voran.

Kleine Feder war tatsächlich sehr viel zuversichtlicher. Der vertraute Geruch der Wildnis, das herrliche Grün und die freundlichen Tierstimmen um ihn herum gaben ihm neue Kraft. Er war klug genug, folgsam Schritt vor Schritt zu setzen, schließlich ging der Kobold direkt hinter ihm, aber in Gedanken suchte er bereits nach einer Möglichkeit, sich aus seiner Zwangslage zu befreien. Wieder rief er sich die alten Geschichten ins Gedächtnis. «Hat man uns nicht immer erzählt, Kobolde schreckten vor der Sonne zurück?», dachte er. «Dem meinen scheint das gar nichts auszumachen. Aber vielleicht sind die Stadtkobolde anders, vielleicht schreckt meinen die Nacht.» Sein kleines Herz pochte hoffnungsvoll.

Nach einem strammen Fußmarsch von etwa einer Stunde kamen sie zu einer kleinen Hütte. Sie war ziemlich verfallen, die Hälfte des Daches fehlte, und es gab keine Tür und keine Fenster. Jake schubste Kleine Feder ins Innere der Hütte. Dann nahm er ein zweites Seil aus der Tasche und band es um den Hals des Jungen. Das andere Ende machte er an einem niedrigen Deckenbalken fest.

«Ist das wirklich notwendig?», fragte Harry.

«Du hältst dein Maul, Pferd, sonst muss ich dir's stopfen. Seid gefälligst still. Ich muss mich ausruhen und nachdenken.»

Schweigend saßen sie da. Jake machte Pläne für die

folgenden Tage. Sie hatten weder Essen noch Trinken. Es war sonnenklar, dass sie in die nächste Stadt zum Einkaufen mussten. Vor allem versuchte er, sich darüber klar zu werden, ob Harry vertrauenswürdig war.

Die Zuversicht von Kleiner Feder schwand. Der Kobold war nicht nur gemeiner als der in den alten Geschichten, er war auch äußerst gerissen und umsichtig. Und was Harry betraf, war Kleine Feder sich auch nicht sicher. Er vertraute Harry, und doch ließ Harry zu, dass der Kobold ihm Leid antat. Da er aber ohnehin momentan nichts anderes tun konnte, beschloss der Junge, sich auszuruhen und auf den richtigen Augenblick zu warten. «Ist diesem Kobold in der Tat im Dunkeln bange, gibt es noch Hoffnung», versuchte er, sich selbst Mut zu machen.

Am schlimmsten von allen fühlte sich Harry. Er hasste Jake dafür, dass er ihn in die Sache hineingezogen hatte, aber mehr noch hasste er sich selbst, weil er nicht Manns genug gewesen war, um sich gegen Jake durchzusetzen. Er fühlte sich alt und nutzlos. Jake hatte Recht, seine besten Zeiten waren vorbei. Da ihm jedoch, genau wie Kleiner Feder, im Augenblick nicht einfiel, wie er Jake ausmanövrieren konnte, legte auch er sich hin, um sich auszuruhen.

Der Abend kam. Die Schatten wurden länger und dunkler, doch das schien dem Kobold nichts auszumachen. Als die Sonne hinter den Baumwipfeln verschwand, stand er auf und wies Harry an, Brennholz zu sammeln. Harry gehorchte schweigend. Eine halbe Stunde später saßen sie an einem hübschen Feuer unter einer großen Kiefer.

«Wie ich die Sache sehe, Harry», sagte Jake die Schlange, «fahren wir morgen alle zusammen in die nächste Stadt. Wir stecken den Jungen wieder in den Kofferraum. Wir müssen etwas zu essen und zu trinken besorgen.»

«Du bist der Boss», entgegnete Harry, entmutigt durch Jakes offensichtliches Misstrauen.

«Hmmm ...», meldete sich Kleine Feder, der noch immer geknebelt war.

«Schnauze!», fauchte die Schlange.

«Vielleicht braucht er was!», sagte Harry und zog dem Jungen den Lumpen aus dem Mund.

«Verzeihung, mein Herr ...», begann Kleine Feder.

«Ich hoffe, es ist etwas Wichtiges», zischte Jake.

«Ich muss mal austreten», jammerte Kleine Feder.

«Austreten? Was soll denn das sein? Pinkeln kannst du von mir aus an Ort und Stelle.»

«Mit verbundenen Händen? Willst du ihm die Hose aufmachen?», sagte Harry. «Meine Güte, Jake, er ist kein Tier, lass ihn hinter der Kiefer pinkeln.»

«Okay, okay, aber dann gehe ich mit.»

Zögernd lockerte Jake die Fesseln. Während er mit der linken Hand das Seil in die Tasche steckte, griff er mit der rechten ins Haar von Kleiner Feder und zog fest daran. Der Junge schrie auf.

«Keine Dummheiten, hörst du!»

Sie gingen hinter den Baum. Kleine Feder war gerade dabei, seine Hose aufzumachen, als es plötzlich knallte und hell aufblitzte. Jake warf sich zu Boden, zog seine Pistole und zielte auf Harry. Aber Harry saß ganz ruhig neben dem Feuer.

«Das war nur ein nasses Stück Holz», sagte er lachend.

Jake stand auf und sah nach Kleiner Feder, aber der Junge war verschwunden. Ohne irgendein äußeres Zeichen der Panik befahl er Harry, ihm bei der Suche nach dem Jungen zu helfen.

«Und versuch nicht, dem Jungen nachzulaufen, du alter Ackergaul bist viel zu langsam für mich.»

Nach nur fünf Minuten blies Jake die Suche ab.

«Was wir machen, ist zwecklos», sagte er.

«Du meinst, wir haben ihn tatsächlich verloren? Er ist uns weggelaufen?» Es lag so viel Hoffnung in Harrys Stimme, dass Jake sich dafür beglückwünschte, dem Alten nicht über den Weg getraut zu haben.

«Nein, du Dummkopf. Er hockt genau über uns, in dem großen Baum. Oder siehst du hier irgendwo Fußspuren? Nein, er ist einfach auf den Baum geklettert. Wahrscheinlich hat er gehofft, wir würden ihn überall suchen, dann hätte er genug Zeit gehabt, um in den Wald zu verschwinden.»

Harry sah nach oben, aber er konnte nichts sehen.

Ganz oben auf dem höchsten Ast, der sein Gewicht tragen konnte, zitterte Kleine Feder vor Angst. Er klammerte sich an den Ast wie ein Affe an den Bauch seiner Mutter und spähte verzweifelt zu seinem Peiniger hinunter. «Ich muss es mit dem König der Kobolde zu tun haben», dachte er, «er kann Fußspuren lesen und im Dunkeln sehen.»

«Komm sofort runter», zischte Jake.

Kleine Feder rührte sich nicht. Er wusste, der

Kobold konnte ihm auch von dort, wo er jetzt stand, wehtun, ohne hinaufklettern zu müssen, aber er wollte lieber tot sein und in die Ewigen Jagdgründe eingehen, als wie ein Tier gebunden und gefesselt zu werden. «Dieser Kobold wird nie wieder ein Seil um meinen Hals binden», schwor er sich zitternd.

«Komm sofort runter oder ich schieße dich ab wie eine lahme Ente», schrie Jake und zog seine Waffe. Kleine Feder rührte sich nicht.

«He, was machst du da, Jake?», rief Harry. «Wenn du den Jungen umlegst, kriegen wir kein Lösegeld, sondern den Strick.»

«Und wenn ich ihn nicht abknalle, klettert er von Baum zu Baum wie ein Eichhörnchen, geht der Polizei ins Netz, und wir landen lebenslänglich im Gefängnis.»

«Lass mich mit ihm reden», bat Harry.

«Also gut. Du hast *einen* Versuch.»

Harry trat unter den Baum und schaute nach oben.

«Komm runter, kleiner Mann, hab keine Angst. Du musst mir vertrauen. Komm runter, und es wird dir nichts geschehen. Ich verspreche es dir.»

Kleine Feder antwortete nicht. Er wusste nur zu gut, dass Harry, solange der Kobold da war, sein Wort nicht halten konnte.

Jake entsicherte seine Waffe und befahl Harry, vom Baum zurückzutreten.

«Das war's, Pferd, jetzt sprechen wir eine andere Sprache», zischte er.

Als Letztes sah Kleine Feder noch, wie Harry zwei schnelle Schritte rückwärts tat. Dann schloss er die Augen und wartete auf den Knall der Kugel.

Harry bückte sich noch im Schwung seiner Schritte, griff einen faustgroßen Stein vom Boden, richtete sich auf und warf damit nach Jake. Die Wucht seines Wurfs riss Harry zu Boden. Er fiel hin und rührte sich nicht mehr.

Wenn Stein und Schädel aufeinander treffen, ist der Stein meist der Gewinner. Jake die Schlange wollte gerade abdrücken, als Harrys Stein ihn an der Schläfe traf. Noch ehe sein Körper auf den Boden fiel, hatte er sein Leben ausgehaucht.

Es war vollkommen still. Kleine Feder öffnete die Augen, spähte vorsichtig nach unten und sah seine beiden Entführer reglos auf dem Boden liegen. Aber er kletterte nicht hinunter. «Der Kobold ist schlau», sagte er sich. «Vielleicht stellt er sich nur tot, wie ein Kojote, und harrt auf mein Herunterkommen.»

Nach langen Stunden aufmerksamer Wache sah der Junge schließlich ein Lebenszeichen unter sich. Zu seiner großen Erleichterung war es Harry, der sich langsam wieder regte.

Harrys Kopf brummte, als hätte sich darin ein ganzes Bienenvolk eingenistet. Er sah sich um. Das Feuer war erloschen, durch die dichten Zweige drangen bereits die ersten Sonnenstrahlen. Harry sah Jake in seiner Nähe liegen. Er stand sofort auf und sprang auf seinen Rücken. Zum Glück war diese Vorsichtsmaßnahme jedoch nicht mehr nötig. Die Schlange war tot, steif und kalt. Harry nahm Jakes Pistole und warf sie weit fort ins Gebüsch. Das war das Zeichen, auf das Kleine Feder gehofft hatte. Als Harry sich umdrehte, war der

Junge schon unten. Erleichtert sah der Alte, dass er unverletzt geblieben war.

«Es wird Zeit, dass wir zu deinen Freunden zurückkehren, meinst du nicht auch? Bestimmt sind sie inzwischen halb krank vor Sorge.»

«Und was ist mit dem Kobold?»

«Dem was?»

Erst jetzt wurde Kleiner Feder klar, dass Harry möglicherweise nie von dem bösen Kobold gehört und ihn deshalb auch nicht erkannt hatte. Kobolde sind äußerst heimtückische Wesen, deshalb sagte er nur:

«Ja, lasst uns zurückkehren.»

In Dottys Garderobe war es so still wie in einem Leichenschauhaus ohne Leiche. Durch den Kopfhörer, den sie vor lauter Aufregung nach der Sendung noch gar nicht abgenommen hatte, teilte der Produzent Dotty mit, «irgendein Typ» habe «bei der Polizei angerufen und gesagt, er habe den Jungen entführt». In seinen Worten lag keinerlei Mitgefühl, sodass Dotty erst dachte, er hätte einen Witz gemacht. Sie sah sich rasch in ihrer Garderobe um. Als sie Kleine Feder nirgends entdecken konnte, brachte sie die anderen mit einem kurzen schrillen Schrei zum Schweigen. Sie alle suchten sofort verzweifelt nach dem Jungen, fanden aber nur Julie schlafend hinter Dottys Spiegel.

«Julie», fragte Georgia mit leiser Stimme, «hast du Kleine Feder gesehen?»

«Er ist zur Toilette gegangen», antwortete das Mädchen gähnend.

«So muss es gewesen sein», sagte der Sheriff aufgeregt. «Er ist aus dem Zimmer gegangen, hat sich verlaufen und wurde entführt. Wie um alles in der Welt konnten wir das zulassen?» Die Vorwürfe und die großen Sorgen, die George sich um Kleine Feder machte, ließen ihn irgendwie kleiner, ja fast zerbrechlich wirken.

Judith drückte die Hand des Generals so fest, dass er laut aufgeschrien hätte, wenn seine soldatische Ehre ihn nicht daran gehindert hätte. Alle waren aschfahl geworden, mit Ausnahme des Reverends, dem es trotz allem gelang, optimistisch zu bleiben.

«Auch das ist nur eine weitere Prüfung auf unserem Weg», sagte er, aber seine Stimme zitterte merklich.

«Was sollen wir tun?», fragte Sheryl verzweifelt. «Wir können doch nicht einfach hier sitzen und Däumchen drehen.»

«Vermutlich wird uns nichts anderes übrig bleiben», sagte der Sheriff niedergeschlagen. «Diese Leute wollen Geld. Wir werden die Summe zusammenkratzen und Kleine Feder freikaufen. Kein Grund, die großen Helden zu spielen.»

Ein Blick auf ihren Mann sagte Georgia, wie viel Kleine Feder ihm bedeutete. «Bitte, lieber Gott, bring ihn heil zu uns zurück», betete sie stumm, während sie nahe an George herantrat und seine zitternde Hand in ihre nahm.

Der Produzent konnte sein Glück nicht fassen. Erst die Show und jetzt auch noch die Schlagzeile des Tages, und alles innerhalb seines Sendegebäudes, wo die Konkurrenz keinen Zugriff hatte. Als Erstes schickte er ein Nachrichtenteam zum Filmen in Dottys Garderobe. Dann ließ er die Nachricht zur Konkurrenz durchsickern und den Eingang verbarrikadieren. In kürzester Zeit waren zahllose Journalisten von anderen Sendern, Zeitungen und Zeitschriften zur Stelle. Und ist erst einmal die Presse da, lassen die anderen Schaulustigen nicht auf sich warten. Eine Stunde nachdem er die Nachricht weitergegeben hatte, befand sich das Sendegebäude in einem wahren Belagerungszustand. Bald kursierten die ersten Gerüchte: Kleine Feder sei von Außerirdischen entführt worden. Er habe sich in Luft aufgelöst. Es habe ihn nie wirklich gegeben. Er sei gen Himmel gefahren. Er sei Elvis' Sohn und der King sei zurückgekehrt!

Es war fast Mittag, als Harry und Kleine Feder in die Stadt zurückkamen. Harry parkte den Chevy vor seiner Bar, hob Kleine Feder auf seine Schulter und marschierte in Richtung Sendegebäude. Schon von der Straßenecke aus konnten sie die Menschenmenge sehen.

«Was geht dort vor?», fragte Kleine Feder erstaunt.

Harry, der die Schaulustigen, die Journalisten und vor allem die vielen Polizisten sah, zögerte. «Nicht sehr günstig, wenn ein Mann mit meiner Vergangenheit mit dem Jungen auftaucht ...», dachte er. «Die Bullen werden mich gleich nach der ersten Begrüßung festnehmen. Es sei denn, es geschieht ein Wunder.»

Zögernd setzte er Schritt vor Schritt, bis er schließlich zu einer Entscheidung kam.

«Dann zeig mal deine besonderen Kräfte, mein Junge», murmelte er.

«Was sagtet Ihr soeben?», erkundigte sich Kleine Feder.

«Dass deine Freunde wahrscheinlich schon auf uns warten», sagte Harry.

Die Menschenmauer war immer dichter geworden, doch Harry wurde nicht umsonst das Pferd genannt. Er schob und drängelte, schubste und trat (ja, biss einen besonders starrsinnigen Schaulustigen sogar in die Schulter) und bahnte sich auf diese Weise den Weg nach vorne. Die Menge war so mit der Gerüchteküche beschäftigt, dass niemand Kleine Feder auf Harrys Schultern bemerkte. Sie schafften es fast bis zum Eingang, als plötzlich ein Journalist von einem anderen Sender sie entdeckte.

Leider war er nicht der Einzige. Inspektor Camp, der mit der Leitung des Polizeieinsatzes beauftragt war, sah sie im selben Moment. Sofort befahl er seiner Truppe, das ungleiche Paar zu umzingeln. Der mit allen Wassern gewaschene Journalist hatte seiner Mannschaft das gleiche Signal gegeben. Die Fernsehleute waren schneller. Und so kam es, dass Harry sich plötzlich von Fernsehleuten umzingelt wieder fand, die wiederum von Polizisten eingekesselt waren.

Der Journalist wollte schon sein Mikrofon vorstrecken, als Inspektor Camps kräftiger Arm ihn zur Seite schob. Instinktiv schaute er auf seine Kamera – sie lief.

«Wenn das nicht Harry das Pferd ist», sagte der Inspektor. Der Journalist prüfte das Mikrofon – es funktionierte. Harry flimmerte über die Bildschirme von ganz Amerika.

«Und wenn das nicht Mr. Camp ist, der allseits geschätzte Vertreter des Gesetzes.»

«Höchstpersönlich, Harry. Und ich dachte, Sie wären längst tot. Aber da sind Sie, quicklebendig und bei bester Gesundheit. Und auf Ihren Schultern haben Sie das meistgesuchte Kind Amerikas. Wenn das kein Zufall ist!»

«Danke für Ihr Interesse an meinem Wohlergehen. Ja, es ist wirklich ein seltsamer Zufall. Ich bin gerade dabei, diesen Jungen zu seinen Freunden zurückzubringen.»

«Tatsächlich?», fragte der Inspektor. «Lassen Sie ihn sofort runter!»

Harry setzte Kleine Feder sanft vor sich ab.

Der Inspektor bückte sich zu Kleiner Feder herunter. «Sag mir, was passiert ist, mein Junge. Du brauchst keine Angst mehr zu haben, du bist jetzt in Sicherheit.»

«Ein Kob... ein Mann versuchte mich zu entführen, mein Herr.» Kleine Feder sah zu Harry auf, der ihm ermutigend zulächelte.

«Ein Mann? Was für ein Mann? Wie sah er aus?»

«Klein und hager, mit schwarzen Haaren, einem Auge und drei langen Narben im Gesicht.»

Die Beschreibung erinnerte den Inspektor an jemanden, den er nur allzu gut kannte.

«Er wollte mich verstecken, aber dieser Herr hier hat mich gerettet», fuhr Kleine Feder fort.

Der Inspektor war überrascht.

«Ist das die Wahrheit, Pferd?», fragte er Harry.

«Und nichts als die Wahrheit», nickte Harry.

«Harry, der Junge hat gerade Jake die Schlange O'Shea beschrieben.»

«Tatsächlich?»

«Kennst du Jake?»

«Wir sind uns mal begegnet. Aber Sie wissen ja, Verbrecher sind in meiner Bar nicht gern gesehen.»

«Es ist mir ernst, Harry.»

«Hören Sie, Inspektor, wir beide wissen, dass Sie mir nicht über den Weg trauen. Aber dem Jungen können Sie glauben. Wenn Sie uns jetzt bitte vorbeilassen würden? Der Junge möchte zu seinen Leuten zurück.»

«Harry, wenn Sie Jake was angetan haben, sind Sie ein toter Mann.»

«Genau wie alle meine Freunde», sagte Harry, der wusste, dass niemand mehr Jake finden würde.

Dem Produzenten oben in seinem Elfenbeinturm wurde mit einem Mal schrecklich übel.

«Wie um alles in der Welt konnte das passieren?», schrie er entsetzt, als er Harry auf einem anderen Sender mit dem Inspektor plaudern sah. «Wenn ich den Idioten erwische, der die Geschichte hat durchsickern lassen!»

Dann stürmte er in Dottys Garderobe. «Stellt den verdammten Fernseher an, aber nicht unseren Sender», schrie er. «Das wäre ja offenbar auch zuviel verlangt.»

Dotty stellte das Gerät an und stieß einen Freudenschrei aus, als sie Kleine Feder vor dem Gebäude sah.

«Das macht dich glücklich, was, du, du …?» Der Produzent war außer sich.

«Natürlich. Kleine Feder lebt!»

«Wen kümmert das?!», rief der Produzent. «Du bist gefeuert!»

«Gefeuert?! Ich habe gerade jeden Rekord in der Geschichte der Zuschauerquoten gebrochen!»

«Genau, Dotty, und deshalb kann es für dich von jetzt an auch nur noch bergab gehen», entgegnete der Produzent eisig. Seine Logik machte Dotty sprachlos. Aber dann sah sie Kleine Feder live auf dem Bildschirm und fand ihre Sprache wieder.

«Nein, mein Lieber, du kannst mich nicht feuern, ich kündige!»

Als die Besucher aus Pennsville Kleine Feder auf dem Bildschirm sahen, wandelte sich ihre niedergedrückte Stimmung sofort in überschwängliche Freude. Der General fand erst nach einer stürmischen Umarmung mit Judith seine soldatische Beherrschung wieder. Auch die anderen küssten und umarmten einander. Nur der Sheriff wandte ihnen den Rücken zu und wischte sich die Tränen aus den Augen. Dann ging er zur Tür. Er wollte unbedingt der Erste sein, der Kleine Feder begrüßte. Doch als die Tür aufging und Kleine Feder unverletzt in Dottys Garderobe trat, zog George sich rasch wieder zurück. Eine Flut von Gefühlen überwältigte ihn.

Der Junge wurde von den vielen Umarmungen fast

zu Tode gequetscht. Auch Harry fand sich plötzlich in den Armen wildfremder Menschen wieder. Als sich der erste Sturm der Wiedersehensfreude gelegt hatte, fragte Georgia den Jungen, was eigentlich passiert sei. Der Junge wiederholte, was er bereits der Polizei berichtet hatte.

«Du bist ein sehr tapferer kleiner Junge», sagte der Gouverneur.

«Nein, Harry müsst Ihr loben, er ist der Tapfere. Er hat sein Leben für mich aufs Spiel gesetzt», antwortete Kleine Feder.

«Und was würdest du jetzt am liebsten tun, Kleine Feder?», fragte der Sheriff.

«Ins Hotel zurückkehren. Tiger ist gewiss hungrig und einsam.»

Als die fröhliche Truppe wenig später Dottys Garderobe verließ, hielt der Gouverneur Harry am Arm zurück.

«Sie sind Harry das Pferd, nicht wahr? Ich habe von Ihnen gehört, als ich jünger war.»

«Ja, auch ich war mal kurz berühmt», sagte Harry grinsend.

«Wir danken Ihnen alle sehr, Harry, von ganzem Herzen.»

«Es war mir ein Vergnügen.» Harry wollte weitergehen.

«Warten Sie, Harry, nicht so schnell.» Der Gouverneur zog ein Scheckbuch aus der Tasche.

«Würden zehntausend Dollar reichen, um Jake der Schlange lebend zu entkommen?», fragte er.

«Machen Sie lieber fünfzigtausend draus. In meinem Alter wird es immer schwieriger, miesen Typen wie Jake ein Schnippchen zu schlagen. Er soll sehr gefährlich sein.» Harry bemühte sich, eine ängstliche Miene aufzusetzen.

«Natürlich. Ich habe mir das wohl viel zu einfach vorgestellt», sagte der Gouverneur und reichte Harry einen Scheck in der gewünschten Höhe. So lässig wie möglich steckte dieser das Papier in die Tasche. Langsam folgte er dem Gouverneur, der versuchte, die anderen einzuholen. Bei der ersten Gelegenheit bog er in einen schmalen Flur und verließ den Sender durch einen Notausgang. Er befürchtete, der Gouverneur könnte es sich noch einmal anders überlegen. Allein auf der Straße, sah er zum Himmel auf, dankte Gott und sagte:

«Der Kleine lässt wirklich Wunder geschehen.»

Das Plaza Hotel, in dem die Gruppe aus Pennsville wohnte, war von einer großen Menschentraube belagert. Leute aus allen Schichten und Berufen, von Hausfrauen bis zu Rechtsanwälten, von Straßenfegern bis zu Ärzten, waren gekommen, um den Jungen zu sehen, ihn zu berühren, ihn um Rat zu fragen oder um ein Heilmittel für ihre Schmerzen zu bitten. Der Verkehr rund um das Hotel war vollständig zum Erliegen gekommen. Viele Taxifahrer hatten ihre Wagen nach langem Warten stehen lassen und waren nach Hause gegangen. Eine ganze Armee von Polizisten war vor dem Hotel stationiert, um den Ansturm der Massen zurückzudrängen. Der Bürgermeister selbst hatte sich in die Einsatzleitung eingeschaltet und sich persönlich für die Sicherheit des Jungen verbürgt.

Kleine Feder und seine Begleiter hatten die beste Suite des Hotels, aber der Junge war traurig und niedergeschlagen. Er hasste es, eingeschlossen zu sein und sich nicht frei bewegen zu können. Auch Tiger war unglücklich. Vor lauter Angst war er an den tapezierten Wänden bis zur Decke hinaufgeklettert, und Kleine Feder musste auf die Schultern des Sheriffs steigen, um ihn wieder herunterzuholen.

«Ich meine, wir sollten so schnell wie möglich nach Hause zurück», sagte George. «Kleine Feder hat genug von der Großstadt, und mir geht es ähnlich.»

«Ja, ich glaube auch, dass Kleine Feder hier nicht sehr glücklich ist», stimmte Judith zu.

«Ich bin der gleichen Meinung», sagte der Gouverneur, «aber schauen Sie nur mal nach draußen. Sobald er auch nur einen Fuß vor die Tür setzt, wird die Menge ihn in Stücke reißen.»

Da sagte Kleine Feder:

«Wisst Ihr, was Sokrates sagte? Wenn eine Stadt zu groß wird, ist ihren Bürgern nicht mehr recht wohl. Mich dünkt, er hatte Recht. – Auch wenn Harry sehr gut zu mir war», fügte er leise hinzu.

«Keine Sorge, kleiner Mann», entgegnete der Gouverneur, «wir werden so rasch wie möglich hier verschwinden.»

Um zwei Uhr morgens weckte der Gouverneur die Gäste aus Pennsville. Ein Polizeihubschrauber stand auf dem Dach des Hotels bereit. Er würde sie zu einem kleinen Flughafen bringen, wo ein Privatflugzeug auf sie wartete.

«Ich habe meine alten Beziehungen spielen lassen», sagte der Gouverneur und grinste. «Und da unser Freund, der General, genug Flugstunden auf dem Buckel hat, wird er als Pilot einspringen.»

Die anderen lächelten müde.

Der Sheriff und der General gingen ins Nebenzimmer, wo Kleine Feder und Julie schliefen. Ohne sie zu wecken, trugen sie die Kinder auf dem Arm nach draußen. Der Reverend trug den Käfig mit Tiger. Der schwarze Kater muss etwas gespürt haben, denn er hatte sich mit großen, ängstlich aufgerissenen Augen in der hintersten Ecke des Käfigs zusammengerollt.

Auf dem Flur kam ihnen der Hoteldirektor entgegen. Er bestand darauf, mit Kleiner Feder zu sprechen. Es sei sehr dringend, sagte er.

«Worum geht's?», fragte der Gouverneur.

Der Direktor flüsterte ihm etwas ins Ohr. Der Gouverneur runzelte die Stirn und verdrehte die Augen.

«Also gut», sagte er, «aber machen Sie schnell.»

Der Direktor zog einen Tennisschläger aus der Sporttasche, die er über der Schulter trug, ging damit auf den schlafenden Jungen zu und strich sanft über dessen Kopf. Noch halb im Traum schlug der Junge die Augen auf. Der Direktor murmelte etwas in sein Ohr, dann reichte er ihm den Schläger. Kleine Feder nahm ihn in die linke Hand, murmelte etwas Unverständliches, ließ ihn wieder los und sank zurück in den Schlaf. Der Direktor war zufrieden. Die kleine Gruppe konnte ihren Weg zum Dach des Hotels fortsetzen.

Als der Hubschrauber abhob, fragte Sheryl den Gouverneur, was es mit dem Schläger auf sich hatte.

«Der Bürgermeister hat ein wichtiges Match mit seinem Schwiegersohn, den er nicht ausstehen kann. Er wollte, dass der Junge seinen Schläger segnet. Ich weiß, wie dem Mann zu Mute ist», antwortete der Gouverneur.

Erst am Flughafen wurde ihnen klar, dass es in dem kleinen Flugzeug außer für den Piloten nur Platz für sieben Passagiere gab. Ratlos sahen sie einander an, dann sagte Dotty:

«Komm schon, Bob, bleib ruhig noch ein paar Tage bei mir. Wir machen die Stadt unsicher, genau wie früher.»

«In unserem Alter?», sagte der Gouverneur lächelnd.

«Du siehst besser aus denn je», gab Dotty zurück.

«Sprich weiter, Süße, sprich weiter», sagte der Gouverneur. «Und erinnere mich dran, dass ich dich nie wieder zum Augenarzt gehen lasse.»

Der General saß am Steuer, Judith auf dem Einzelplatz neben der Tür. Hinter ihr schlief Julie in Sheryls Armen. Daneben döste Kleine Feder, die Beine auf den Knien des Sheriffs, den Kopf in Georgias Schoß gelegt.

Der Reverend saß ganz hinten und sah durch sein Fenster zum Himmel hinauf.

Judith beugte sich vor zum General.

«Ich hätte nie gedacht, dass ich das mal sagen würde, aber meine Tochter wird eines Tages eine wunderbare Mutter sein.»

Sheryl, die sich schlafend stellte, lächelte.

Irgendwo über den Rocky Mountains setzte plötzlich der Schneesturm ein. Er schien aus dem Nichts gekommen zu sein. Der Wind warf die Maschine hin und her wie ein Spielzeug aus Plastik. Der General schickte verzweifelte SOS-Signale aus, aber sie wurden nirgends empfangen. Die ruckartigen Bewegungen weckten die schlafenden Passagiere. Entsetzt starrten sie nach vorne. Der General kämpfte mit aller Kraft, um das Flugzeug am Abstürzen zu hindern. Als ihnen klar wurde, dass er keine sichere Landung mehr hinbekommen würde, wandten sie sich wie auf ein geheimes Zeichen hin zu Kleiner Feder um. Der Junge war kreidebleich.

«Mir ist speiübel», wimmerte er.

Ein schrecklicher Ruck, als hätte ein riesiger Boxer gegen das Flugzeug geschlagen, ließ sie verzweifelt aufschreien, dann gab es kein Halten mehr.

«Wir gehen runter!!!», schrie der General.

Die Welt war weiß. Tiefer Schnee bedeckte den Boden, überzog ihn so schwer und unzertrennlich wie weißer Zuckerguss einen Geburtstagskuchen. Wie kristallene Schmetterlinge schwebten große Schneeflocken durch die bitterkalte Luft.

Epilog

Als bekannt wurde, dass Kleine Feder verschwunden war, hielt Amerika den Atem an. Der Präsident wies die Nationalgarde in sieben Staaten an, nach dem Jungen zu suchen. Der Generalstabschef, der bei den nächsten Wahlen als sein Herausforderer antreten wollte, überbot den Präsidenten, indem er Spezialeinheiten der Armee ausschickte und die Daten mehrerer Aufklärungssatelliten auswerten ließ, um das Flugzeug zu orten. Die gesamte amerikanische Presse durchkämmte die Rocky Mountains nach einer Schlagzeile. Und manche braven Bürger, die den Atem etwas zu lang angehalten hatten, berichteten, den Jungen in Florida oder Tijuana gesehen zu haben. Sechs Indianerstämme behaupteten, Kleine Feder gehöre zu ihnen, und Dutzende von Kasinos in den Reservaten und anderswo wurden nach dem Jungen umbenannt.

Postkarten aus Pennsville wurden im Internet zu geradezu unverschämten Preisen gehandelt, und vorübergehend wurde der kleine Ort zum Zentrum Amerikas. Die Hauptstraße wurde zur Kleine-Feder-Straße und eine Nebenstraße zur Tigerstraße. Es war Pennsvilles Stunde des Ruhms.

Nach einer Woche ergebnisloser Suche wuchsen in Amerika Verzweiflung und Ungeduld. Kleine Feder und seine Freunde waren nirgends zu finden. Doch dann rutschte die Queen in London auf einer Treppe aus und zeigte dabei ein wenig mehr Bein als gewöhnlich. In L.A. wurde ein Filmstar betrunken am Steuer erwischt. In Frankreich heiratete eine Prinzessin zum zweiten Mal. Der Videoclip eines Sängers wurde zensiert, weil er in jeder Hinsicht zu weit gegangen war. Die ganze Welt sah sich zuerst das Video an und stimmte dann zu, er sei tatsächlich zu weit gegangen. Seine Plattenverkaufszahlen schossen in die Höhe.

Das Leben ging weiter, und Kleine Feder rückte von den ersten Zeitungsseiten allmählich immer weiter nach hinten.

Bis zu dem Tag, an dem der Gouverneur mit Dotty Davis als Wahlkampfmanagerin an seiner Seite für eine neue Sensation in der Geschichte der modernen Demokratie sorgte. In der Rede zu seinem Amtsantritt hielt der Gouverneur live im landesweiten Fernsehen eine blaue Feder empor, während eine einzelne Träne seine Wange hinunterrollte:

«Auf meinen kleinen Freund, den Wundermacher.»

Amerika weinte mit ihm. Ja, Amerika weinte so sehr, dass die Rede des Gouverneurs zu dem am häufigsten übertragenen Fernsehereignis wurde und damit Dottys Namen aus dem Buch der Zuschauerrekorde löschte.

Inspektor Camp saß bei einem Bier in Harrys Bar. Gemeinsam sahen sie sich die Rede des Gouverneurs an.

(Harry war nach nur drei Tagen aus dem Süden zurückgekehrt. «Die Luft in Miami war so komisch, gar nicht so dicht und grau wie hier bei uns. Ich hatte das Gefühl, von Diät-Luft leben zu müssen», erzählte er dem Inspektor, als sie einander zufällig auf der Straße begegneten.)

Als der Gouverneur mit seiner Rede fertig war, sagte der Inspektor zu Harry:

«Was meinen Sie, was mit dem Jungen geschehen ist?»

«Mein Herz sagt mir, dass es dem Kleinen gut geht», antwortete Harry zuversichtlich.

«Ich hätte gar nicht gedacht, dass Sie ein Herz haben, Harry», gab der Inspektor zurück.

«Ich auch nicht», sagte Harry lächelnd. «Bis der kleine Kerl es gefunden hat.»

Anmerkungen eines Träumers

Dass wir in diesen wunderbaren modernen Zeiten weniger Wunder erleben, liegt nicht, wie häufig angenommen wird, daran, dass keine Wunder mehr geschehen. Im Gegenteil, Wunder gibt es heute ebenso, wie es sie immer gegeben hat. Warum, so könnte man fragen, entziehen sie sich uns dann? Die Antwort ist: Sie entziehen sich uns nicht – wir gehen ihnen aus dem Weg!

Um es ganz klar und unmissverständlich zu sagen: Die meisten Menschen haben ihre Fähigkeit, Wunder wahrzunehmen, längst verloren. Zum Sehen braucht man Augen, zum Hören Ohren, zum Riechen eine Nase und zum Schmecken eine Zunge. Um Wunder wahrzunehmen, braucht man Fantasie – den siebten Sinn, den wir einmal besaßen, aber im Laufe der Geschichte offenbar wieder verloren haben.

Ein sehr kluger Philosoph schrieb ein dickes Buch mit vielen Kommata und Klammern, aber nur sehr wenigen Punkten (was dieses wunderbare Werk schwer verständlich machte). Wer Ausdauer genug hatte, um sich durch den Dschungel aus langen und komplizierten Sätzen zu schlagen, schaffte es bis zur Schlussfolgerung: Unsere Spezies kann nur wahrnehmen, was unsere Veranlagungen und unsere erworbenen Fähigkeiten uns wahrnehmen lassen. Mit anderen Worten: So wie ein Farbenblinder nicht die Veranlagung besitzt, Farben zu sehen, glaubt der auf dem Auge der Fantasie Blinde, wenn es nach einem langen und sorgfältig vorbereiteten Regentanz auf ein Indianerdorf regnet, sei dies kein Wunder, sondern läge nur an irgendeinem Hoch- oder Tiefdruckgebiet.

In Wirklichkeit laufen uns Wunder jeden Tag über den Weg. Sie springen vor uns auf und ab, winken wild, klatschen direkt neben unseren Ohren in die Hände, rufen uns, lächeln uns an und ziehen wie bunt bemalte Clowns vor unseren Augen verrückte Grimassen. Aber wir sehen sie nicht. Wir halten uns lieber an Zahlen, Gleichungen und Formeln. Wir starren auf die schwarz-weiße Welt der Logik und der Mathematik, anstatt uns von der bunten, freudenvollen Welt der Fantasie beflügeln zu lassen. Es ist ein und dieselbe Welt, der Unterschied liegt nur in der Wahrnehmung.

Ach, wie viel wir doch gewinnen könnten!

Cecelia Ahern

P.S. Ich liebe Dich

Roman

Band 16133

Holly und Gerry hatten einen einfachen Plan: Sie wollten für den Rest ihres Lebens zusammenbleiben. Doch nun ist Gerry tot, ein Gehirntumor. Und Holly weiß nicht, wie sie alleine weiterleben soll. Sie ist erst 29, und ihr Leben scheint zu Ende. Doch dann entdeckt sie, dass Gerry ihr während seiner letzten Tage Briefe geschrieben hat. Mit Aufgaben für Holly, für jeden Monat eine ... Cecelia Ahern schreibt so tief berührend über Liebe und Trauer und dabei so lebendig über das Glück, wie wir es noch nie gelesen haben.

Der Weltbestseller der jungen irischen Autorin

Fischer Taschenbuch Verlag

fi 16133 / 1

Eric-Emmanuel Schmitt

Oskar und die Dame in Rosa

Erzählung

Aus dem Französischen von

Annette und Paul Bäcker

Band 16131

Oskar ist erst zehn, aber er weiß, dass er sterben wird. „Eierkopf“ nennen ihn die anderen Kinder im Krankenhaus. Doch das ist nur ein Spitzname und tut nicht weiter weh. Schlimmer ist, dass seine Eltern Angst haben, mit ihm über die Wahrheit zu reden. Da bringt ihn Madame Rosa auf die Idee, über alles nachzudenken, was ihn bewegt – in 13 Briefen an den lieben Gott. Unsentimental und unerschrocken erzählen Oscars Briefe von Liebe, Schmerz, Freude und Verlust.

»Dieses schmale Bändchen schlägt alle Rekorde ...
eine Geschichte, die ergreifend ist, tief traurig,
stellenweise komisch – und zum Weinen schön.
Sie ist ein kleines Wunder zwischen
zwei Buchdeckeln.«
STERN

»Der französische Autor Eric-Emmanuel Schmitt
ist auf dem besten Weg, hierzulande
zum Kultautor des Jahres zu werden.«
dpa

Fischer Taschenbuch Verlag

fi 16131 / 1